南极：与孤独和解的纯粹

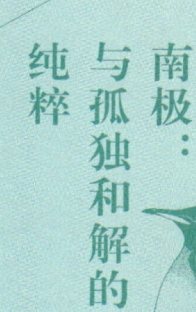

毕淑敏 著

长江出版传媒　长江文艺出版社

毕淑敏

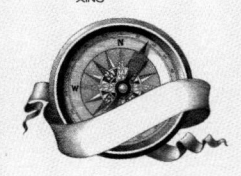

远行
YUAN XING 系列

BISHUMIN

一起去远行吧！

泽敏

目录 Contents

01 在南极，请记得永远不要和天气作对　/　P001

02 南极大陆的古老与忠贞坚守　/　P014

03 我们的南极之家"欧神诺娃号"抗冰船　/　P027

04 此地距北京17052千米　/　P037

05 企鹅是南极的原住民　/　P047

06 往返乐美尔水道进入南极南　/　P060

07 天堂里你喝下时间　/　P071

08 在南极荡起双桨　/　P084

09 冰雪中吹笛绣花的男人　/　P094

10 人类抵达南极点　/　P115

11 探险者的心理崩溃　/　P124

12 若如成功，你获得的唯有荣誉　/　P137

13　人狗之间　　　／　　P150

14　夫妻双双把家离　／　　P162

15　送你一只行李秤，请精简再精简　／　P174

16　世界的肚脐　／　P182

17　复活节岛最令人震撼的景色　／　P194

18　"朗格朗格书板"和灭绝了的文字　／　P208

19　摩艾的眼珠是白珊瑚　／　P217

20　祖先保佑着我们　／　P228

21　地球是宇宙中的一枚复活节岛　／　P241

22　风的心脏在爱之上方跳动　／　P251

23　75亿双水手握　／　P268

后记　／　P279

南极：与孤独和解的纯粹

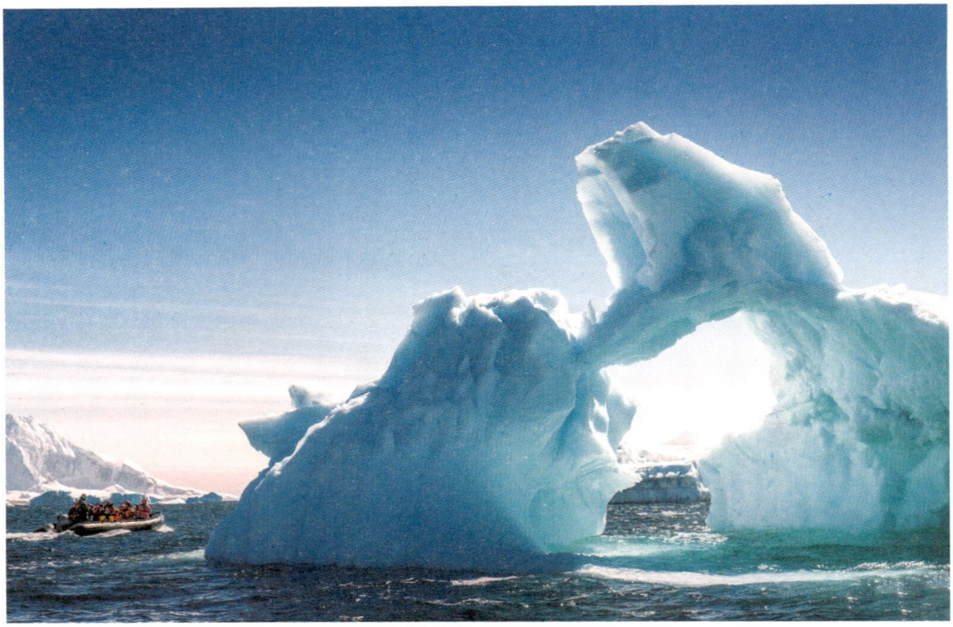

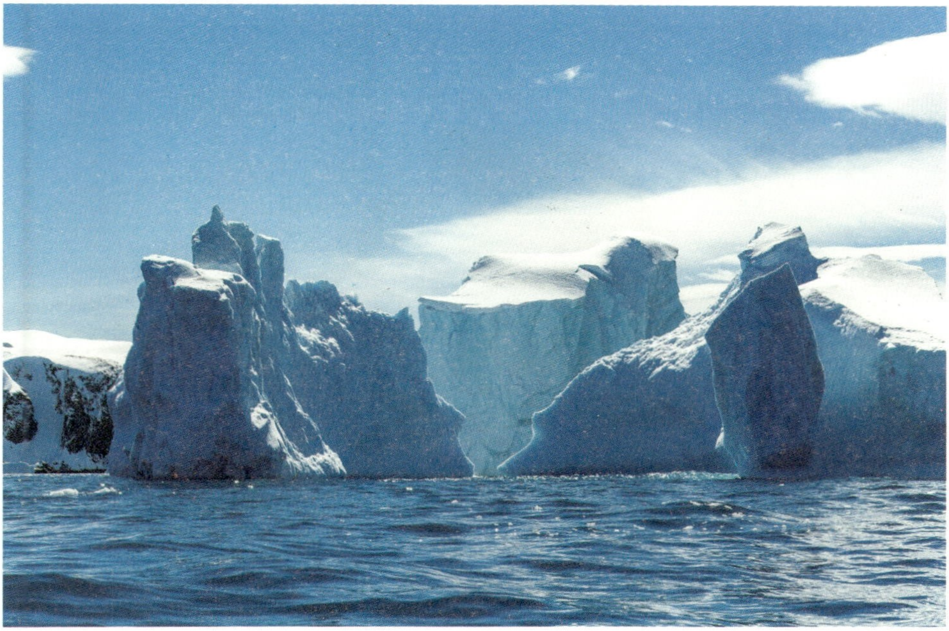

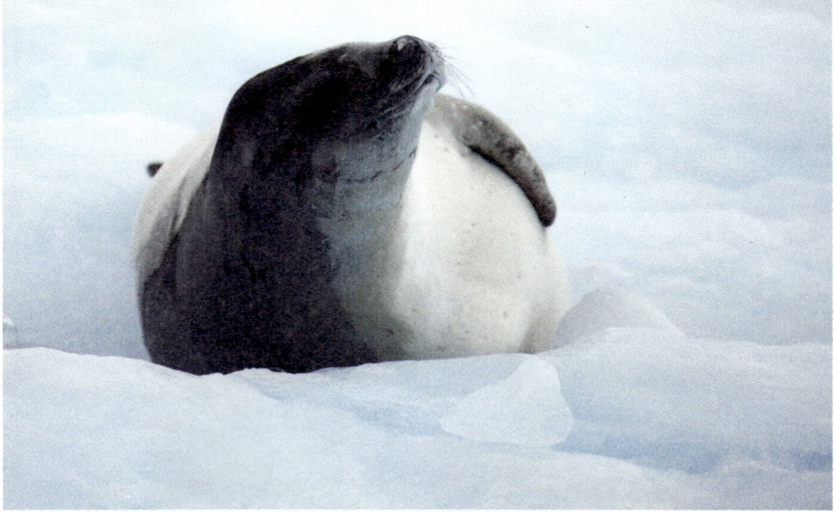

毕淑敏

01

在南极，请记得永远不要和天气作对

我与船长，站在南极抗冰船"欧神诺娃号"船头。席卷一切的寒风，如凶猛的拳击手，一拳拳稳准狠砸过来。只是流出的不是热血，而是带冰碴的泪。

一粒粒的雪骄傲地从天空降落，一路上还算逍遥。靠近海面时，突然摇身一变成杀手，骑着啸叫的风，凶猛横扫。

透过雪镜看去，四周皆为冰川冰山。人不由得生出刺骨的怯意，仿佛擅自闯入另外一个星球。

巨大冰山摩肩接踵伫立航道近旁，大智若愚地沉默着，根本不屑与渺小的人类对视。万年积雪闪着幽蓝光泽，罡风如剃刀，在岩石和冰层中雕刻出狰狞的沟槽。冰山坍塌的边缘锋利尖锐，如裸露的骨折断茬……

南极冰山有各种分类。最简单的分法是一劈为二，一类为桌状冰

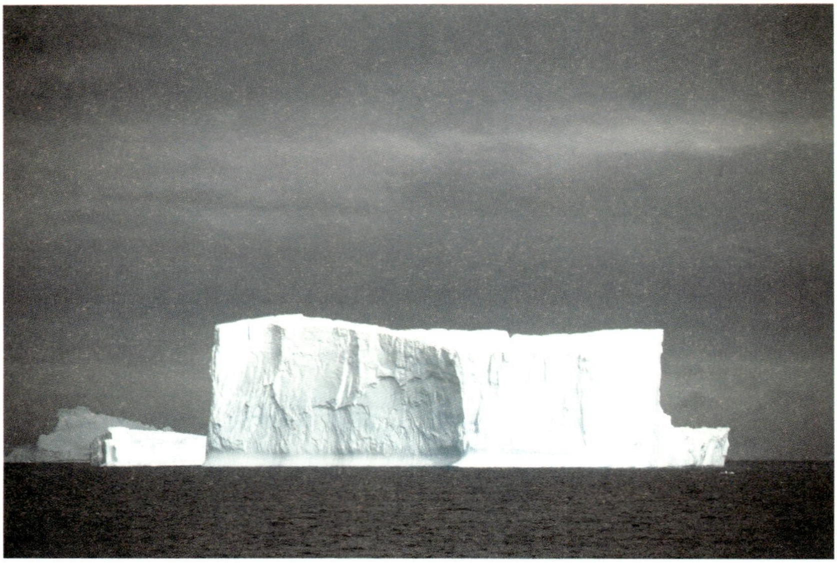

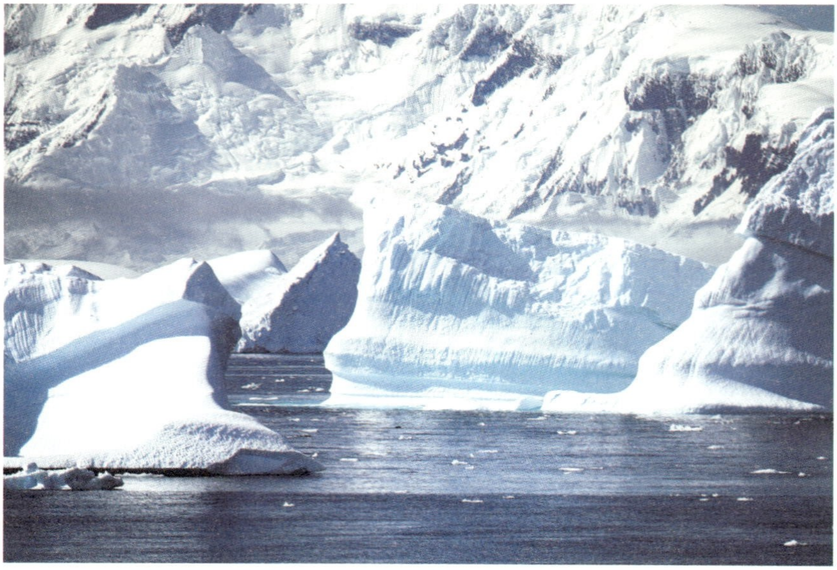

山，边缘陡峭、顶部平坦，像一块块切好的淡蓝巨砖并排林立。另外一类则奇形怪状，凡五花八门各行其道者尽数收入麾下。

冰山中银光迸溅，好似埋藏亿万银盔银甲的伏兵。无数把带芒刺的刀，朝你双眼嗖嗖掷来。即使隔着昏暗镜片，也能感到冰箭的强大穿透度。

乘客们基本上都躲在舱房，避开冰雪暴风。我觉得这是了解南极的好机会，吃力地问船长，这是您第几次来到南极？

他并不高大，然身板阔厚，是壮硕的白种人，约有50岁吧？（对于外国人的岁数，总是猜不准，把女人猜小，把男人猜老。此处仅供参考。）他的瞳仁本为灰绿色，此刻因为不聚焦地望着远处，冰山的影像映入眼眸，让他的眼珠呈现白花花一片，好像白内障早期。

船长道，记不清。总之，很多很多次。

我说，总是同样景色，看久了也会单调吧？

对南极略有不敬，却是我此刻的真实感受。与南极初见，惊艳无比。时间一长，方觉出它的单调刻板。凝冻大地，冰川累立。冰盖将目所能及之处，捂得严丝合缝。除了偶尔露头的企鹅海豹，再无任何花草走兽。即使在最美的阳光普照时分，冰峰缠绕云雾，恍若仙境，细观之下，仍是粗粝险峻的绝境。孤独旷远，苦淡至极。

船长眯缝着眼，指着海岸山谷中的冰河说，百看不厌，因为冰在走。它们从南极高原的中心向四下流动，狂风是它们的好朋友，推着它们日日向前。别看南极冰走得慢，但它永不停歇。如遇高山阻挡，冰顺势流入山谷，形成冰河，脚步会成倍加速。终于千辛万苦来到海边，会快乐地崩塌下来，变成冰山，获得新生命。它们开始自由自在地漂浮，有的可能一成不变漂很多年，有的可能很快迸裂、粉碎、融化……密集的冰川崩裂，叫作"冰爆"。冰山头重脚轻，会在海洋里翻跟头……

船长充满温情地描述着，好像冰山是他家放牧的羊群。

在南极，你无法不关注冰山。它们占据你的整个眼帘，决定你的祸

福生死。我相信大家基本上是从《泰坦尼克号》中得到的冰山科普，不过那是北极冰山。相比之下，南极冰山更浩瀚魁伟，性格更顽劣凶悍。

我想起当天原有海上巡航和登岛的安排，问船长，今天可计划照旧？

船长耸肩，无所谓地回答，谁知道？一切都要看天气。

四周雪雾袭扰，能见度很差。我不死心，追问：您来过南极这么多次，您很有经验，估计一下行程吧？

船长不为所动，淡然一笑道，南极变幻无常，任何两天都不会有一模一样的天气。我从来不敢打包票，说今天一定会是怎样的行程，只能根据气候和冰的变化，随时调整方案。你们回国后，登录我们的网站，可以看到"欧神诺娃号"的航行轨迹。我常常要到最后一秒，才能确定下一步怎么走。这是南极的不可预测之处，也是它的魅力所在。请记住——在南极，你永远不要和天气作对！

说到这里，船长咻咻吐出白气。我一时猜不透他的情绪突变为何而来。是嫌我要他预判能不能上岛的压力，还是南极险恶无常的性格？

人的喜怒，有时与具体的人和环境无干，只与当事人的心境相连。随着谈话渐渐深入，我方发现，原来他陷入了回忆。

他说，我家在新西兰，有很好的收入，幸福的生活。即使什么都不干，一家人也能体面地活到终老。可是，我不能无所事事。我试着种过花草，打打高尔夫，参加朋友聚会，四处旅游……不成，全都不成。每当我参加这些休闲活动的时候，总觉得是暂时的，一旦将它们完成之后，我就要去干我真正喜欢的事儿。那是一件什么事儿呢？就是在冰雪环绕的海上航行。不是一般的海洋，是漂浮着冰山的海洋。后来我终于想明白了，为什么不马上就去做自己最喜欢的事儿却在这儿耽误时间呢？于是，我开始不停地在南北极航行。

我吃惊，下意识地问，您还……去北极？

船长说，是。每年七八月份，是北极的夏天，我要到那里去驾船。

01 在南极,请记得
永远不要和天气作对

南极：与孤独和解的纯粹

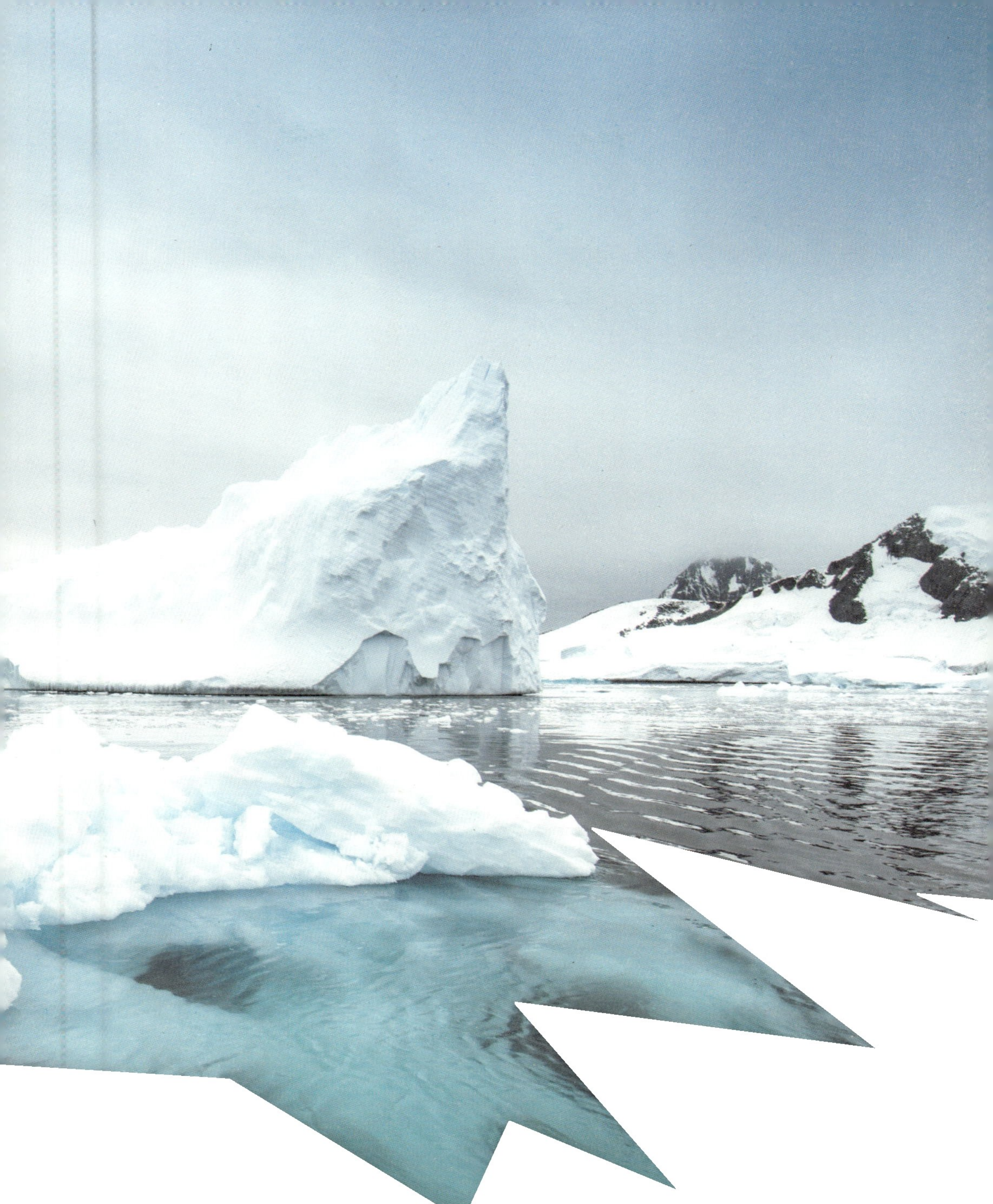

等到12月到来年3月，我就来南极驾船。唯有这样，我才能最大限度地满足自己的愿望，在酷寒的海洋中操纵舵轮，冰中航行……

我瞠目结舌，并在这一瞬深刻醒悟——在这个世界上，有一些人专为海洋而生。这其中有更小一部分人，是为冰冻的极地海洋而生。

在既不能去南极也不能去北极的时候，您猜我去哪儿？船长打开了话匣子，似乎很愿意此时有人同他聊聊往事。

我猜测道，到西藏看看？人们说那里是地球的第三极。

船长摇头道，我对高原没兴趣，只喜欢海洋。

风越发猛烈，携带南极高差赋予的能量俯冲而下，雪粒冰碴铺天盖地滚来，如阴冷尖锐的爪子，杀手般一下又一下撕刮你全身所有暴露在外的肌肤。脸上的五官即使隔着口罩，还是被它打得陷入皮肤。此刻若有镜子，我会看到自己的脸如一张未曾用过的A4打印纸，惨白且平。

我本能地想赶紧躲进船舱，船长问的一句话，把我钉在了甲板上。他说，您从中国来的？

我说，是。

船长说，那么请问您曾经领受过的最寒冷时刻，是零下多少摄氏度？

估计船长按常理推断，东方温带区域来的老妇人，应该未曾见识过极度严寒。其实我当边防军时，在藏北领教过零下40摄氏度的气温。不愿扫他兴，我含糊答，不算太冷。

他点点头，表示早已料到如此。接着道，据我所知，中文是世界上最丰富的语言之一，您能否形容一下眼前看到的南极景象？

没想到在极地竟猝不及防迎来一场语文考试。我竭力驱动冻僵的脑仁，斟酌着说，它首先是白色的，到处都是冰，很冷很冷，非常冷。安静，甚至可以说是死一般的寂静……冰雪非常非常多，比每个人一辈子见到过的冰雪都加在一起乘以一亿倍，还要多……

我断断续续嘟囔出不连贯的语句，一是嘴巴冻得不听使唤，二是理屈词穷。深感惭愧如此笨拙，丢了伟大中文的脸面。

船长摇摇头，遗憾地说，您觉得这些字句……生动完整地描述出了出现在您眼前的这块大陆吗？

我尴尬地说，这个，当然没有……很抱歉。不过，我只能……想出这些词了……也许，别人会说得好些……

船长很宽容地笑笑说，东方女士，请不要介意我的追问。我知道这有些不礼貌，请谅解。只因为我在做一个小小的测验。

我没想到自己还成了实验用的小白鼠。问，您在测验什么？

船长说，我驾驶的船，载过世界各国的客人。他们各自操着不同的语言，有些我懂，有些我不懂。这让我萌生出一个小小的癖好——希望大家用各自国家和民族的语言，描述一番眼前见到的南极景象。

哦，原来是这样！我也来了兴趣，问，您得到的实验结果是什么呢？

船长说，实验还在进行中，现在还不能算有最终结论，不过可以透露给你一点点。初步印象是——世界上所有的语言系统，在南极面前，都毫无魅力，丧失生动。首先，依我有限的经验，要想用语言逼真描绘大自然，本身即是非常困难的事情。更别说大自然在南极，变成不着一物的简练。另外，来自温带和热带国家的人，在伟大的南极洲面前，束手无策，完全进入失语状态，或者干脆可说是语言休克，举手投降。这当然不能简单归结为我开的这艘船上客人们的无能。我以为，真正原因在于他们过往所掌握的既成语言体系，根本就没见过如此宏大而漫无边际的冰雪，当然无法形容它。

我不断点头，自我开脱了一番。原来不完全是本人无能啊！老祖宗在北半球风和日丽的温带气候中创造精美汉语的时候，没有预留描述万世冰寒的词汇库。

船长接着说，语言，在南极洲面前不堪一击。摄影家们，多少还有一点发言权。

我恍然大悟，为什么当代旅行者对于南极的描述，一言不合就发图片，实乃穷途末路后的另辟蹊径。

船长见我频频点头，有点小得意。说，我再问你一个问题。你说南极的气候，是属于大陆性的还是海洋性呢？

我真犯了愁。你说它是海洋性气候吧，明明是货真价实的大陆。你说它是大陆性气候吧，四周都是大洋。只得老老实实回答，我不知道。

船长说，南极的气候既不属于海洋性又不属于大陆性，而是陆地冰气候。

远方出现了一间橙红色小屋。

船长问，您知道那是什么地方？

我说，是避难所。

船长说，很好。在南极航行，除了要穿救生衣，就是要记得避难所。那里备有食品、饮料、燃料、通信设备、小型发电机、取暖炉、睡袋等日常生活必需品。避难所的门不上锁，也不分国籍，"南极人"可以随意走进任何国家的避难所食宿，离去时只需留字致谢即可。

如是朗朗乾坤，我有兴趣听船长唠嗑，只是太冷了，太阳穴都冻成了凸起的冰疙瘩，我伺机逃回船舱，船长却谈兴正浓。他说，你猜，当我无法到极地来的时候，会到哪里去，干什么？

我对自己说，咬咬牙坚持住！这种有趣的人和有趣的谈话，过了这个时辰，可能永远再听不到。我揉揉渐渐丧失知觉的鼻子，吭哧着说，您看录像？看电影？看照片？听您录下的南极风声……

船长说，您讲的这几种，我都做过。不过，您说得不全面。我看您快坚持不住了。我也要到驾驶舱看看。答案我以后告诉您。

后来，在一次风平浪静的旅程中，船长告知了他的答案：我的祖国新西兰有一个南极游客中心，里面有个专供人们体验南极的场馆，称为"浸泡式体验"。当我无法亲临极地时，就到那儿去。

我说，那里人为地模拟了南极的小气候？

船长说，你说得对。在那里，每一个人，都要先套上防寒服和雪地靴，然后才被允许进入冰雪体验区。场内的温度是零下18摄氏度，当然和真正的南极酷寒相比，还逊色很多。最像南极的地方，是头顶上笼罩的光，是极地特有的含混光线，有一点像"乳白天空"。当然啦，少不了狂风呼啸，没有风就不是南极了。场内模拟风速为40千米/时，头顶还有冰冷雪花飘落。我会在其中漫无目地行走，回忆南极故事，恍惚觉得那些曾在南极英勇捐躯的探险家之魂，比如斯科特一行五人，会驾着苍白的光线和风声，旋转着前来探望大家……要知道，冰本来就是幽灵大本营。

我听得汗毛根根乍起，因为害怕，也因为无所不在的冷。

船长接着说，更多的时候，我会爬上惠灵顿的维多利亚山顶，去看望奇皮夫人……

　　我琢磨，能让特立独行的船长，爬上山顶去探望的夫人，不知有着怎样姣好的容貌和闪耀的家世？

　　船长不知我思绪开小差，兀自神往地说，奇皮夫人很漂亮……

　　我点点头，表示能想象并理解。住在惠灵顿维多利亚山顶，想必奢华别墅，显赫豪门。

　　船长的无情粉碎了我的猜测。他说，奇皮夫人是一只虎斑猫，我探望的是它的坟墓。它的坟墓是空的，因为奇皮夫人死在了南极，没有人保存下它的遗骸。1914年，欧内斯特·沙克尔顿爵士进行他的第三次南极探险时，这只猫随着船出海。后来的事情，凡是对南极探险感兴趣的人都知道，船在威德尔海被冰层冻住，奇皮夫人成了船上人们的好朋友。它实际上是一只公猫，陪着探险队员们熬过了长达一年的险境。当沙克尔顿决定全船人员迁移到浮冰上扎营时，为了节约粮草，下令射杀船上搭载的雪橇犬和奇皮夫人。沙克尔顿1902年在南极探险时，曾用手术刀近距离杀过狗，那凄厉场面让他痛苦不堪。这次他用的是手枪，奇皮夫人被一枪毙命。

奇皮夫人在维多利亚山顶的墓地，建筑样式和人一模一样，镌刻着它的名字——亨利·奇皮·麦克尼什。麦克尼什是一直照料它的木匠的名字。墓碑上还刻着生卒年——1914—1917。它只活了3年。

说到这里，船长扭转过头，不让我看到他的眼睛。

我想，如果有一天去新西兰惠灵顿，一定要爬上维多利亚山顶，去看看奇皮夫人的墓地。如果那个时间正好不是南北极的夏天，或许会在奇皮夫人的墓旁，邂逅满眼都是冰雪倒影的船长。

毕淑敏

02

南极大陆的古老与忠贞坚守

人类脚步踩上南极的冰天雪地，与漫长的历史相比，如此短暂。究竟是何时登上南极大陆，学界多有争议。咱们取个没有争议的登陆记录——1895年。掐指一算，距今不过百余年。

南极到底是怎样的一块土地？简言之，如果遵照"上北下南"的地图规则，给地球规定一个方向，南极是一双银靴。如果把地图颠倒过来，以南作顶，南极是地球的沉重银冠。

人类与南极相见恨晚，但南极在地球谱系里，可谓身世古老，忠贞不渝。

将目光投到3亿年前，即石炭纪末和二叠纪初，整个地球陆块是联合古陆。距今2.5亿年前的古生代末，联合古陆闹开了分裂，变成两部分。初期还好，北半球这块叫劳亚古陆，就像地球穿一件葱绿短衫。地球南半部，则是包含着相当于今天的南极、非洲、南美洲、印度、澳大

利亚等地的一整块大陆，叫作冈瓦纳古陆，如同地球穿一条翡翠色长裙外带同款连裤袜。

恕我用"葱绿"和"翡翠"字样描述古大陆，概因那时地球温暖，到处生长银杏、松柏、蕨类、苏铁等植物，森林茂盛绿草如茵。南极也远不似今天这般滴水成冰。动物活泼，恐龙出没。不料好景有限，大约1.85亿年前，冈瓦纳古陆分崩离析，澳大利亚、非洲、南美洲等陆块，最先脱落，脚前脚后地向北漂移。印度次大陆更是离家心切，低着脑袋一头撞向亚欧大陆，拱抬起了后来成就世界最高峰的青藏高原。唯有南极陆块与南美洲依旧伴随，忠贞不渝留在原地。大约1.35亿年前，此板块终于守不住了，一分为二。不过那时它们还勾连着几根手指，未曾彻

底决裂。大约2500万年前，南美洲终致叛逆，决绝地北上而去。从此，以南极点为中心的这块陆地，四面环海孑然而立，独自坚守在地球最南端。

南极洲为世界第五大洲，面积超过1400万平方千米，约占世界陆地总面积的94%。如果你觉得这个数字抽象，那么，换个说法。它相当于美国和墨西哥的国土面积加在一起，是澳大利亚陆地面积的2倍，是中国陆地面积的1.45倍。它如此孤独，与南美洲隔着970千米的德雷克海峡，与澳大利亚相距约有3500千米，和非洲约4000千米之遥。

我原来一直以为拥有青藏高原的亚洲大陆，是地球上最高的大陆。到了南极才知道，最高大陆的桂冠，当属南极洲，平均海拔高程为2350米。地球上其余大陆，都要甘拜下风。亚洲950米，北美洲700米，南美洲600米，非洲560米，大洋洲平均高度350米，欧洲最低，只有340米。

不过，南极大陆的高程有"水分"。此时的"水分"不是一个形容词，而是确确实实的"水"。如果有一只巨手将覆盖在南极大陆上的冰盖剥离，它顿时矮矬，平均高度只剩410米，变成诸大陆中仅次于欧洲的低点了。

南极洲第一个特点是酷寒。它是地球上最冷的地方，内陆高原年平均气温为零下50摄氏度，极端最低气温曾达零下89.2摄氏度，是1983年7月21日，由苏联东方站测到的，为世界上最低气温纪录。

如果从太空向下张望，一个巨大冰盖，囊括了90%的地球表面冰，兜屁股盖脸敷设在南极大陆上。往美观里形容，南极若身披白盔白甲白大氅，这套华服的冰雪料子平均厚度为2300米，最厚处可达4750米。泰山高1524米，南极冰冠，相当于3个泰山绝顶之和。

冰雪是有重量的。南极冰雪庞大的数量，构成了骇人听闻的重量。具体有多重，谁也提供不出具体数字。有个证据侧面说明了这一点，沉甸甸的冰盖把南极的地壳，都压得凹陷下去。许多南极陆地的海拔，低于海平面。

南极极冷的成因，第一来自它的高纬度位置。每年漫长的极夜期间，南极完全没有太阳光。纬度高，太阳入射角小。阳光斜射，热量便低，这使得南极单位面积所吸收的太阳热能很少。

你可能会说，那北极也一样啊，有极夜，纬度也同样高，为什么南极比北极更冷？

这就和海拔有关系。气温垂直递减率发现，海拔每上升1000米，温度就会降低6摄氏度。再者，高海拔空气稀薄，更加剧了低温。

南极冬季，你若在室外，将一杯滚开的水泼向空中，收获的将是纷纷扬扬溅落的冰晶。

南极大陆的第二特点，是"风"。风速平均为每秒17~18米，最大可达每秒90米以上。

这是什么概念？大洋上的热带风暴，就是咱们常说的台风，一般达到12级，风速为32.4~36.9米／秒。这个标准对南极来说，实在小菜一碟。法国的迪维尔南极站曾观测到的最高风速达100米／秒，相当于12级台风风速的3倍，是迄今为止地球上记录到的最大风速。破坏力相当于12级台风的近10倍。

惊天地泣鬼神的南极风，有个凶残的名字——"杀人风"。1960年10月10日下午，日本的南极昭和站的福岛博士，走出基地食堂去喂狗，突遇每秒35米的暴风，从此再没有回来。7年后的某天，在距离昭和站区4.2千米的地方，发现了福岛博士保存完好的尸体。

南极为何如此多飓风？第一因它孤悬一隅，四周没有其他陆地山岳的阻隔，"风"肆无忌惮地盘绕它，自西向东环扫南极一周。海面风力常年高达7级以上，人称咆哮西风带。强风吹动海面，形成巨浪。巨浪齐心合力，汇聚为更强大的洋流，流速越来越快，规模越来越大，最终形成了一个宽600～2000千米、深2～4千米的超级洋流。它荣登世界最大洋流系统之首，流量是全球所有河流总径流量的100倍以上。风和浪合谋制造了风雷滚滚、海浪汹汹的南极险恶至极的环境，这也是南极最后才被人类染指的原因。

"风"与"流"两大铁幕，将整个南极封锁得严严实实，来自北方的暖流无力楔入，内部的寒气也无法消散，南极大陆被真正"雪藏"起来，长达亿万年。

极度寒冷中，雪被挤压成冰。森冷的雪母，养育出无数顶天立地的冰川。就连咆哮奔腾的火山，也被冰雪包裹。你可能吃惊，冰冻南极还有火山啊？有的，而且是活火山。埃里伯斯火山高达3794米，有4个喷火口。还有体魄更大的西德利火山，海拔4285米，火山口的实际宽度，超过了5000米。

南极风的第二来源，出自高差。大陆冰盖，如同一顶中间高、四周低的白檐帽。帽顶的空气因受冷后密度增大，沿着帽子斜面急剧下滑。这种风名曰"下降风"，攻势凌厉肆虐迅猛，所到之处物毁雪崩，万物敛息。它一路咆哮至南极海岸，然后再接再厉，横扫南大洋。

孤独与高差，两位不遗余力的嫡亲，诞育了地球上威力最大的风暴，南极又被称为风极。

传说当年上帝造好地球后，看到人类因为贪欲而自相残杀，十分生气，抱着地球用大拇指使劲按了一下。那时地球是个初生儿，体态柔软，上帝的火气又很大，手劲猛了点。地球的上端就被压成了"坑"，下面则"鼓"出了一块。久而久之，坑中注满了水，形成了北极。鼓出来的一块，就成为高耸的南极陆地。

南极山脉将南极洲分成东西两部分。南极点位于东南极洲，从南极四周的任何海岸到那里去，都路漫漫而修远兮。西南极洲较小，由群岛组成。别看它的面积只有东南极洲一半，但花岗岩和沉积岩组成的山系，构成了南极的最高峰文森山地，海拔为5140米。此外，还有著名的南极三岛——马尔维纳斯群岛、南乔治亚岛、南极半岛。

南极洲的第三大特点是干燥，有点令人意外吧？它是个"旱极"，年平均降水量只有55毫米，南极点附近几乎无降水，空气极为干燥，故得一略带诗意的名称——"白色荒漠"。

你可能要问，刚才不是还说南极洲巨大的冰盖和淡水资源吗？怎么现在又讲它旱得不行啊？

要知道，南极降水虽少，但它日积月累攒了4000多万年。积雪先是因为压力变成粒雪，随着时间推移，粒雪的硬度和紧密度不断加大，再经过相互挤压，孔隙不断缩小，紧紧镶嵌在一起，最后形成致密冰川。

南极雪这个顽皮儿，兀自玩耍太久之后，不耐烦了，摇身一变成了冰。

关于南极的几个枯燥概念如下。

（一）南大洋——它不是真正意义上的独立大洋，特指环绕南极洲的海域，整个南大洋水域加在一起，面积约为3800万平方千米。

（二）南极圈——南纬66°34′的纬度线。

（三）南极洲——环绕南极的大陆，面积1405.1万平方千米。

（四）南极点——南纬90°的地球极点。

假若飞升到极高空域鸟瞰地球，南极的轮廓有点像一枚银杏叶，不过不是夏天绿色和秋天黄色的银杏叶，而是雪白的纯银色。南极半岛相当于叶柄，南极大陆则是扇面状树叶。

将地球极地比作一朵繁花，极点便是花蕊。我到过北极点，算是探访过北极花心。此次南极之行，只在叶柄和边缘轻轻擦过。

古希腊时，人们根据北半球有大片陆地的现状，推断南半球也会有一个与之相对称的辽阔大陆。那时的人们基于朴素的想象力——如果南边没有一个沉重大陆跟秤砣似的压着，地球岂不头重脚轻翻了跟头？为了将理论落在实处，人们锲而不舍地寻觅这个想象中的大陆，前赴后继在所不惜。18世纪末，科技的发展，让地球人基本具备了远涉重洋的能

02 南极大陆的
古老与忠贞坚守

力。探险家们驾驭简陋船只，穿越暴跳如雷的西风带，在南大洋中劈风斩浪行船，探索未知的极南海域。无数壮怀悲切的往事，掩埋在重重冰山之下。

探险，在某种程度上是苦厄和危难的代名词，一般人闻风丧胆。关于他们可歌可泣的故事，咱们后面再说。

探险家从南极返回，除了描述那里惊世骇俗的风光，还告知大家，那里并非一片死寂，生活着很多动物，企鹅麇集，巨鲸遍海，不知道怕人。一般人听了只是满足好奇心，逐利的商人们敏感察觉到巨大商机，大喜过望。他们猖獗捕鲸，已将北极鲸群基本斩尽杀绝，正愁找不到新的利润增长点呢！装备精良的捕鲸船，蜂拥而至南极，屠戮鲸群。

鲸的商用价值，早年间只能用鲸油制造肥皂和蜡烛，获利有限。随着科技进步，巨型鲸体，有了高大上的利用价值。人们用它来制造炸药，还成了急救心脏病的灵丹妙药。鲸肉过去只能被当成肥料，此时也开发出了众多食用方法，获利不菲。南大洋中自由游弋的鲸群，简直成了一座座活动银行。捕鲸船潜心发展出各种新技术，改良捕鲸叉，能够确保中叉后濒临死亡的鲸鱼纵是下潜深海或令鲸叉折断后，凶残的海猎人依然能够获取鲸尸，大大节约了成本。新式捕鲸加工船，简直就是一

座移动工厂，当场把捕杀到的鲸鱼固定在船侧，机械剥离鲸脂，然后储藏在密闭容器中，加热煮沸提炼鲸油。巨大的利润，有了一个臭名昭著的专用名词——"脂肪红利"。

如果说人是陆地上最伟大的哺乳动物，那么在海洋中，桂冠非鲸莫属。说个小细节，不得不称奇。既为哺乳动物，在海里，鲸妈妈如何哺乳？刚生下来的小鲸鱼，怎么才能和妈妈一道同步游动，让自己能按时按响吃到母乳并且没有遗洒呢？母子间有心灵感应？

科学家们发现，秘密在于鲸妈妈的奶比奶酪还要浓，俗语"水乳交融"在此失灵。鲸乳在水里并不溶解，黏稠到近乎固体，从鲸妈妈乳房喷射出来，像一根乳白色软索。小鲸鱼只要噙住液体棍这一端，就可以源源不断吮吸到妈妈乳汁，保证颗粒归仓，一滴不浪费。

在南极水域航行中，我们多次遇到鲸群，亲眼看到庞然大物腾空跃出并潇洒喷水，是令人惊诧莫名的感动体验。超出陆地上所有动物的雄伟块头，巍峨又安详。你几乎以为它天下无敌，可历史证明，鲸是脆弱的。鲸血曾漫染南极，它支离破碎的尸体，被人类贪婪地玩弄于股掌之中。

1786年，南大洋上，捕鲸船足有100多艘。1904年，挪威人建立了第一个南极捕鲸基地。到1965年，以南乔治亚岛为基地，有17.5万头鲸鱼（其中包括4万头蓝鲸和2.7万头驼背鲸）被捕获并在此加工处理。

在爱德华岬角，有一个隐蔽海湾，那里有个捕鲸基地遗址，名叫"格瑞特威肯"。这词直译过来是"锅之港"。这个"锅"，不是温情脉脉的做饭锅，而是"炼油锅"。鼎盛时期，有几百名工人在此工作，处理鲸肉熬炼鲸油。到1965年，南大洋的鲸几乎被捕尽杀绝。

在南极一些岛屿上，至今还可看到巨大鲸鱼骸骨陈尸礁岸，让人胆战心惊。凝望波涛翻滚的南大洋。我想，南极之水，你能感觉到鲸的眼泪吗？你是咸的，它也是咸的。

仿佛听到南极水说，我能感觉到。因为鲸泪是热的，而我永远冰冷。

中国古籍中对于鲸的记载较少，估计和鲸多在深海活动，而中国人不喜远航有关。不过，古书中对海豚有些有趣记载。海豚也是鲸的一种，我们这次在南极多次邂逅的虎鲸，其实就是鲸目海豚属的生灵。

一直不明白海豚的命名有何深意。顾名思义，豚是猪的雅称。比如所谓的"豚骨拉面"，就是猪骨汤里有面条之意。查找资料，方晓得古人，一厢情愿地认定陆地上的动物和海洋中的生物，有着相同的对应关系。比如地上有豹，海里也有海豹。说实话，海豹和陆地豹，长相大不一样，也许环斑海豹身上的斑，有点像金钱豹。陆上有狗，海中也有海狗。据说清代的画家曾经画过"异鱼图"，把海豚收入其中。从这名字你可以看出，那时的人们把海豚当成一种奇异鱼类。画家执笔，落实到纸面上，海豚肥头大耳，脑袋完全是家猪的孪生兄弟，下半身就是一条鱼尾巴。想这位画家未曾见过海豚，凭一腔想象力作画，勇气可嘉。

关于海豚，还有更为奇异的传说。说它浑身有毛，这不算什么，令人惊奇的是这毛非同小可，可以验潮汐。此话怎讲？就是说海水涨潮时，海豚全身的毛会立起。海水落潮时，全身的毛就会倒伏。就算海豚肉身已亡，皮毛仍一丝不苟地履行呼应潮汐的职责，毫不懈怠，孜孜不倦起伏不止。

挺有趣对吧？不过致命纰漏是——海豚并不长毛。

还有一则关于海豚的传说，让人哭笑不得。有家媳妇很懒，为婆婆所不容。后来溺水死了。（没说明是被婆婆所欺负投水而死，还是失足落水而亡。前者有家庭冷暴力之嫌，后者说明媳妇不仅懒，还粗心大意。）死后化为一条鱼，身上有很丰富的油脂。这油膏提炼出来，就可以点燃灯火或蜡烛。只不过就算变成了跳动火苗，也还秉承当年懒媳妇的脾气。若是照在吹拉弹唱、下棋、打麻将（这最后一词是我私加上的，人家的原文是："可燃灯烛。以之照鼓琴瑟博弈……"）的情境，则灿然有光，光芒灼灼。若是照在织布或读书的场所，就暗淡无光了。

海豚的油脂，或者说鲸油，是可以照明的。但随着用途而变换光芒的本领，海豚或任何一种鲸脂，都未曾具有。惊叹那个懒女子，如此执着热爱娱乐业，不喜读书。倘活到今天，能成网红。

有人爱把南极说成生命空白，这略有人类一家独大之嫌。不能狠着心把休养生息在南极的动物和植物，都一股脑抹黑。南极酷寒，但并非死气沉沉。

动植物要在如此恶劣环境下求生存，第一等的能耐是能忍受黑暗。你想啊，半年极夜，渺无阳光。要在漆黑一团中坚韧隐忍，熬过漫漫长夜。南极植物的应对招数也五花八门。变换自身颜色、改变代谢方式、干脆休眠等办法轮番上阵，以极低的消耗维持生命，坚信阳光会再次莅临。有一种湖藻，堪称"冬病夏治"的典范。每年南极极昼期间，它不舍昼夜（严格地讲那时候没有夜）地利用阳光，高效率地进行光合作用，积攒了大量有机物，留待极夜时慢慢享用。如果湖藻的策略仅止于此，也算不上太奇特。妙的是它能把自己加班加点生产出来的丰富养料，排到体外，贮存于它周围的水体中。也就是说，湖藻采取的是"藏富于水"的策略。待到极夜惨淡时，无法进行光合作用的它，开始吸收它早先释放在水里的有机物质，维持代谢，等待东山再起。

有种南极生物叫轮虫，一看大事不好，太阳要下班了，干脆进入不

吃不喝的休眠状态。大梦一觉，4个月之后醒来，极夜已然逝去，新的轮回开始。至于"冰雪藻"，简直是植物中的"变色龙"。阳光充沛时，它像绝大多数正常植物一样，呈现平庸绿色。黑暗降临时，它摇身一变成诡异蓝色，以吸收不同波长的光，继续进行光合作用顽强生存。

　　南极生物要活下来的第二手绝活，当然是抵抗低温。南极鳕鱼体内秘藏抗冻蛋白，有效降低它的血液冰点，保证血在低温下不冻结，冰水中依然能优哉游哉。南极的鸟也不示弱，干脆让自己的躯体运行两种体温系统。这让人费解，你不能想象一个正常人腋下温度37℃，而口腔温度15℃（假如此人不是刚含完一根冰棍）。南极海鸥却有这等本领，双爪温度为0℃，身体其他部位温度为32℃。体温分区而治的好处显而易见，它站在冰面栖息时，脚爪与冰层间的温差小，体温的散失降到低限。在南极，每一滴温暖都如珠如宝。南极海鸥因此让自身珍贵的热能，得以最大限度地保存。

　　除此之外，南极生物还要轮番挥舞抗干燥抗风等几大兵器，才能保证不被南极的手指扼死。

　　此行出发前，已料到南极自然环境极端恶劣，萎息凋敝。我自拟如果看到一朵小花，必以见到花园的欣喜待之；如碰见一株小草，便昵称它为草原。然而，心愿全数枉然。没有，什么都没有。初见之下，没有花园没有草原，只有冰原雪莽和罡罡烈风。

不过，看得久了，也有收获。最先给人留下深刻印象的，是身形优雅遨游天际的漂泊信天翁。它的双翅展开，科学名词叫"翼展"，可达3.7米，超过了一丈。想想看，多么大的一只鸟！不过，南极最伟大的鸟类，是一种早已失去飞翔能力的禽类。我觉得它是这个世界上最豪迈的动物——企鹅。

毕淑敏
03

我们的南极之家
"欧神诺娃号"
抗冰船

　　一般人去南极，要挑夏天。不过不是咱们通常意义上的6—8月，须换成南半球季节坐标系，为年底12月至来年的1—2月。这个时间段，太阳几乎直射南回归线，南极洲进入明晃晃的极昼期。持之以恒的阳光抚照，终于让世界上最冰寒的大陆，有了微薄暖意。

　　到南北极旅行，是我年轻时的梦想。少年的梦，可能未曾对任何人提起。就算说过，也可能不会被任何人记得。但梦想就在心底的某个角落挺立，宁死不屈。

　　不同年龄段，人们对世界的理解不一样。我16岁时，抵达世界上最高的一极，按照今天的设想，这是不正常的。幸好我在一个看似不正常的时间和地方，形成了一个大体正常的世界观，并陪伴我一生。

　　年过花甲的我，本来是把南北极的旅行，分派到不同年份。原计划2015年乘船从阿根廷的乌斯怀亚，穿越骇人听闻的德雷克海峡，经过魔鬼西风带，抵达南极。我因晕船，对此旅程胆战心惊。由衷祈祷将要乘坐的船要足够大和沉，以求它的抗颠簸能力好些，让我少受点罪。这想法说起来似乎可行，其实不堪一击。我乘坐游轮环球旅行过，清楚知道人类现阶段能制造出的所有船只，在浩瀚大洋大风大浪中，都形如草芥，五十步笑百步而已。

交完旅费后，开始筹措南极装备。那艘预订的南极行船，名"北冕号"，法国制造，装备有最新的导航勘测系统，获得过环保徽章，号称是不会污染南极生态环境的绿色邮轮。船名让我顿生好感，希望它如同天上星宿般可靠。

抵达南极的方式，大致两种。一是乘船，从国内飞到阿根廷首都布宜诺斯艾利斯，再转机飞到阿根廷最南端城市乌斯怀亚。登船，穿越德雷克海峡，抵达南极。

我盯着地球仪仰头叹息。从中国到南极，不单面临着从北半球到南半球的纵距，还有从东半球到西半球的横距。东西加南北，整个一大吊角。不管你如何计算，没有捷径，征程一步也少不了。超长的飞行时间和巨额经费，让人踌躇再三。可叹这世上奇诡风景，都藏于地老天荒之处。

南极行，宜选择载客量100～200人的较小船只。

为何？你在南极看企鹅、看海豹、攀冰山雪岭等，都不是躺在船上能完成的科目。登陆是个系统工程，首先要看天气，风浪太大一切作罢。然后船上游客要按部就班地下到登陆艇上，此刻要一一点名登记造册。登陆艇劈风斩浪，将大家送至岛上。安全靠岸，众人登岛。到了规定返航时间，登陆艇又把人们接回船，再按花名册点卯签到，不能遗漏任何一位旅人在南极孤岛上。登陆艇载客量10人左右，客人太多时，登艇等候时间较长。船太大，难以靠岸，泊在远处，登陆艇往返路程遥远，费时费力。若船体更大，有些很有趣的神奇小岛，根本无法抵近登陆，客人们只能扒在甲板上，过过眼瘾而已。

第二种赴南极方法，是天上动。从智利的蓬塔阿雷纳斯城乘飞机，飞越德雷克海峡。两小时后，降落在南设得兰群岛上的乔治王岛，再乘游船开始南极之旅。此法的好处显而易见，躲开咆哮的德雷克海峡的折磨，往返可节省四天时间。不利之处当然是更多盘缠的付出。

　　不断提到的德雷克海峡，是何东东？它位于南美大陆和南极半岛之间，为世界上最宽的海峡，达970千米。这是什么概念？相当于近5倍宽度的台湾海峡北口。德雷克海峡除极宽之外，也是世界上最深的海峡，最大深度5248米。它是大西洋与太平洋激动地交汇拥抱之处，飓风狂浪是它日夜上演的保留节目。加之著名的"南极洲环流"，将温暖洋流隔离在外，它便成了世界上最险恶寒冷的阴森海峡。

　　当我一切准备就绪，正预备出发时，突然传来噩耗。阿根廷当地时间2015年11月18日，法国庞洛邮轮公司的"北冕号"，引擎室内起火，船上所有人员，弃船逃生。

　　愕然。

"北冕号"下水时间为2011年。按说还是相当新的船。船长142米，10944吨位，载客量264人，指标都在最佳范畴内，无懈可击。事故发生后，船方将游客分批安置到救生筏上，到海上避险，同时呼叫国际救援。

　　听到呼救后驻扎在马尔维纳斯群岛（就是阿根廷所说的福克兰群岛）的英军派出飞机、拖船参与营救。附近的"南冠号"，和遇险船只同属法国庞洛邮轮公司，紧急赶往事发地点。弃船逃生的游客们，在海上漂泊了近10个小时，最终被英军飞机和英国皇家海军巡逻艇救起。船上257名游客，全部生还。

　　万幸啊！正值南极盛夏，加之当日海面平静，故无人伤亡。如果发生在大浪区，后果可怖。

　　"南冠号"更改航线，驰往马尔维纳斯群岛首府斯坦利港，遇险被救人员入住当地公共设施及居民家中。

　　和一位"北冕号"上遇险女旅客聊过此事。中国西部人氏，30多岁，俊俏女子。一见之下，令人想到苏杭"风为裳，水为珮"的秀美。家乡在那儿的人，大约99%以上连大海也未曾见过，此女特立独行。

　　我问，海难时，拉响了"七短一长"的弃船逃生汽笛吗？

　　女子吹落掉在脸庞上的碎发，说，吓人的"七短一长"。不过大家该干吗干吗，根本没想到事态如此严重，以为又来了演习。直到走廊里有人大声呼唤立即上甲板集合，不得携带任何东西！快！快快！！大家才仓皇出门，基本都没做逃生准备，有的人还穿着拖鞋……

　　我失声道，赶紧回屋里换运动鞋啊！

　　多年前，我采访过一位海难中幸而逃生的船员，他说一双好鞋对于保全性命特别重要。海礁锋利，双脚若被割烂，很快就会感染致死。

　　俊俏女子说，人出了门，谁都不许再回房间。我们既没有带水，也没有带食品，细软什么的就更不用说了。孤身一人跳上救生艇，开始漂泊逃命。

我问，当时您什么感觉？

女游客说，绝望！先是恨这么倒霉的事，怎么能轮到自己头上？！跟好莱坞大片似的，只是一点也不好玩。希望是总觉得会有人前来搭救我们吧？不会就这样不管了，让我们在海上等死吧？不想放弃希望。

我问，海上漂泊10个小时，非常难熬？

俊俏女子绞着颀长手指说，可不是！当时想，如果这次大难不死平安回了家，以后说什么也不再出来旅游了。

我说，南极海上很冷吧？

女子回忆说，刚下海的时候，真是冷。后来太阳持续照射，海面又反光，上下夹击，开始烤得难熬。小艇颠簸，艇里拥挤不堪。不少人又害怕又晕船，不停地吐。救生艇上没厕所，女人们要想方便，就得把屁股对着大海……

我问，获救后的感觉呢？

俊俏女子说，"南冠号"上的中国同胞真好，为我们腾房间捐衣物。到了马岛，慢慢缓过神来，在街上反复走来走去。一是感觉土地的牢靠，多么可贵！二是看周遭风景。有人打趣说，没想到又多一个景点！我后来琢磨，南北极的旅游，组织者为什么特地注明不叫旅游，一定要称之为"轻探险"呢？他们考虑周全，真有道理。这种旅行，的确充满风险，咎由自取，出行前签了生死文书，人家概不负责。谁让你自个儿乐意呢。

我说，问个题外话，细软什么的可有丢失？

俊俏女子说，我们是"弃船"，并不是翻了船。船因为引擎失火，丧失了动力，好在没有沉没。物品都没丢失，后来由船方交还给大家了。

美女自始至终很镇定，像在讲别人的故事。我说，你真的从此不再出远门旅行了吗？

俊俏女子莞尔一笑说，好了伤疤忘了疼。我回家后报了个北极点的旅游。对了，纠正一下，是北极点的轻探险。

得知"北冕号"南极海域遇险起火的消息后，我问旅行机构，原本预订的航程，即"北冕号"，现在南极之行是否有变？

他们回答，暂且还未接到"北冕号"取消后续航次的消息。当时决定弃船，或许出于保障乘客安全的考虑，可能为预防性措施。如果问题不大，维修之后，应该能够正常出发。

我说，但愿如此吧。

不过，以我乘船环球旅行的经验，海上的事情，会格外慎重。除非法国庞洛邮轮公司还有一艘叫"北冕号"的船，不然，如期出发的可能性微乎其微。

果然，"北冕号"取消了该航次。我的2015年南极之行，就此泡汤。

后来旅行机构通知我们，如果还想去南极，可转入下一期——即2016年年底的南极之旅。这一次，改乘飞机越过德雷克海峡。我报了名，如此一来，南极行就和我早先预订的北极点旅程，共同挤在了2016年。

从蓬塔阿雷纳斯飞南极的机型是BAE-146，据说此机最突出的优点，是对跑道要求很低。降到南极乔治王岛一看，哪有什么跑道？找块没大石头磕绊的少雪粗粝地面，就充当跑道了。机场无任何建筑，更不消说什么候机楼行李提取流水线了。空旷雪场，自己动手把行李从机舱卸下，放在一辆履带式拖车上，缓缓向着大约2千米外的海滩开去。乘客们则开动"11号"，向同一方向的海滩迈进。我们的南极之家——"欧神诺娃号"抗冰船泊在近海处，还须搭乘登陆艇，才能上船。

您一定注意到这个新词——"抗冰船"。

人们平时对"破冰船"耳熟能详，"抗冰船"为何物？

简言之，破冰船是用来破冰开辟航道的，为船界破冰大哥。抗冰船只能算小弟。

破冰船的工作原理，我在《破冰北极点》一书中，已经约略做了描述，此处本应不赘述。又一想，朋友们不一定都看过那本书，容我稍啰唆两句。

　　想象中，以为破冰船跟快刀切瓜似的，劈头把冰剁开，轰隆隆碾轧过去，万事大吉。并非如此。破冰船船头并不锋利，如海豚脑袋般浑圆。不过在人们看不到的船艏水下部分，还是造得非常倾斜。

　　极地海域，通常不出这三种海况——开阔水域、浮冰区、冰区。开阔水域就不多说了，破冰船和普通船没多大区别。浮冰区介于二者之间，咱们就直接说冰区。破冰船利用自身重力和压载水的调节，让船头冲上冰层将冰压碎，然后不停地左右晃动船体，加大破冰效果。几个回合下来，看似不可一世的坚冰就会败下阵来，乖乖让出水波荡漾的航道。

　　破冰船还有很多对付重冰的招数，靠着重量和冲撞力，在厚厚冰层中杀出前进之路。

　　北极点之行时，乘直升机在空中，看它重冰之中孤舰前行，有一种壮怀激烈之感。此震撼景象，在南极看不到。南极轻探险旅游，并没有配备任何一艘破冰船。

　　为什么呢？按说南极比北极更冷，冰层更厚，更需要威力强大的破冰船。主要因为国际南极旅游组织协会，认为现有的破冰船技术，无法满足南极的环保要求，因此禁用。（该条款只适用旅游商用船只，其他船只如科考等，不受管辖。）

　　老大因故缺席，小兄弟们顶上去，抗冰船应运而生。

　　抗冰船是专门用作南极海域探险的游轮类船只，本身不具备破冰开拓航道的能力。它能抗击一定的冰层撞击，但并不能主动破冰前行。

　　南极海域即使在夏季，冰川也依然猖狂漂流，杂乱无章且脆硬无比。抗冰船须有特殊结构和严格的技术参数标准，还要获取相关的抗冰等级认证。抗冰等级越高，越有能力深入布满浮冰的航道，抵达其他船

只无法抵达的地方。如果抗冰等级低，其活动海域的范围就小。南极关于抗冰船的划分，采用的是芬兰—瑞典冰级规范。

1A级的抗冰船：该级别的船舶能在布满浮冰（浮冰最大厚度为1米，没有密集碎冰）的河道上以不少于5节的速度前行。

1B级的抗冰船：要求该级别的船舶能在布满浮冰（浮冰最大厚度为0.8米，没有密集碎冰）的河道上以不少于5节的速度前行。

还有1C、1D级等，各有清晰明确标准。"欧神诺娃号"抗冰等级为1B，属于次高等级配置，在冰水中驰骋的自由度蛮大的。它在抗冰行驶中的5节航速，是指每小时航距不低于9.260千米。

在海上行驶，你将不断遇到"节"这个词。在陆地和空中，人们习惯了以千米来表示速度。在海上，无论商船还是军舰，都用"节"。

16世纪开启了大航海时代，但海上航速无法准确判定。那时没有钟表，人们用流沙计时器。水手们在海面抛出拖有绳索的浮体，根据一定时间里拉出的绳索长度计算船速。放出的绳索很长，便在其上等距离打结，把整根计速绳分成若干节。计算时，绳索被拉曳了多少节，就是相应航速,这种方式叫作"抛绳计节","节"就成了海船速度计量单位,流传至今。

除了船速,海水流速、海上风速、鱼雷等水中兵器的速度计量单位,至今依然沿用着古老的"节"。

现在的1节,就是1海里/小时,1海里=1852米,源于地球子午线纬度1分的长度。地球并非正圆球体,略呈椭圆状,不同纬度处的1分弧度略有差异。赤道上1海里约等于1843米,纬度45°处,约等于1852.2米,两极处约等于1861.6米。1929年,国际水文地理学会议,通过了把1分平均长度1852米作为1海里的国际标准。

回到"欧神诺娃号"。今年气候反常,南极海域在盛夏时节浮冰遍布。抗冰级别低的船只,活动范围变小,很多有特色的登陆点,无法靠近。

我们的旅行机构"极之美"安排甚好,与"欧神诺娃号"长期合作,使我们得以在南极驰骋。不过,"欧神诺娃号"虽抗冰等级高,但规模不大。长73米,宽11米,重量只有2100吨,首航时间2008年。载客量66人。

前边说过,在南极,船小是优点,利于登陆。船上设施齐全,餐厅、礼品店、酒吧、医务室、图书室俱有。

我和老芦在"欧神诺娃号"上的舱室,七八平方米,舒适干净,只是储物空间狭小,两双硕大魁伟的登陆靴无处摆放。开动脑筋想办法,终于在床与柜的狭缝中找到缝隙,将登陆靴摞起来安置。唯一的缺点是它们直挺挺地立着,一眼看去,恍若假肢。

屋内无桌椅,若想写点东西,老胳膊老腿趴在床上,好像潜伏。省略桌椅的好处,一是可腾出地方,让舱室显得敞亮。二是风浪骤起时安全。不然滔天巨浪中桌椅翻转腾挪,险象环生。因无桌椅阻隔,我和老芦聊天时,蜷起四肢大眼瞪小眼躺在各自床上,相向卧谈。为什么不坐在铺板上面对面聊呢?盖因床下预留放行李箱位置,铺板位置较高,取

坐姿时双脚悬空。（或许因我等个矬腿短？外国人脚掌就能抵地？）倘风浪突袭时，坐姿不稳易有闪失。再者铺板距离太近，只有尺把间隔。卧谈时身体挤向墙壁侧，彼此尚可保持礼貌间距。若取坐姿，双腿耷拉在铺板外，膝盖相抵不说，四目呈灼灼之势，鼻子有可能相撞。此房最大优点是距餐厅近，饭点时间一到，三步两步便可飞奔入席端坐。平时也常闻烘焙香气递传，涎水连连。

酒吧是人们最喜欢的去处，阅读、交谈、写作、听音乐皆可毕其功于一役。有热水、茶、巧克力和咖啡，时不时还有好吃的甜点出没。除酒水费另付外，余皆随意享用。

登上"欧神诺娃号"的第一天，探险队的中外领队就极为严肃地宣布了南极纪律。

1.南极是地球上最大的原始地区，还没有受到大规模的人类干扰。请所有到访者保持它的原貌，保留这块净土。

2.不得把任何垃圾留在南极陆地。也禁止燃烧任何物品。

3.不得以任何形式污染南极的海域和湖泊、溪流等，不得放置任何金属物品于海中。

4.不要在石头或任何建筑上刻写自己的名字及涂鸦。

5.不可带走南极的任何动植物及人造物品。包括：遗骨、蛋、化石、石头或建筑物内的任何容器、物件、研究考察之仪器、设备等。

6.不可任意破坏居住或无人居住的建筑物及紧急避难所。

条款听起来复杂，实则简明扼要。南极现在不属于任何一个国家，它属于全人类。你是人类一员，但南极的东西，你什么也不能带走，除了你自己制造的垃圾和记忆。你什么也不能留下，除了你的脚印和仰天长叹。

毕淑敏
04

此地距北京
17052千米

　　登抵中国南极长城科考站那天,风雪凄迷。我们从所乘的"欧神诺娃号"抗冰船,先是鱼贯下到冲锋艇上,然后在南极冰洋上,乘风破浪奔向长城站。风吹拂,浪拍打,冰冷海流与脆弱艇体相激,喷溅起的水雾和着自然界的雨雪,将全身湿透。风中可闻脆硬的雪粒激烈相击之声。长城站原本橘色的建筑群渐渐逼近,因与雪雾冰晶重叠,显出紫冻的猩红色。

　　我站立在中国南极长城站内,仰头观望。更具体地说,是立在长城站内的指示路标下。上面写有此地距北京的距离——17052千米。

　　梁实秋说过,我们中国人是最怕旅行的一个民族。

　　我便属于此类人。少年时,一次次从温暖家中奔赴严寒的西藏阿里边陲。关山迢迢,怕够了旅途。

　　老了老了,开始东奔西跑。概因生命无多,世事凶险,人途艰窘,

038

南极：与孤独
和解的纯粹

04 此地距北京
17052千米

一切都要抓紧。只有身无重病、心无深愁之时，才有暇心远行。能听鸟之脆鸣，见鱼之遨游。拖延下去，再不出外瞅瞅，眼帘啪的一声落下，就只能在天堂往下鸟瞰了。

南设得兰群岛，是南极与亚南极地区最大的岛群，包括11个较大的岛及约150个小岛，成串地沿南极半岛北端并横亘西岸分布。中国的长城科考站，就坐落在这个群岛的乔治王岛上。此岛是南极地区科学考察站分布最密集的区域，面积1160平方千米，共建有9个国家的9个考察站。

长城站地势很好，位于一块台阶式的鹅卵石地带上，视野开阔，还有3个宜饮用的小小淡水湖。它的海岸线挺长，滩涂平坦，易于运输物资。建站后多次扩建，现在的面积是南北长2千米、东西宽1.26千米，占地2.52平方千米，共有各种建筑25座。包括办公栋、宿舍栋、医务文体栋、气象栋、通信栋和科研栋等7座主体房屋，还有若干栋科学和其他用房，比如车库、工具库、木工间、冷藏室和蔬菜库等。

可以想见在这个微缩版的科研城里，进行着多么繁复的科学研究。专家介绍说，这里有生物实验室、无线电波传播实验室、地质实验室、地貌和第四纪地质实验室、地球物理实验室等。可进行气象观测、固体潮观测、卫星多普勒观测、地震观测、地磁绝对值观测，高空大气物理观测等综合研究、实验、分析和数据处理。

我和老伴老芦相互搀扶着，蹒跚而过。雪猛地滑，生怕摔倒，闹个股骨颈骨骨折什么的，麻烦了。一圈走下来，整体感觉是长城站各方面条件比想象中好很多。院子足够大，建筑坚实稳当，屋内暖和，设备齐全……

工作人员介绍道，如果你想参加中国南极科考队，年龄上限是55周岁。一旦越过了这条红线，纵有万千豪情百般本事，也不要你。我和老芦惭愧不语，我超龄10岁，他超了11岁。

面对已然蔚为壮观的长城站，不由得想起先驱者。1984年12月27

04 此地距北京
17052千米

日，我国南极考察总指挥陈德鸿、南极洲考察队队长郭琨、副队长董兆乾和有关人员，从停泊的"向阳红十号"科学考察船上，乘海豚式直升机起飞，登上乔治王岛，察看地形。

按说东南极洲相比西南极洲离中国近一点，但当时没有破冰船。要想登上东南极大陆，风险很大，最后决定在南设得兰群岛上建站。站址的选择，一是要有足够的裸露地面，这才能从容盖房子。二是要有充足水源。三是容易停靠，便于运卸物资。第四条最重要，要有利于科学考察。一行人前前后后在岛上看了十多个地方，把站址定了下来，长城站位于南纬62度12分59秒，西经58度57分52秒。

1984年12月31日10时（北京时间1984年12月31日22时），中国南极长城科学考察站奠基。

总指挥把从祖国带来的奠基石竖立起来，语重心长地宣布："我们

042

南极：与孤独
和解的纯粹

今天代表10亿中国人民在南极奠基，以便为人类和平利用南极做出贡献。"1985年2月14日22点，中国南极长城站完成建筑。2月20日大雪纷飞中，举行了落成典礼。

算一下时间，多快！从奠基到竣工，只用了40多天。

我们来得不巧，第二天正是两组科研人员大换班的日子。小卖部不开门，原本可以参观的部分都关闭了，能供旅行者入内看一下的"栋"，十分有限。

南极长城科考站内的房屋，一水儿地被称为"栋"，而不是编号或叫作"××楼"。我站在最早的1号"栋"前照了个相，身临其境地想了想，大致明白了"栋"的含义。

长城站如同古罗马城，不是一天建起来的。最早修建筑的时候，未曾想到以后发展到如此大的规模。1号栋是个高脚屋似的轻体建筑，很简陋，的确不能算作"楼"。再查这个"栋"字，用在此处，并非简单量词，而是颇有深意的名词。它的本意，是指屋顶最高处的水平木梁，即正梁。

顺此思路，人们对第一"栋"，充满敬重。

如果把南极比作一个宏大的银色舞台，中国人出场的确较晚，错过了序曲。好在进步快。南极长城站，如今已蔚为大观，中国在南极，还建有中山站、昆仑站和泰山站。

我和老芦参观完，站在风雪中，茫然四顾，想象着驻守在这里的科学家们，整天忙碌工作后，是否也如我们此刻一样，凝视着一成不变的南极风雪肆虐发呆。

老芦拉紧帽绳，说，房子……看起来挺保暖的。

我说，南极冷啊，保暖必须的。

老芦调整了一下已经湿透的手套，接着说，吃得应该也不错，只是没有新鲜蔬菜。不过咱们当兵那会儿，每年也是吃好几个月的脱水菜。

我们年轻时，都守卫过祖国边陲。对于艰苦经历，一说起来就像对

暗号，彼此心知肚明。

老芦又说，比起咱们当兵的时候，南极似乎也算不上太艰苦。

我说，现在是南极的夏天，到了冬天极夜时分，要惨得多。再说，时代不同了。咱们十几二十岁那会儿，大家都苦，也就不觉得差距多大。21世纪的今天，城市五光十色，这里地老天荒一片惨白，人的命运在风和洋流的指缝中，上下翻滚变幻莫测。一待两年，是很大的考验。况且，伟大和艰苦并不总是成比例增加。很多伟大，并不源自物质上的艰苦。

老芦点头。

回到长城站的里程柱下——17052千米，这是我今生今世所到过的最遥远的地方。

我从未想过今生今世，可以走得这样远。

我的青年时代，无比辛劳加甚少乐趣。我后来从事写作，有点像孤独而古老的灯塔管理员，过的是安静枯燥的日子。我习惯了独自一人自始至终地努力，静候时间在不间断的劳作中悄无声息地滑过。它所留下的浅淡痕迹，便是一本本或薄或厚的书稿。到了暮色四合的老年，我生命底层的好奇本能，如温泉咕嘟嘟带着热气冒了出来。2016年，我上蹿下跳（如果把地球的北方比作上，把南方比作下），在不到半年的时光里，跨越地球155个纬度，探访世界尽头的南北穷极之地。

真走到这么远的地方之后，似也未觉出有非常特别的感觉。世上真正遥远的路途，其实是在你做了决定之后与迈出第一步之间的距离。

我和南极长城站现任站长在风雪中合影。

人们常常讨论这样一个问题——假如你有了足够的盘缠，你最想去哪里旅行？

有个朋友说，先用GPS定位自己家的坐标系，得到它的精准位置之后，便把北纬变成南纬，把东经变成西经。于是自己最想去的地方，就昭然若揭了。

我一时糊涂，没反应过来，忙着琢磨。

他见我想得辛苦，索性道破，嗨！就是对跖点嘛！

我好歹是环球旅行过的主儿，对"对跖点"这劳什子还有些了解。我说，知道。北京的对跖点，在阿根廷。好像离着它的首都布宜诺斯艾利斯不远。

朋友是博学的白面书生，说，您这个是大概，我指的是精确位置。

这我就傻了眼。那朋友说，您家的我不知道，我家的对跖点，是阿根廷布兰卡港西南150千米处的一片沼泽地。

他很神往地说，这就是一个人在这颗星球上能去的最遥远的地方啦！如果有一天我真到了那里，一定带把便携折叠椅，再捎上个椅垫，要知道那地方潮湿。椅垫图案呢，要描龙绣凤很中国的那种，绵软厚实为妥。到了那厢，我把椅子支在稍微干燥一点的岸边，妥妥帖帖铺好椅垫，再把万里迢迢带来的杯子拿出来，就是现在网上调侃不止的中年养生保温杯。只不过杯里头泡的不是枸杞，是我特地沏好的北京茉莉花茶，然后坐在那里……

我问，再然后呢？

他答，喝茶啊。

我说，喝完了茶呢？

他说，喝完了茶，就四处看看，毕竟异国他乡，来一趟不容易。

我说，都看完了呢？

他说，那就再坐回椅子上，发一会儿呆。

我穷追不舍，发完呆呢？

他一笑，道，往回走啊。在那个点上，无论朝哪个方向迈出的一步，都是回家的路。

我服了他。

或许有人听了这番话，心中多少有点不以为然。与其这样，您干脆待家里得了，还出那么远的门干吗呢？

敢于到自己家的对踵点溜达一圈，还如此云淡风轻，是需要峥嵘勇气的。他要跨过多少高山，越过多少大洋，才能抵达离家最远的地方。而人的要求归根结底，又是多么简单。

人要活得兴致勃勃。身虽衰老，思绪尚能保持驰骋天际的能力。总在旮旯里阴暗地糗着，那是沾满毛屑的旧墩布。外出这件事，除了需存下盘缠钱，还需存储足够的体力和心力。好奇心要像雨后蘑菇似的，在过程中有增无减。以上诸项，犹如四条腿的小板凳，缺一不可。出行不要勉强，尤其是一般人不去之地，多属凶险。人们在暖气空调的包裹下，身体已变孱弱，实应量力而行。

与陆地上相对温和地行走相比较，海洋上那带有剧烈眩晕的航行，更具威力。它会猝不及防地动摇并重塑你对整个地球的看法，令你醍醐灌顶。如果你一直待在坚固的土壤或山峦上，特别是固守在充满人工建筑的水泥城市里，你自以为了解的那个地球，是肤浅片面并挂一漏万的。

看旷远寂寥的地域，人的格局有可能豁然开朗。

毕淑敏

05

企鹅是南极的原住民

若想知道某地的来龙去脉，从那里的原住民历史入手，是条捷径。南极的原住民是谁？答案是——没有。南极是世界七大洲中，唯一没有原住民的陆地。

如果一定要找到南极原住民的代表，就是企鹅。

企鹅呆萌，长相和威武之师毫不搭界。"企"字在汉语中的原意是——跂着脚看。引申为盼望之意。它圆头圆脑，洁白胸部和黑色背躯，截然分开，简洁干净。它的惯常姿势，是无知无畏稳立于银白大地与灰蒙天空之间，头颈尖喙时不时默然向上扭动，似在传达雪域和天堂的悄悄话。它赶路时，奔走甚急，冷不丁滑倒，立刻爬起来，四下张望，好像不愿被同伴瞅到这狼狈一幕。它抖抖身上的冰碴，摇摇摆摆继续前进。有时也会停下脚步，原地站立，探究地看着你，像个身穿白衬衫、外罩黑礼服的绅士。那一刻，你必得相信，在它大智若愚的躯壳之

内，居住着独立且精彩的灵魂。

它是在南极生存斗争中当之无愧的强者。它们喜群居，常常会成千上万只聚在一处，甚至可达数十万只，挤挤攘攘，聒噪不已。

由于企鹅的常住地，距我们太过遥远，一般人多是从图画和影像中认识企鹅。可惜再逼真的作品，与企鹅真身相比，还是有很大区别。这原因主要是企鹅的羽毛不可画，甚至也无法准确拍摄。它的毛羽虽也一片片披挂着，却严丝合缝地黏结着，如同钢铁盔甲，在风暴中几乎纹丝不乱。画笔无法纤毫毕见，太粗糙或太细致，都会伤及企鹅神韵。摄影家们偏爱刚从海里钻出的企鹅，以展示它们湿淋淋的毛羽质感。殊不知这让羽毛成了类乎沥青的闪亮状，让人恍惚以为它披了张兽皮。

真正的企鹅羽毛，有着鳞片般的细小光泽，好似上等毛料，制成合体精致的晚礼服。它明亮的羽毛并不柔软（不是亲手抚摩得来的印象哦！南极的规矩不让摸动物），密度比一般鸟类之毛，要大三至四倍，且绝不吸水。这使得企鹅从海中爬上岸抖干水珠后，羽毛闪烁着金属的铿锵光泽。

世界上约有20种企鹅（也有说18种的），均分布在南半球。南极共有7种企鹅：帝企鹅、阿德利企鹅、巴布亚企鹅、帽带企鹅、王企鹅、喜石企鹅和浮华企鹅。前4种在南极大陆上繁殖，后3种在亚南极的岛屿上繁殖。

别看种类多，但每一个抵达过南极的人，都能很快在苍茫风雪中将企鹅准确分出种属。概因你天天见到它们，哪有不认识邻居的呢？

企鹅有王有帝，关于这封号由来，我原认为帝企鹅是雄的，王企鹅是雌的。其实它们是不同类型，各有雌雄。帝企鹅身板更为高大魁伟，遗憾的是此尊只在南极点附近小范围生存，我们这次无缘见其真容。

在南极乔治王岛刚下飞机，从海边踱来几只企鹅，好奇地张望我们。大家这个稀罕啊，蜂拥而上，与它们合影。随队南极专家一笑道，别慌，南极是企鹅国度，大约生活着1.2亿只企鹅，今后管你看个够。

吓一跳。1亿多只企鹅若排队列阵，多么壮观！于是我放弃了和这几只胸前白衣襟有点污脏的企鹅合影之念头，留待日后图谋。

帽带企鹅的脖子上有一道细细黑线，如同帽子系绳，故得此名。俄罗斯人觉得它们像是戴着帽子的警察，又叫它们"警官企鹅"。阿德利企鹅，有个不那么好听的绰号，叫"挑剔的家庭主妇"。它们筑巢时选择石子非常挑剔。用嘴叼起块石头，如果石头重量不足或是形状不合规格，立马扔到一边，弃如敝屣。它们不厌其烦一而再再而三地甄选建材，绝不马虎，直到觅到合规石子，才心满意足地衔着它赶回家。因为嘴巴里衔了石块，为了保持身体平衡，小翅小腿只好快速轮番摆动，如同竞走队员般扭摆前行。一路小跑，沿着企鹅高速公路，回到自家筑巢工地。苛求之下，合适建材便不易寻得，偶起贼心，就会到别人家的巢穴中偷石子。若被主家发现了，贼偷就灰溜溜把石子放回去。若邻居大意失察，"第三只手"得逞者也不在少数。

企鹅在陆地上，能像人一样保持站姿，身体微微前躬，似在昂首远望，有所期盼。流线型的躯干，如一发圆滚滚的炮弹，稍显肥胖笨拙，若是人长成了这般体形，就会被减肥人士诟病，但对企鹅好处多多。冰

05 企鹅是南极的
原住民

雪中有利于保温，冰水中方便游弋。它的椭圆肚子下方，直接过渡到脚，几乎看不到腿，走路时只能小步倒腾。一旦入水，则判若两人（正确地讲是判若两鹅），下肢划动甚为灵活。金图企鹅（即巴布亚企鹅）是游泳健将，速度可达每小时36千米。

天寒地冻的，企鹅万万不能减肥。它若形销骨立，就是收到了死亡请柬。

据说企鹅还得过"搞笑诺贝尔奖"，更具体地说是其中的流体动力学奖。获奖原因是企鹅便便时，能将排泄物四处喷射，最远可达1米，平均也有40厘米。每一个卧姿企鹅周围，都如同土星环一般嵌绕厚厚一圈粉红色排泄物，味道煞是难闻。企鹅在自己住所周围大小便，实是情有可原。孵化后代时，因为酷寒，企鹅蛋不可须臾受冻。如果亲禽要排泄粪便，不能远离，只好原地不动，将粪便挥洒出去。喷得太近，把自己和将出世的宝宝熏得够呛，自是不妥。孵蛋企鹅只能尽其所能，把便便往远处喷溅。恶臭之中，安之若素伏于粪便圈里专心孵蛋，也是父母

之爱万千表现形式之一种。孵蛋的企鹅身边，有时可见被贼鸥啄食后的小企鹅尸体残片，老芦也曾拍到沉入水底的企鹅蛋。每当看到照片，都伤感长叹。

2010年，南极企鹅繁殖地附近一座冰山坍塌，直接后果是15万只企鹅死亡。

不曾到过南极的人，无法想象冰山倒塌和企鹅饿殍之间的因果关系。企鹅生活和繁殖在陆地，但食物均源自大海。主食是南极磷虾和小鱼，它的肚肠，相当于把磷虾腐熟加温的酱缸。企鹅粪便呈粉红色，如生虾煮熟后的颜色。极友称凡有企鹅之地，必臭虾酱味弥漫冲天。企鹅下海攫食的道路，也是固定不变的，人称"企鹅高速公路"。

只要一提起企鹅，脑海中涌起的印象，就是企鹅中规中矩地排着队，一前一后亦步亦趋地相跟着在冰原跋涉，如训练有素的士兵。它们为什么要脚跟脚地走同一条路？积雪深厚，步履艰难。只有踏着先驱者的足迹，才是最节省体力的走法。先哲说过，没有路的地方，走的人多了就成了路。将"人"换成企鹅，成立。

现在，你明白了。某一天，南极丹尼森角的企鹅，一扭一拐走着去觅食，惊恐地发现地形有变——一座巨大的冰山，挡在路前。山不是一般的大，而是绵延100多千米长，其面积和欧洲小国卢森堡差不多。说起挡路冰山，也是南极的老住户。它20多年前从一座大冰川脱落，浪子般在南极海面漂浮，居无定所。在科学家的冰山花名册上，编号为B09B。此刻它霸泊海边，拦住了众企鹅的求食之路。企鹅们百般无奈，只得绕过冰山，曲折奔海。绕行多远呢？一来一回共计多走120千米。在悲惨漫长的跋涉中，无数企鹅精疲力竭，倒毙。B09B，让企鹅原本直通开放水域的通畅道路，变成了窝在内陆的封闭坟场。

科学机构调查显示，自2011年起，此地企鹅不断锐减，现仅存1万只。科学家们伤感预测，除非B09B巨型冰山自发破裂，或鬼使神差地漂浮别处，才能给企鹅们让出一条生命通道。否则，此地的阿德利企鹅种群，将完全灭失。

恨不能揪住B09B冰川质问：偌大南大洋，你不好生漂荡，为何偏要杀上海滩横泊其上，断了企鹅们的生路？！

想那B09B也有话说：谁让全球气候变暖，导致我顶部坍塌，只好就近搁浅。我也是受害者啊。

不知此段公案如何了结？心中忧伤不已。

常常会想，为什么企鹅只生活在南极，北极就没它踪迹呢？

南极和北极，同为地球最高纬度之地，寒冷的外部环境差不多，养育出的动物却有极大差异。北极是特立独行的北极熊，南极则是庞大的企鹅家族。

一派科学家认为，企鹅祖先是管鼻类动物。5000万年前的第三纪，在南半球开始形成。热带炎热气候和高水温，让企鹅不舒服，就停下了

南极：与孤独和解的纯粹

05 企鹅是南极的
原住民

向北的脚步,掉转头一门心思往南发展。向南向南,一直挺进到南极。

北极,历史上并不是完全没有企鹅的身影。考古学家在那里曾发现过一种已经灭绝了的鸟类骨骼。身高约60厘米,据说头部呈棕色,背部的羽毛呈黑色,腹部雪白,科学家将它命名为"大企鹅"。大企鹅的骨骼结构显示,也是笨拙地陆地摇摆行走,在海中,也极善游泳。它曾生活在斯堪的纳维亚半岛、加拿大和俄罗斯北部海滨地区,包括所有的北极岛屿,都是它的家乡,种群数量曾达百万计。生存方式也是吃在海洋,繁殖在陆地,受到海生和陆生捕食动物的双重威胁。性格温和又缺乏防御手段的大企鹅,在生存竞争中败下阵来,被天敌大量吞食。让大企鹅遭受致命一击的是人类。1000年前,北欧海盗发现大企鹅全身是宝,开始疯狂捕杀。1844年6月2日,两只大企鹅在爱尔兰海的一个小岛上被杀死,大企鹅从此完全灭绝。

南半球一直南下的企鹅,靠着冰天雪地极端严酷的自然条件所形成的天罗地网,阻断了其他动物向南迁徙的脚步,得以自保。它把别的生物视为畏途的苦寒之地,变成了自得其乐的世外桃源加保险箱。

企鹅是鸟,头和喙似鸟,也有翅,却完全不会飞,连鸡都不如。鸡急了还能扑棱着翅膀飞起半人高,企鹅只能在陆地上跌跌撞撞。它名号中的"鹅"字实难成立。无论你如何富有想象力,也跟鹅差着十万八千里。鹅的一大生理特征是"曲项向天歌",企鹅呢,几乎没有脖子。

"鹅"字来源,有一说讲它指的并不是真正的鹅,而是指鹅的呆滞表情。当年葡萄牙探险家麦哲伦率队环球探险,航行至南大洋海岸时,第一次见到这种能长久站立且一动不动的动物,念起家乡。寂寞的探险队员们发挥联想,将它唤作"企鹅"。

再来说说北极熊。它的祖先本是普通熊,从寒带到温带均有分布。地球变冷之际,熊适者生存,加厚了毛皮,改杂食为纯肉,借以增加能量,抵抗严寒。这还不算,它的体温调节能力和一系列生理结构都发生了变化,以适应越来越冷的天气……最后,普通熊成功地演变成了北极熊。

南极洲早在熊类祖先出现之前，便被海洋环绕。古陆分离的时候，那儿就没有熊科动物生存，故南极没有熊。

说完了南北极动物之不同，再来探究企鹅的命运。随着人类脚步向南，企鹅和南极鲸群迎来了厄运。也许企鹅的日子太单调，周围色彩太单一，一旦出了啥新奇事，它们忍不住好奇地驻足观看。更勇敢者，居然毫无戒备地上前端详。

于是，人类与企鹅的初见，充满了血腥。

恕我引几段早期南极探险记录中有关企鹅的桥段。

"人们利用企鹅的好奇心来对付企鹅。一个水手开始跳舞，吸引了企鹅的注意力，诱惑它们不断走近……终于到了一伸手就可以把毫无戒备的企鹅脖子抓住。然后把它们弄到船上去，将企鹅剥皮。"

"外来者和原住民之间充满了好奇。两只体形较大的帝企鹅，一摇一摆地越过冰面走到探险队的船头，仿佛是在站岗一般。一名队员走上冰面有礼貌地深鞠一躬，每个企鹅也回鞠一躬。"

如果事情仅仅到这里为止，尽管我觉得帝企鹅不一定会那么善解人意地回鞠一躬（这很有可能来自作者杜撰），但拟人的美化描写，尚在可以接受的范围之内。其后发生的事情，令人毛骨悚然。作者写道："小插曲马上就结束了，出于科学和食物的需要，两只帝企鹅很快就被杀死。"

……

自古以来，占领者需要打败原住民，胜利者才能得到处理该地领土的权利。南极没有居民，没有土著可以屠杀，怎样实施胜利者法则呢？早期的西方探险者，就把企鹅当成原住民来凌辱与屠戮。他们把企鹅用来喂狗，扭断企鹅的脖子，剥掉它们的皮……为给这些无助生灵带来凄惨结局的行为赋予正当性，证实人类的占领和胜利，表明从此在南极称王，开启接管南极的正当性。

美国南极署图书馆资料中，有一张照片，拍摄于它在南极的麦克默

多科考站保龄球馆。

　　美国在南极共建有5个科考站，以麦克默多站规模最大，像一座小型的美国城市。其中共有各类建筑200多栋，3层高的楼房就有10多座，还有能起降大型客机的机场。通信设施、医院、俱乐部、电影院、商场一应俱全。酒吧就建了4座，有保龄球馆不足为奇。令人大吃一惊的是保龄球道的一端，不是惯常的棒槌状球瓶，而是立着一片企鹅。正确地说，是一片企鹅尸体。它们是被人类杀死后又填充起来的小企鹅，充当特制的保龄球瓶。企鹅保龄球黑白相间，真真让人想起一个词——音容宛在。企鹅球瓶一如它们生前的喜好，并排站立着，似乎还好奇地睁大眼睛。等待它们的是——保龄球接二连三势不可当地从球道扑将而来，将它们的队列打得分崩离析，它们纷纷倒下，被击毁的毛羽乱飞……制作者也算煞费苦心，企鹅尸球瓶的高度整齐划一，与真正的保龄球瓶尺

寸完全一致。按照身高估计，应该都是幼年企鹅，被反复遴选过……

我想起在海岛上，看到过刚刚孵出来的小企鹅，毛羽略带灰色，如同穿着灰色抓绒衫，无辜地眨着眼，依偎在父母身边，对人类充满了信任。

想那企鹅尸身保龄球瓶，应该很容易被损毁，毕竟它们曾是血肉之躯。那么，为了不让兴致勃勃的运动者、比赛者扫兴，应该有很多备份，以供随时补充应用。可以想象，在麦克默多科考站保龄球馆的库房里，储有很多备用品。幼年企鹅尸列成队，栩栩如生……

新闻曾报道：美国人为了争夺哈利特岛上一块4英亩的滩头地，与15万只企鹅大军展开了长时间的拉锯战……

探险家的报告中还写道："有时仅仅是为了取乐，人们大开杀戒，人们看到企鹅惨死会获得莫大快感……"

南极没有原住民，企鹅就成了人类占领南极的标志物。必须要将企鹅杀死，以彰显人类对这里的占领和控制。

出于科学的目的，将一些企鹅制成标本并进行解剖学研究，可以理解。将幼小企鹅制成保龄球瓶以供取乐，病态地索求杀戮的快感，真是卑鄙。当某人用力将保龄球掷出，一群企鹅尸体轰然倒地，他吹着口哨欢呼胜利时，暴露出怎样的残忍和奸佞！暴力殴打毫无抵抗能力的弱者，会让施暴者产生亢奋感觉，让他轻易获取畸形快感，这或许是残暴行为的心理出发点。

这并不是特别久远的画面，在20世纪中叶的南极，比比皆是。

幸而对企鹅以及一切南极生灵的迫害，现已被明文禁止。沉重的一页终于随着人类文明程度的提高，艰涩地翻了过去。游客们不得靠近企鹅，不准抚摸它们。游人不可以大声喧哗吓它们，也不得追赶触碰它们，不能做任何可能伤害到它们的事情。

也许你会说，尽管南极几乎遍地企鹅，你也难得有近距离接触它们的机会。不必悲观，还是有和企鹅同框的可能。你不能走向企鹅，但企鹅可以走向你。你等候在企鹅高速路边……时光流逝，可能由于南极地域太大，那些被杀害的企鹅先祖，未来得及将对人类的恐惧遗传给所有的子嗣。现在留存的企鹅，依然保持着好奇的天性和对人类的不设防。

等啊等，终于有企鹅走过来了。大自然中的一个鲜活生灵，自由自在大摇大摆地从你身边路过，把你当成不会移动的一棵树或是一个没有恶意的同类，目不斜视地给予你毫无保留的信任，心中感动无以名状。

毕淑敏

06

往返乐美尔水道进入南极南

乐美尔水道,如一条缀满白色蕾丝的飘带,从雪山冰川林立的夹缝中抖过,惊天地泣鬼神。它大名叫杰拉许海峡,两侧冰山压顶,成合围之势。狭窄处,冰盖冰崖如身披白色战袍的狙击手狭路相逢,浮冰满坑满谷,前赴后继地翻腾激荡。船身常常紧贴冰雪峭壁边缘滑过,险象环生。目视近在咫尺的冰山,你坚信它们必有灵魂。此刻正不屑地睥睨擅自闯入的人类,嘴角凝挂苍凛微笑。如果你还想象不出它的险态,恕我打个蹩脚的比方,像未修水库前的原始三峡,突然被万丈冰雪镶满。

乐美尔水道长11000米,宽1600米。这个宽度,从理论上说起来不太窄,但实地航行时,冰峰向峡道倾斜,摇摇欲坠,冰雪伸手可掬可捧。你会吓得大气不敢喘,生怕一个深呼吸,激惹了亿万吨冰雪的脆弱平衡,劈头盖脸砸下来,变成你的冰棺。幸好驾驶员万分小心,偌大的抗冰船如天鹅敛翅般缓缓划过。他也怕动静大了引发雪崩吧?某些地段

06 往返乐美尔水道
进入南极南

水面如镜，冰山之影倒映水中，波光抖动，如绸似缎。由于极昼日照，雪山有了极轻微的蒸发，形成薄纱般雾岚，缭绕冰山之巅，恍若仙境。人们都挤上甲板，屏息欣赏如此美景。

为什么雪白之色让人心旷神怡？为什么神仙都脚踏白云？

记得当医学生时，有一堂课，讲到"炎症"。教员问，炎症在人体肆虐时，最明显的表现是什么？

众人七嘴八舌，答案倒是惊人一致——发烧……

教员说，体温增高这个症状出现时，已是晚了。体表炎症的最早期，很可能并未发烧。

原来教员指的是皮肤，不是内脏啊。大家赶紧转换思路，答，发红……肿胀……溃破……

教员满意地点点头说，颜色改变，是皮肤炎症最明显的早期特征。它由正常黄白色变为异常，有可能是青、红、紫甚至是腐烂的黑……原因呢，有可能被毒蛇毒虫蜇咬，外伤碰撞折裂，也有可能是以发疹为特

南极：与孤独
和解的纯粹

征的某些烈性传染病先兆……总之,皮肤颜色若有改变,在缺医少药的古代人眼里,是可怕的不祥之兆。

从此明白了人们为什么对光滑平整的皮肤有颇多好感,对白色有"不明觉厉"的喜好。它源头朴实——来自原始人对疾病与外伤的深层恐惧。这种不安全感潜藏在我们血液中,以至于我们对"雪白"的热爱,从健康蔓延到了道德层面。例如"冰清玉洁",例如"纯洁如雪"。更有甚者,将冰雪和价值不菲的玉石比肩。比如"琼玉""碎玉""银堆玉砌",等等。清冽莹白值钱。

"欧神诺娃号"在杰拉许峡道缓缓向前,人们伏在船舷处,不由得陷入沉思。说来耐人寻味,凡大漠远海戈壁荒野这等旷世存在,好像会突如其来降下宇宙抛洒的生命暗喻。倘若它们再笼罩着铺天盖地的银色,更令人心旋动荡。身体出现并不是由于寒冷引发的轻度战栗,大脑激烈盘旋……思维打碎后,换一种更美好的方式重新编排。在都市中麻木的神经,在这个过程中涅槃,由痛楚的混乱杂芜变得明晰而富有力量。

乐美尔水道,是此次整个南极行中最神奇美丽的地方。我们巧遇另一艘游轮,它比我们到达入口处的时间要早些,此刻孤独地停在那里。

它坏了吗?我问探险队长。

没有。队长想也不想地答道。

那它为什么停在这里?欣赏风景吗?我问。

它在等待。队长答。

等待什么呢?我不解。正思索间,"欧神诺娃号"毫不迟疑地驶入了乐美尔水道,将那条船抛在后方。

队长说,那条船的抗冰等级不够高,虽比我船先到入口处,但它不敢贸然进入水道。水道内浮冰甚多,如果气候转得更为寒冷,浮冰重叠凝冻,它就回不来了。所以,它在等待局势更加明朗一些。要么进水道,要么……

话说到这里，队长突然停下了。我随着他的目光向船后方望去，见那艘船垂头丧气地掉头折返了。

　　"欧神诺娃号"则像个血气方刚的小伙子，精神抖擞地冲入水道深处。船长后来自豪地告知大家，本船是今年这个时间点上，深入南极腹地最远的抗冰船了。

　　驾驶室位于船头，为船的核心操控区域。那里视野开阔，能兼顾观察船的两侧。你站在甲板上，只能欣赏一侧风光。平日在保证航行安全的情况下，可以参观驾驶室，只要不大声吵嚷，不打扰工作人员操作即可。客人中有人成天蹲守驾驶室，欣赏风景观察野生动物。此刻出于安全考虑，驾驶室关闭，停止参观。这也说明此水道冰情险恶，驾船丝毫不敢分心。

　　探险队长对大家说，在乐美尔水道的那一端，有乌克兰南极考察站，正等着欢迎咱们呢！站上售卖乌克兰南极明信片，你们从那里实地寄出，很宝贵的纪念品啊！

于是人们蔓延起对陌生的乌克兰南极科考站之向往。关于它的种种传言，也在"欧神诺娃号"上四处流布。

科考站上由什么人组成呢？乌克兰站和其他国家的科考站差不多，有从事地质、生物、地理、无线电物理和核物理、宇宙研究的科学家，这很正常。还会有一些辅助后勤人员，例如厨师、医生，等等，这也不稀奇。关键是此站有一特殊风俗——凡是旅游船登岛莅临的女士，如果谁肯将自己的内衣留在站上，并同意在酒吧内悬挂，此女子便可获得在该酒吧免费畅饮之优惠。

老芦即使在自家船舱内，还是压低了声音问我，你估计咱船上会有女人捐出内衣吗？

我一边擦拭登陆靴，一边曼声答，中国女子估计比较罕见，外国女人可能有人会积极响应。

老芦沿着自己思路推敲，你说喝酒这事，是只免费一次，还是终生都可以白喝呢？

我纳闷道，这有何区别？

老芦说，单允许喝一次酒，捐献者就比较亏。估计该酒吧内的最贵饮料，也不抵那件内衣值钱。

我说，就算终生都可以免费，有多少人能一而再再而三地穿越危险的乐美尔水道，端坐在乌克兰南极科学考察站的酒吧中，开怀畅饮一醉方休呢？概率微乎其微，一次等同一生。

外籍探险队长，大概预判到中国人多内向，对此风俗惊诧，解释道，这个科考站的男人们，已经有整整八个月没见过外面的人，更甭说女人了。

不解释还好，解释的结果是人们更踟蹰了。我选择性地找了几位身材苗条的女子，问：您可愿将自己的内衣贡献出来，悬挂在乌克兰科考站酒吧？

为什么要找窈窕女子呢？估计水桶腰的大码内衣，美感缺乏，持有者自惭形秽便灭了捐衣之心，故不强人所难。窈窕女子们的答案也没好到哪里去，全盘否定，无一人肯捐。不过我认为不必太悲观，临门一脚时或许有人动了恻隐之心，可能杀将出来。

我找探险队工作人员做了小调查。以往船客有人捐出内衣吗？

工作人员答，有。一看到科考站的人那么寂寞，就会有女子主动伸出援助之手。

我说，内衣是新的还是旧的——我指的是穿过的，并不是真正的旧。你懂的。

由于携带行李有限，人们抵达乐美尔水道时，行囊内还囤有崭新内衣的女子，恐罕见。

工作人员答，科考站的男人们不挑拣，新的旧的照单全收。说到这里，他咧嘴坏笑道，我个人认为可能穿过的旧内衣，更受欢迎。

我刨根问底，这个习俗是南极特有的吗？

工作人员答，这并不是南极风俗，只是乌克兰科考站一家之风。

我说，多久了？从乌克兰科考站一建起来，就流行这习俗吗？

工作人员说，好像并不是从刚建站就兴这个习惯。据说某年招募来一个新的酒吧经理，之后流行起来。您知道，除了科研人员之外，南极科考站内的一般工作人员，比如保洁、司机等普通工种，各国惯例都是向社会招募。应聘而来的酒吧经理，原本在乌克兰经营的自家酒吧中，就实行内衣换酒的规矩。他把这个习惯也带到了南极。

我说，酒吧经理今天还在吗？

工作人员答，他执行完那一阶段任务，就返回乌克兰了。不过，这习俗保留了下来。

我说，你见过站内酒吧悬挂内衣的景象吗？

工作人员说，看到过。酒吧上空，像飘扬的五彩旗帜一样，挂着各式各样的女士内衣……

06 往返乐美尔水道
进入南极南

　　工作人员有事，匆匆告辞。估计他一边走一边嘀咕，这个中国老太，打听得这般详细，有毛病啊。

　　实是出于作家和医生的双重好奇，为了描述南极这一独特微民俗时尽量客观，我才丧心病狂地刨根问底。至此，我心平气和地推断——号召悬挂女子内衣的乌克兰酒吧经理，在模仿异性"恋物癖"。

　　只是真正的恋物癖者，会不惜使用非法手段，比如偷盗、抢劫，甚至可能诉诸暴力，以获得异性物品。此人用一种合法手段募捐女性用品，也算新意。

　　我对老芦说，等会儿到了乌克兰南极科考站，我要找到酒吧，然后你在悬挂的女士内衣下，给我留个影。

　　老芦惊讶道，变态啊！你！

　　我说，帮个忙，拜托啦！

　　"欧神诺娃号"终于成功地穿越了乐美尔水道，乌克兰南极科考站

近在眼前。

此时此刻，四面八方的浮冰，如同春节之前的老百姓，兴冲冲地前往乐美尔水道出口处，赶一个冰雪大集。刚开始时，浮冰群还呈现优美匀态的椰蓉状，但很快就肆意妄为起来，相互粘连着簇拥着，结成大块冰体。然后再接再厉叠罗汉般地登高膨胀，渐渐融合成狰狞恐怖的不规则冰架。幸好"欧神诺娃号"抗冰出色，在浮冰星罗棋布的冻海中，尚能艰难回旋。

船长和探险队长迅速商议，决定"欧神诺娃号"即刻原路返航。蓄谋已久的精彩内衣旗下照片，悲催落空。人们大失所望，一脸沮丧。探险队长宽慰大家，别这么愁眉苦脸的！有人比我们还失望。

大家忙问，谁？

队长说，乌克兰南极科考站上的人们！

想想那些比我们更垂头丧气的乌克兰人，心境果然得以缓解。"比较"是魔鬼啊。

没能买到乌克兰南极科考队售卖的并盖上极地戳的邮票，实为一大憾事。不知为何，地老天荒处，常有卖邮票的，造访者也一一解囊购买。我原以为这是一种很好的"到此一游"文明方式，后来得高人指点，方知真谛。到处建邮局发邮票盖邮戳，颇有深意。在本国制造的邮票上砸下邮戳的一刹那，象征着该国对此地享有管辖权。

又牵涉到南极归属问题。从19世纪20年代至20世纪40年代，各国探险家纷至沓来，他们不仅是为了张扬英雄主义和进行科研，还为本国政府对南极提出主权要求，提供种种依据。先后有英国、新西兰、澳大利亚、法国、挪威、智利、阿根廷等七个国家政府，对南极洲的部分地区正式提出主权要求。

好在1961年6月23日起生效的《南极条约》，冻结了以上七国对南极的领土主权要求，规定南极只用于和平目的。南极不属于任何一个国家，它属于全人类。

06 往返乐美尔水道
进入南极南

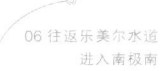

　　关于到底该不该到南极旅行，人们多有争论。有人认为最好的保护，就是不要打扰南极。这样才能给我们的后代子孙，留下一方洁净的原始生态。所有的外来冒犯，都是对南极的破坏。这一说，很有道理。不过，南极面临的生态危险，主要来自全球气候变暖，南极上空臭氧层出现空洞。这两件事，都不是因为人类在南极极小规模的旅游活动直接造成的。如果没有人到南极来，人们又如何感知这种危险的存在与日益紧迫呢？或者说，任何事物都有利有弊。有人到南极来，得知南极的真实状况在不断恶化，奔走呼号，警醒道南极的安康与整个人类的活动息息相关，从此须更环保地发展与生活，是否也很有必要？

　　在南极旅游活动中，中国人所占比例极其微小，近乎为零。我很赞同"极之美"创始人曲向东先生的观点，如果我们不去，对整个世界的了解就会存有空缺，是不完整的。在有关南极的重大国际事务中，中国就没法保证发出正确的声音。如果你没有发言权或是只有非常微弱的声音，这与我们的历史使命不符。南极作为地球上一个庞然大物存在着，

中国是世界舞台上后起的发展中大国，在人类命运集合体的未来走向中，中国理应有自己的思考和声音。我们不能缺席。从这个角度上说，在环保的前提下，南极是可以去并且应该去的。

还是回到乐美尔水道。它如此绝美又如此冷酷，将我们输送至这个季节能够抵达的南极最南端，给了你匆匆一瞥的时间，毫不留情地迫你原路返回了。

我站在船舷边，风强有力地击打面部，尽管戴着帽子头巾，还能觉察到眉弓、鼻子和嘴唇这些突出脸部的小零件，被南极风毫不留情地碾轧，成为一枚平坦面饼。

然而，还不肯回舱。在南极，风景能养心，大海能治病，海冰更是疗愈心灵创伤的高手。世上真有一派"大海疗法"学说，其核心原理，就是凝视大海，感受大海永不停息的流动节奏，类乎精神按摩。滔天海浪汹涌奔来，会让你紧张，但你只要在岸边，就是安全的。紧张与安全交织，一次次重复，会让我们的精神适应，人最后就从阴影中拔出，如一棵全须全尾出土的大葱。海冰的力量也许更强大，冰是水精华。海冰更独具性格，既是稳定的，又是移动的。移动之上的稳定，稳定中的移动，让它和人生莫测的际遇有了某种类似之处。你需要坚固的平静，也需要适当的移动。如何能让人在动荡中依然有牢靠的安全感，这是人生的大课题。

提个小建议——如果你在万丈红尘中五色乱眼迷失了自我，到南极看看吧，白雪、海冰、一望无垠的空旷和咆哮的风，会让你心地安宁。

毕淑敏

07

天堂里
你喝下时间

　　"欧神诺娃号"旅游探险项目，主要分为三种。一种是登陆，再是冲锋艇巡游，最后一种是船长根据天气情况，将船行驶到一些壮美峡湾处停泊，你一动不动简简单单站在甲板上，欣赏奇诡风光。

　　万里冰原。初见之下，你以为冰只有一种颜色，那就是纯白。看得久了，才发现南极冰的奥妙。冰川渗出阵阵幽蓝，如梦如幻。

　　冰山形状各异，桌状冰山顶部非常平坦，高于海面几十米，而深入水面以下据说可达200~300米。它的陡直壮阔，给人留下没齿不忘的记忆。

　　写完这句话，不由得一乐。我有若干齿已没，由于植了牙，外表上看不出来。这话得改成——我在没齿之年才看到冰川雄姿，终生难忘。

　　南极冰山比北极的冰山，体量要大得太多，以祖孙辈论及都是客气。冰山还会"走"，在海流和风的推动下，以每年10~20千米的速度

南极：与孤独
和解的纯粹

向南极高原的低处移动。

"那些刚刚从冰川口的"冰舌"上分裂下来的"新生冰山",是凶猛的冰山婴童。它们重心不稳定,容易发生翻滚和倒塌。我们去时正值南极夏季,冰山变酥,随着气温升高不断消融,会进一步分裂、翻转和坍塌。巨冰崩陷时掀起狂躁涌浪,雷鸣般震响。我们虽在安全地带远眺,仍肝胆俱颤。

"金字塔"形的尖顶冰山,其水下体积极为庞然。有时从远处看去,以为是多座冰山,其实本是同根生的孪生或多胎姐妹兄弟,连在同一底盘上,乃一大家族。这类冰山水下部分如同暗礁,十分危险。所以,即使拥有现代化航行保障手段的抗冰船,对它们也是噤若寒蝉,胆怯地躲了。

由于南极融水极为清澈,冰山潜藏水底部分历历在目,犬牙交错,非常狰狞。好在如无大风浪,它们也不主动出击,只是静静漂在那里。你若远离,便也相安。

依我目测的结果,水下冰和水上冰的体积比例,十分不同。有的是三五倍,有的几乎相当于十倍。我刚开始以为老眼昏花,几番揉眼之后,仍见巨大差异板上钉钉地存在。

天堂湾是南极旅行的著名景点。我们从布朗断崖下来后,搭乘冲锋艇,在此湾巡游。见到岸上有一阿根廷科考站,红色墙壁,尖耸屋顶,有残破的童话感。岗站中无人,我们不得入内。

操控冲锋艇的外籍探险队员告诉我们,这个海湾最常见的客人是隆背鲸。

隆背鲸这个名字不常用,人们一时有点发愣。不过说到它另外的名字,便不陌生。它又叫"驼背鲸""座头鲸""长鳍鲸""巨臂鲸""大翼鲸"等,是海洋中的庞然大物,体长一般在10米之上。

座头鲸游泳本领高强,破水而出时,会竖起身体垂直上升。一旦鳍状肢到达水面后,身体便开始向后徐徐弯曲,好像胖胖的杂技演员准

备后滚翻。它若是高兴,紧接着一个起跳,高可达6米,落水时溅起雪白浪花,如投下巨型炸弹,风起云涌。平常呼吸时,会从鼻孔喷出短而粗的呼气,蒸汽状的气体将海水裹挟而出,形成激昂水柱,爆出隆隆声响。鲸界有个专用名词,叫"喷潮",也称"雾柱",可谓传神。它若受了惊或不乐意待在海面上了,一个潜水,几秒钟就可消失在波浪之下,缩入深海。

我们当然希望能遇到它。据说有人在此地近距离邂逅此尊。它很仁义,大家相安无事。要不然,此尊随便一个小小动作,便可将一叶扁舟掀个底朝天。

  天堂湾三面为巨型冰山环伺。有条约3000米高的冰河,从一侧山顶延伸至海边,气势磅礴。高耸的冰垛,时不时毫无征兆地轰然断落,犹如高空坠落的自杀,垂直刺破海水的蓝色肌肤,瞬间撕裂出阔大伤口。然而天堂湾的宁静如此永恒,旋即所有的音响被海水吸附得丝毫无留,海面纹丝不乱地愈合,一切回归永恒寂寥。

  登陆艇处于浮冰围剿中,索性关了引擎,缓缓随波逐流。环绕的冰山,像一块块硕大而形状不规则的巨型蓝宝石,折射七彩阳光,深邃神秘。迫近冰晶之侧,可清晰听到冰的叹息。人们常以为冰是无声的,错!冰在极轻的融化发生时,有少女吹拂气息般的微响。

  南极的冰为何有如此妖娆的湛蓝?

  尽管我年轻时见过号称世界第三极的青藏高原冰雪,但和南极一比,从量上说,实为小巫。在北温带城市中长大的孩子,常常以为冰箱里冻着的规整块状物,就是冰了。棒状碗状的冰激凌和冰棍,就是冰了。人造冰场的平滑冰面,就是冰的极致。据此得出经验,白色或半透明,是冰的全部和实质。到了极地,你才豁然醒悟,冰是一种多么伟大而凶猛的存在!它们或是无边海水凝冻而成,或是从南极冰山崩裂而下,身世显赫规模宏大,傲然不可一世。

  先来说海冰。酷寒气候中,咸咸的海水也会结冰。海冰比水轻,浮在海面上,如同长大了的孩子,出于海水而凌驾于海水,随着洋流开始漂泊。

  冰川冰,则是由陆地积雪不断沉积,在漫长时间和重力压榨下,形成了冰。随着密度加大,冰内绝大多数空气被挤出,质地变得非常坚硬,同冰箱里几小时速冻出来的冰,有着天壤之别。这种挤压得极坚实几乎不含空气的冰,在光照之下,闪现深空一般的蓝色。最甚者,是黝黑色,得一酷名,名为——"黑冰"。

  在南极大陆,冰盖、冰山统称为陆地冰。随便掂起一块南极陆地

冰，历史都在万年之上。想想有点惊悸，我们除了面对山峦巨石会生出这种近乎恐惧的苍茫感，还曾面对什么物体，目睹如此巨大的时间差？

冰若变成深蓝色，需要4000年。变成近乎墨色，则至少需要10000年。至尊宝的那句名言：如果非要给这份爱加上一个期限，我希望是一万年！似可有个简洁版——这个期限就如黑冰。

关于冰山水下水上的体积比例，众说不一。海明威关于写作的著名冰山原理认为：一部作品好比"一座冰山"，露出水面的是八分之一，剩下的八分之七则在水面之下。作为写作者，你只需表现"水面上"的那部分就足够了，剩下的就是让读者自己去理解"水面下"的那八分之七。

看来大文豪取的是七倍说。我向极地专家请教最终答案。他说，那要看冰的籍贯和历史了。

我乐了，说，冰还有出身论啊？

极地专家说，是。最古老的形成于陆上的冰体，曾被剧烈压缩过，它们中间所含的空气很少，黑冰就属此类。它们一旦落入水中，大部分都会沉没，甚至有百分之九十潜藏水中。那些年轻的海水中冻结的冰，质地比较疏松，所含空气较多，甚至只有二分之一沉在水中。这就是我们常常看到这个比喻各执一词，从十分之一到二分之一都有的来源。

我说，明白啦！海明威基本上是取折中之法。

专家继续道，冰是个大家族。从名词上讲，有"浮冰""冰山""冰架""冰盾""冰盖"之分。冰对南极极为重要，如果没有浮冰，南极就不会有冰藻、浮游生物。磷虾将无从觅食进而灭绝，企鹅也因没了口粮，陷入灭顶之灾。南极的整个生物链，会随之崩解。

他有些忧郁地补充道，现在，世界上很多淡水资源缺乏的国家，已经琢磨如何把南极冰山拖回自家慢慢享用了。在可以想见的不远的未来，人们瓜分南极冰山的企图可能会变为现实。

骇然！南极冰啊，你莫非终有一天，会背井离乡，被人拐走？

07 天堂里
你喝下时间

橡皮艇在天堂湾漫无目的地游荡。

专家手指不远处道，布朗断崖属于南极大陆延伸出来的一部分。他又指指另一侧，说，从理论上讲，我们从那里一直向南走，走啊走，越过无数冰山，便可直抵南极点。

我半仰头，极目眺望，远方连绵的冰山，给人无以言说的震慑感。在大自然鬼斧神工的雕琢下，南极冰山，已修炼成自然界中最纯净的固体，浩瀚巍峨，昂然高耸，无际无涯。它统一单调，除了令人窒息的惨白色，没有一丝色彩装点其上。屹立在寻常人等所有想象之外的地球极点，严酷壮烈。它烈焰般喷射着拒人千万里的森冷，凌驾于我们卑微的灵魂之上。

执掌冲锋艇的探险队员，专门把船停到了一丛浮冰当中，我们如依偎水晶宫殿的围墙。我摘下手套，用手指尖轻触了一下冰川尖锐的棱角，立时冷痛心扉。

专家说，请大家放下手机和相机，谁都不要说话，闭上眼睛，静静地，静静地，倾听南极声音。

在世界上的绝大多数地方，你都会听到一些响动。比如人声车鸣，不明来历的噪声什么的。这里，绝对没有任何声音。有风的日子，风声除外。此刻，风也静歇。

我赶紧遵办。先是听到了呼吸声，自己的，别人的。然后听到了心跳声，自己的。在熟悉了这两种属于人类的声音并把它们暂且放下后，终于听到了独属南极的声响。洋面之下，在目光看不见的深海中，有企鹅划动水波的流畅泫音。洋流觥筹交错、相互摩擦时，发生水乳交融般的滑腻声。突然，一声极短促极细微的尖细呢喃，刺进耳鼓。

我以为是错觉，万籁俱寂易让人产生幻听。无意中睁开眼，看到极地专家。他好像知我疑问，肯定地点点头，以证明在此刻，确有极微弱的颤音依稀发生。

冲锋艇正在布朗断崖之下。此崖高745米，陡直壁立。濒临天堂湾

这一侧岩石，有锈黄色和碧绿色的淋漓之痕，在黝黑底色映衬下，甚为醒目。无数海鸟在岩峰间盘旋飞舞，正值南极春夏之交，这里是黑背鸥和岬海燕繁衍下一代的婴房。

什么声音？我忍不住轻声问，怕它稍纵即逝，我将永无答案。

是刚刚孵化出来的蓝眼鸬鹚宝宝，在呼唤父母，恳请多多喂食……专家悄声解说。

我赶紧用望远镜朝岩壁看去。那声音细若游丝，我以为蓝眼鸬鹚是画眉般的小禽，却不料在如削的断崖上，两只体长约半米的鸟，正在哺喂一只小小幼雏。亲鸟背部皆黑，脖子、胸部至腹部披白色羽毛。它们可能刚从冰海中潜泳飞到家，羽毛未干，似有水滴溅落。它叫"蓝眼鸬鹚"，真乃名副其实。双眼突出裸露，呈明媚亮蓝色，在略显橘色的鼻部映衬下，艳丽醒目。它们真够勇敢的，把巢筑在垂直岩壁上。其下百米处，海波荡漾。

我分不清正在喂雏的亲鸟，是雄还是雌。只见它大张着喙，耐心等待小小雏鸟把嘴探入自己咽部，让它啄食口腔内已经半消化的食物……雏鸟吞咽间隔，偶尔撒娇鸣叫，恳请更多哺喂，恰被我等听到。

人们渐渐从静默中醒来，神色庄重，似有万千感触不可言说。短暂的南极静默，会在今后漫长岁月中，被人们反复想起，咀嚼回味，以供终生启迪。

专家说，布朗断崖的身世，来自100万年前的火山爆发，至今证据仍存。

我们问，证据在哪里？

专家手一指，海滩上至今可见当年熔岩滚滚流淌后的块状凝固物。

放眼看去，我看到布朗断崖某处有一片片锈黄色，问他。

专家答，是铁矿。

我说，哦。那岩壁上一道道翠绿色痕迹是怎么回事？

专家说，是铜矿的露头部分。

我惊叹，南极矿藏这么丰富啊！

专家道，在南极进行过地球物理调查，再加上依据板块构造理论对有亲缘板块拼接的结果证实，南极洲的煤、铁、石油与天然气的储量都很大。在南极横断山脉，有主要形成于二叠纪时期的煤炭资源，深度较小，开采较易。铁矿主要分布于东南极，最大储量位于查尔斯王子山脉，范围达数十千米。另外，还有金、银、铂、铬、锡、铅等多种金属矿藏。

专家脸色平静，听的人着实吓了一大跳。南极的冰都有人惦记着拖回家，见了矿藏更是红眼啊。若轰隆隆挖掘起来，惊天动地暴土扬灰……纯净南极，岂不毁于一旦！

见大家失色，专家赶紧补充道，幸好根据《南极条约》，国际社会在这个问题上终于达成一致，为了保护南极环境，所有矿藏都暂不开采。

南极的归属，"国家"是空白。以前严酷的自然条件，禁锢了人们的野心。现在，科技发达了，利用现代化技术，人们能在南极长久待下来了。南极所具有的巨大资源，成了某些人垂涎欲滴的大蛋糕。为了南极的长治久安，1959年12月1日，12个国家在美国华盛顿签署了《南极条约》，1961年6月23日生效。

《南极条约》冻结了各个国家对南极的领土主权要求，规定南极只用于和平目的，禁止在南极地区进行一切具有军事性质的活动（包括核试验）和处理放射物，同时保障进行科学考察和国际合作的自由。1991年10月4日，中国签署了该公约。

天光此刻被浓云遮蔽，偶有犀利光线，从云的缝隙射下，犹如上苍的惊鸿一瞥。岩石上淋漓的水迹，顷刻结冰，好似神秘文字。

雪山威严默坐，脚下冰海涟漪荡漾。人们屏住呼吸，在宁静中各自想着心事，与万年黑冰联结，与无限时光共舞。幽蓝洋流冲刷着思绪，从中感受无与伦比的清净与力量。

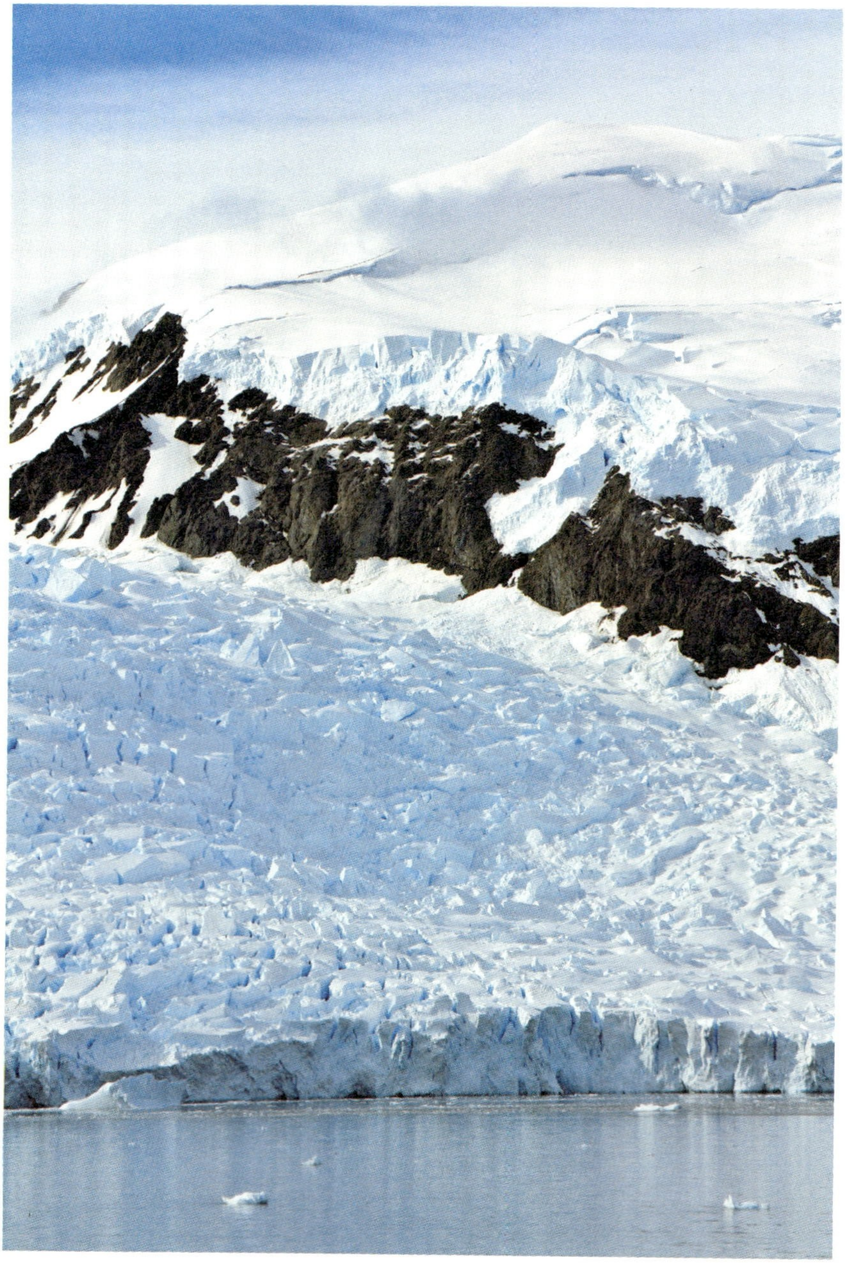

此地为何叫天堂湾？我轻声问。

专家说，山峦拱卫，此湾风浪很小，能给人们以安全庇护，就叫"天堂湾"了。此地符合人们关于天堂的一切想象。在此，你可以感觉神祇。他不是面色苍白的异国人，而是一种伟大的力量。你终将明白，有一种无比强韧而平静的存在，在你身心之上。

云暗天低，冲锋艇位置狭小，一人说话，众人皆闻。大家开始思谋心中天堂的样子。

天堂，第一是安静。

人间太喧嚣了。露水凝结的声音，花蕊伸展眉宇的声音，轻风吹皱春水的声音，蚯蚓翻地促织寒鸣的声音……已然远去。有的只是键盘嘀嗒、短信提示、公交报站、银行医院排号点名，当然还有上司训导、同侪寒暄、不明就里的谣传、歇斯底里的哭泣与嘶喊……人工制造的声浪，无时无刻不在围剿撕扯着我们的耳鼓，让人心烦意乱纸醉金迷。

聂鲁达的诗，陡地浮上脑海。

我喜欢你是寂静的
我喜欢你是寂静的，仿佛你消失了一样，
你从远处聆听我，我的声音却无法触及你。
……

老聂写的其实是一首情诗，追怀一名女子。此时此刻忆起，似乎不着边际。不过喜欢一首诗，有时只是冲着其中一句去的。这一句，如同春雨一滴，将无以言表的心绪粘在纸上。

这箴言似的感叹多么贴切！"我喜欢你是寂静的……你的沉默明亮如灯，简单如指环，你就像黑夜，拥有寂寞与群星……"

天堂的第二个特征，单纯。

海面如镜。天堂湾色泽如此简洁，蓝色是天空和海洋，白色是冰川和冰山。除此之外，再无他者。天堂也是删繁就简的吧？

历史是一个不断把简单变成复杂的过程。也许，应该有意识地返璞归真。把简单的事情变复杂，很容易误以为是一种本领。其实是卖弄的经线加上虚妄的纬线，共同织出一幅弥天大谎之网。天堂湾以无与伦比的素朴，启示真正的归宿。

天堂的第三个特征，平静。

平了才能静，静了才能平。天下大乱，离天堂就远。世间充满凶险，所以人人渴望风平浪静。平和与安宁的所在，便是每个人心中的天堂景象。

天堂的第四个特征，我以为是它——就在人间。纵使在自然条件如此峻烈的南极腹地，天堂也于万里凝冻之间怡然存在。天堂并非遥不可及，具备了安静单纯与平和，处处皆可为天堂。无声无息的静，一尘不染的纯，加之蕴藏在这秘境之下的生生不息。

置身至简的蓝白世界，心似乎空无一物又包容万千。

极地专家捞起一块黑冰。他说，它足有一万岁了，这种冰的小名，就叫"万年冰"。回到"欧神诺娃号"，把它放在酒杯中，再注入酒。它融化的时候，会吐出气泡，发出轻微但人耳完全能够听得见的美妙音响。冰块也像被施了魔法似的，会在杯中缓缓移动，甚至主动碰撞杯子边缘，好像在轻轻问候。可知这是为什么？

倾听的人们，摇头。

专家说，"万年冰"中的气泡，并非寻常气体。或者说，一万年前，它们曾是寻常的。被埋藏雪中，经受过巨大压力，它们已不再寻常，变成了高压气体。一旦冰块融化，气泡逸出，破裂有声。它们代表远古时代，在向我们问候。试想一下，当你喝下"万年冰"释放出的水和空气，你会体会到什么？

有人抢先答：美味！

我心中想，一万年前的水，也是水。一万年前的空气，也是空气。

说到底，均是无色无味的东东，谈不上特殊味道吧？

有人说：益寿延年。

我不以为然。这种水和气，纵有特殊功效，饮入小小一杯，吸进轻轻一口，万千神奇，也无甚大用，只不过象征性的心理安慰。

有人答：不来南极，哪里能喝到，难得！说给别人听，人家羡慕死！以后想起来，回味无穷……

我想，这些都可以有，然而，终不是全部。

专家点点头说，这冰里，蕴藏着时间。一万年甚至更久远的时间，安静地等待与我们相逢。你把它喝下去，从此做人就有了更广博的尺度做框架。

什么叫作时间？它是能将过去和未来区分开来的基本现象。热量总是从热的物体跑到冷的物体上，这就是时间的本质。

我也敲下一块黑冰，放入口中。唇齿渐渐麻木，黑冰渐渐融化。冰冷的平静感，顺着咽喉下滑，储入脏腑深处。它饱含着远远超越我一己生命的长度所沉淀下的森冷，将本不属于我这一世所能明彻的深邃领悟，灌入我心田。在这一瞬我恍然大悟，永恒如此简明扼要。我记住了，返回纷杂人世间的焦躁余生中，不断反刍黑冰的清冽久远。慌张愁苦时，从记忆之库紧急调出天堂湾的静谧画面，它如定海神针般让我淡然下来。

大家情不自禁地为专家鼓掌，防寒手套击出的闷哑掌声，在天堂湾噗噗回荡。

毕淑敏

08 在南极荡起双桨

在南极旅游（对不起，改：在南极轻探险），是一场中等力度的科普学习加辛苦体力活。频繁登陆、徒步跋涉、攀越雪山……对身体素质要求不低。"欧神诺娃号"上的各种讲座，上至天文地理，下至人文历史，内容丰富，劈头盖脸目不暇接。

甲板上，摞堆着一排排鲜艳的皮划艇。早在出发前，旅行机构就发来皮划艇小组招募启事。说探险队配有专职皮划艇教练，如你身体情况允许且对操练皮划艇饶有兴趣，可报名参加。

令人想入非非。我问老芦，你报名吗？

老芦说，皮划艇不就是小舢板吗，那多悬！南极也不是怀柔水库，万一掉下去，就算马上救上来，也成了"渐冻人"。我不报。

我说，不报就不报呗。"渐冻人"不是那意思，别调侃。

老芦避虚就实，问，你报吗？

我说，好像挺有趣，我拟报名一试。

老芦反对，说，你不是年轻人了！这个项目对人的心血管系统和呼吸系统有很高要求，当然还有全身肌肉的力量。你一个奔70岁去的老婆婆，逞什么能？！

我翻白眼道，招募令中对参加者的年龄并无特殊规定，只说身体健康即可。我自认为这一条还算基本合格。

老芦道，你忘了！这是个收费项目……

我说，哎哟，症结在这儿呢！原来你是舍不得我交皮划艇学费啊。

老芦道，你让我把话说完。我的意思是这一项既然单独收费，当然希望一呼百应，参加的人越多越好。咱们去北极点时，你我几乎是全船游客中最年长的人。这次去南极，虽没看到花名册，不知同行者年庚几何，但咱俩可归入年纪最长者行列之一，应无疑问。能把南极行完整走下来，即为胜利。你不可得陇望蜀，忘乎所以。你的腿脚去年还骨折过，皮划艇上须用脚操纵舵轮，你没准把小筏子直冲着冰山撞过去……

乌鸦嘴！不过，他的提醒很重要，不能给别人添麻烦。依我们的实际情况，必保的是平安完成南极行。只得割爱皮划艇项目。我叹了一口气，给自己找了个台阶说，我在颐和园划船都晕，好吧，就不到南极丢人现眼了。

登上"欧神诺娃号"，第一眼就看到露天放置的皮划艇，少女般美艳动人。船上地方狭小，没有专用艇库，皮划艇如同卧倒的士兵，排阵于甲板。它艇身修长，约有4米。呈流线型，表面如处子肌肤般细腻光滑，轻窄如布梭。它色彩醒目，有明黄、玫红、翠绿……多种，如洁白浮冰的素洋上，仙葩盛开。

我原以为皮划艇是一类，后来才知细分皮艇和划艇两类。模样大致差不多，都是两头尖尖无桨架的小艇，主要区别在于划艇的姿势和舵的存废。皮艇桨手坐姿，用一支两端桨叶互成约90°的桨，在艇的左右轮流划水。它有舵，由桨手两脚操控。划艇则是桨手前腿成弓步，后腿跪着，两手握一支像铲子模样的单桨，在艇一侧划水。无舵，靠划桨动作控制方向。

在南极水域，面对轻盈的皮划艇，生出感动。你想啊，渺小的人，凭如此简单的航具，一无油煤等燃料，二无电或太阳能当动力，甚至连一块布做的风帆都没有，完全靠自身体力，以微薄纯粹的人工，与水浪与浮冰殊死抗争，让一叶扁舟按照人的意愿驶向目标或葬身大海……多么悲壮！

皮划艇挺高大上的，为奥运会正式比赛项目。不过它的祖先古朴平凡，是简单的独木舟。

"欧神诺娃号"广播通知，出发前已报名参加皮划艇训练的队员们，某时段去船尾处集合，举行教练见面会。我问一名正式参组成员，我若去旁听，教练会不会赶？

正式队员斟酌说，皮划艇教练员，是探险队长的夫人，人很和善，估计她不会把你赶出来。你准备好说辞，给人家一个理由。就说还没想好是否参加,先来感受一下,再做决定。

我点头记下,决定去蹭皮划艇的课。

"欧神诺娃号"上寸土寸金,没有会议室留给皮划艇教练和队员们授课。大伙围拢在楼梯拐角处的一块不规则空场处,见面会开始。

正式队员们把教练团团围住,我知趣闪在一侧。女教练是北欧人,是一位完全不把美貌放在心上的俊俏女子。散乱金发用黑皮筋胡乱圈起,被南极烈风吹皱的素脸上,未被拢住的发缕,随着她的话语声飘飞。有几根发丝倒挺老实,纹丝不动,概因它们粘在女教练爆了皮的嘴唇边。此等纷杂一切,丝毫不妨碍她美丽亲和的笑容。牙甚好,笑起来,像是含着一口被整齐切割成小立方体的乳白冰晶,满口璀璨。

教练清点人数,学员们自报家门。鱼目混珠者,顷刻暴露。看着美女教练捧着花名册狐疑,我赶紧把准备好的说辞结结巴巴呈上。

金发美女教练莞尔一笑道,"欧神诺娃号"搭载的皮划艇数目有限,学员已然招满。

完了!正琢磨是否马上知趣退场,教练道,你可以旁听。只是你没有机会亲自上艇操练,这很遗憾。皮划艇运动分为静水和激流两大类。在天然或人工湖面进行比赛,称静水项目。在水流湍急的河道进行比赛,称激流项目。

那么,在波涛起伏的南极洋面进行皮划艇训练,算静水还是激流项目呢?她没说。闹得我现在也没搞清南大洋皮划艇运动,到底归哪一类。想来要算激流,要不干脆属另类。

我对美女教练满怀感激。心想在今后岁月,如遇类似情况,一定设身处地为他人着想,给予尴尬者以充分的体谅和尊重。

教练约略介绍了皮划艇的身世。

它是独木舟的子嗣。原始人类外出打猎觅食,遇到河溪怎么办?浅点的涉过去,深和宽的呢?如何渡?在这一岸困了许久,不知哪位先祖突发奇想,把大树凿空,制成了最早的船。独木舟独步江湖千百年,让

它改进完善的功臣，当属北欧海盗。他们不是为了简单的生存，而是出于掠夺的需要。到了16世纪，人类开启了大航海时代，皮划艇迎来了日新月异的发展机遇。

"欧神诺娃号"船载设备均是双人皮划艇，美女教练给队员两两编组，课程正式开始。

"划幅，指桨叶从入水到出水间划行的距离。频率，指的是一定时间内划桨的次数，每分钟为30~40桨。节奏，指桨叶划水和回桨的时间比例。推桨时你一定要放松，拉桨时你必须用力，两个人要配合默契，形成鲜明节奏。一个划桨周期，包括入水、划水、回桨三个连续动作，要一气呵成……"正式学员们前倾身体认真听课，忍不住比比画画，好像坐在数只透明的皮划艇内。

现在，统计一下，你们都听得懂英文吗？美女教练发问。

懂的人举起手。

美女教练稍稍皱了一下眉头，说，南大洋里操纵皮划艇风险很大，各种意外可能随时发生。撞击浮冰，鲸鱼突然在你眼前出现等。鲸鱼如男人性格，通常深潜不露。不过如果它跃出水面，而我们恰好又在附近，就很危险。我会尽可能提前发出警报，但我只能说英文……如果有人听不懂，会丧失宝贵的躲逃时间。你们如遇突发情况，也要及时向我报告，而我听不懂中文。请大家选择合作伙伴时，最少要保证每条艇上，有一人能听得懂英文，并能用英文熟练陈述……

人们按照要求，组成合作团队。我悄悄离去。

皮划艇的前世土得掉渣，奥运会上可设有12块金牌，煌煌一大类。

此后，我等普通游客，如企鹅列阵般乖乖上下冲锋艇、按部就班登岛时，皮划艇队员们，穿着特制艇服，提前登上绚丽的皮划艇，开始专业训练。美女教练耐心辅导，这帮人从最初一窍不通，几天后初具模样。航程快结束时，居然练出了相当整齐标准的动作。在银白碎冰和湛蓝海水混成的南极冰洋上，留下完美的水花轨迹。

我问一女队员，您跟谁一组？

她说，我老公。

我说，那好啊，容易配合。

她说，双人皮划艇的难点就在配合。你知道，前头那个人，通常就是我啦，正式称呼叫前桨手……

我插言道，你控制方向？

她说，不是。前桨手主要是控制频率。我先生坐后头，叫后桨手，他操纵船尾舵，控制方向。

这位先生，持重稳健，想来一定错不了。我说，你们可谓黄金搭档。

前桨手撇着嘴说，黄金？简直是垃圾搭档！今天差点撞上一座小冰山，我俩爆发猛烈争吵。后桨手不断催促，后来干脆改成了没完没了的唠叨，先说我太慢，后来干脆骂我太懒……

前桨手是个勤快女子。再者，这位先生一向敦厚示人，在冰海中居然牢骚满腹，看来真急了。

我打圆场道，估计是怕撞上冰山，口不择言。

前桨手恨恨道，我看他才在偷懒！

我斟酌说，看起来他不像偷懒的人。

前桨手气哼哼地说，那么我看起来像偷懒的人了？

我赶紧辩解，你也不像……这么说吧，你俩都不是偷懒的人。

前桨手愤然道，只怕是皮划艇没练会，回国后我俩就离婚了！

我受了惊吓，思忖半晌道，提个小建议。明天训练时，你俩不妨换个位置。你当后桨手，你先生当前桨手。

她似信非信。想想也是，一个对皮划艇一窍不通的局外人，哪里配得上指导实操者？

第二天，我等大拨人马寻常登岛，皮划艇组单独操练。晚上大家见面时，女桨手高兴地对我说，今儿我俩真的互换了位置。我知道了船

尾舵控制起来实属不易。我先生呢，明白了前桨手劈波斩浪多么费心费力。之后我俩再配合，得心应手了很多。特别是双人扫桨，很有默契……

我陪着一个劲儿乱点头，根本不明白"扫桨"是怎么回事。我开玩笑道，这下不离婚了吧？

女桨手说，我俩今天还商量，回国后，要去买一条皮划艇。节假日把它绑在汽车顶上，开到远郊水域，自家常练练，过过瘾。

我吃惊，玩皮划艇还会上瘾？

女桨手说，可不！不单我俩这么想，凡是参加皮划艇训练的人，都爱上了这项运动。我想，这种热爱，来自古老的基因。我们的祖先，甭管你是哪个民族哪块地域的，出门都会遇到水。搭桥是以后的事儿，最初想到的一定是造独木舟。拿什么造？最简单的是刳木为舟。教练说，爱斯基摩人的独木舟，是用鲸鱼皮、水獭皮包绕兽骨架子造的。埃及人的独木舟，用纸莎草编扎而成。印度人的独木舟，用的主材是芦苇。荷兰、日本、韩国、朝鲜，也都因地制宜地建造各种独木舟。咱们中国川滇交界处的泸沽湖，游人去了都坐坐猪槽船，那便是摩梭人的独木舟。所以这学习划艇很复古，会涌起强烈兴趣。

我好奇，问，皮艇上看到的南极是怎样的？

女桨手稍犹豫了一下，才道，我实话实说，你可不要生气啊。

我说，这正是我所想要知道的，哪里会生气！

女桨手说，咱们交一样的团费，奔波同样远的路程，乘坐同一艘"欧神诺娃号"。

我说，是啊。这还用说！

女桨手说，按常理，咱们看到的南极，应该差不多。可我想告诉你，在皮划艇上感知的南极，非常特别。我们划艇的时候，你们在南极岛屿上行走，甚至在南极冰泳，这都是和南极融为一体的好方法，不过我觉得都比不上在艇中和南极相近相亲。我们漂在南极的水面上、冰山旁。和南极的肌肤，只隔了一层薄薄的碳素纤维层。时间一长，这层仅有的隔膜，也似乎不存在了。皮划艇扩展成自身一部分，人和皮划艇融为一体，成为有知觉有行动力的南极活物。它是皮肤的延展，手臂的延展、感官的延展……艇浸入冰海，那种来自南极海底的森严寒气包绕肌肤。艇桨切入冰海，就像你用手指抚摩南极之水。有些看法，匪夷所思地出现了。

我说，详细说说可好？

女桨手说，就举个小例子。咱们都知道，地球上的原始生命，最初来自海洋，后来慢慢爬上陆地，分化成植物和动物，这似乎是定论。可近距离地观看海豹，我觉得这个过程是可逆的。有的动物，甚至在已经进化成温血动物以至哺乳动物之后，为了逃避天敌的追击，为了寻觅更加丰富的食物，又重新返回了大海，形成了新的种属。

的确让我吃惊。南极盛产海豹，据说有3200万头，占世界海豹总数的90%。单是一个海豹，彼此感受就如此不同，可见皮划艇的视角非同小可。

我努力跟上她的感知，试探着说，按你这意思，划皮艇，比冰泳还更贴近南极水？

　　女桨手说，在南极冰泳，表面上看起来当然是更直接和南极零距离接触，不过真相并非如此。人咬着牙倒吸一口气，扑通一下入水，皮肉骨骼脏腑瞬间被冻僵，几秒钟后至多几十秒后就得仓皇出水，象征意义大于实际意义。人的感官在这个过程中被严寒先震撼后封闭，根本来不及细致感知南极。为了活命，第一反应就得赶快上船。在皮划艇上，人是从容的，兴致勃勃的。我们能深入你们抵达不了的海岸，能凑到冰川近旁嗅它的气息，能近距离地观看冰山坠落，能到渺无人迹的岛礁，看企鹅嬉闹海豹酣睡……这么说吧，有了皮划艇，咱们虽然是同到南极旅行，但我看到的南极和你看到的南极，是不一样的。你想啊，北京的北海咱们去过多少次？琼岛啊白塔啊都不错，但唯有在北海荡起双桨，脍炙人口几十年。说明什么？荡桨这件事儿，魅力非凡。我们在南极荡起双桨，美好的记忆必将伴随一生。对于独木舟的热爱，在我们每个人的血液中潜伏着，等待沸腾。

我半张嘴，如同受了惊吓的海豹，除了艳羡，再不知说什么好。第二天一大早，趁着没人，到甲板上傍着沉睡中的皮划艇照了张相，一了夙愿。

我们有幸长时间地观看虎鲸嬉戏喷水。距离之近，让我清楚地发现鲸鱼喷出的水柱，并非单纯的液体，而是水和气的混合物。水汽柱的升腾，也并不总是力拔万钧，有时也很柔和，低且冲击力不强，像一声柔弱的叹息。估计鲸也跟人似的，有大口呼吸和小口微喘的分别吧？俩鲸靠得很近，鳍划过银色水面，身体随着海浪有节奏起伏。当鲸头扎向水中下潜时，尾鳍在水中高高翘起，留下漩涡，逐渐变成泡沫丰富的波纹。

顾名思义，我曾以为虎鲸有斑纹如虎，其实它色泽单纯，如海中熊猫，只有黑白两色。这俩鲸动作优雅，轻柔戏水，甚至缠绵，实在同猛"虎"沾不上边。当时船上的鲸类专家通过广播告知大家，此刻虎鲸正在围猎，它们是凶猛的大型齿鲸，食肉动物。几天后，有消息传来，说是专家仔细研究了当时的录像资料后，更正为这是两条虎鲸正在相恋，为即将到来的交配预热。

我当时不无遗憾地想，可惜女桨手和她丈夫还有其他伙伴，此刻没有在皮划艇上。不然在安全的范围内抵近观察虎鲸，所见当更精彩。

南极：与孤独和解的纯粹

毕淑敏

09

冰雪中吹笛绣花的男人

　　岸边有几座咖啡色小木屋，悬挂的国旗说明这是阿根廷设在南极的科学考察站。极地专家道，看到房上的黑色痕迹了吗？

　　顺着他伸出的食指望去，果见房顶上有斑驳的暗色条缕和团块。

　　大家猜这是怎么造成的？专家卖个小关子。

　　众人道，遭雷劈？南极常有电闪雷鸣的雨吗？

　　专家揭底，这是火烧的。

　　哦，失火了！大伙儿吃一惊，忙说，守着海这么近，赶紧舀水灭火啊！

　　专家说，扑救还算及时，所以只烧了科考站的一部分，后来经过维修现在可以正常使用。房顶上烟熏火燎的痕迹，不影响使用，就没彻底更换。

　　有人嘴快道，估计是厨师改善伙食，不小心走了火。

有人悄声质疑，阿根廷菜系也跟咱中餐似的，讲究烈火烹油吗？

专家答，这场火与厨师无关，和医生有关。

大家纳闷，穿白大褂的如何和火灾掺和到一块儿？

专家细解：阿根廷在这里进行长年科考工作，科考队人员两年一轮换。到了换岗时间，新人上站，原团队返回家园。要走的人欢天喜地，不料驻队医生被通知还需在站点继续执守两年。医生默默解开收拾好的背囊，又开始了寂寞的南极生活。等啊等，终于又一个两年过去了，好不容易熬到了轮班时间，总算可以回家了。没想到该医生又接到通知，请他继续留守两年……医生精神崩溃，当天深夜，一把火将科考站点燃，烈焰熊熊……

后来呢？大家僵愣了一会儿，忍不住问。

后来阿根廷科考站就成了现在的样子，焦糊屋顶。极地专家回答。

大家说，那个医生呢？

专家说，医生终于重返了城市，不过住进了监狱。

大家议论纷纷，有人说，不兴这样让人一而再再而三地延长南极工作时间，把人都逼疯了。有人说，这事放谁身上都要崩溃。纵火尽管过激，情有可原。有人说，这该算急性精神病发作，量刑时酌情轻判。有人说，这里风景如画，多利于修身养性！科考站吃穿不愁，医生的工作也算不上多繁重，怎能出此下策，把自己整监狱里去了……

众说纷纭。静美安详如此，无边寂寞也能使人变态。由天堂一个马趴，直接滑到地狱。

极友中有一优雅女士，凝神望着周遭静谧的风景，自语，在南极工作的人，并不像想象中那样冲淡平和。他们始终处于高度应激状态。

我好奇她胸有成竹，结论专业。便问，您缘何做此判断？

优雅女士说，早年间，我参与过一个科研项目，便是专门监测南极工作人员的血液免疫指标等变化。

我问，您以前来过南极？

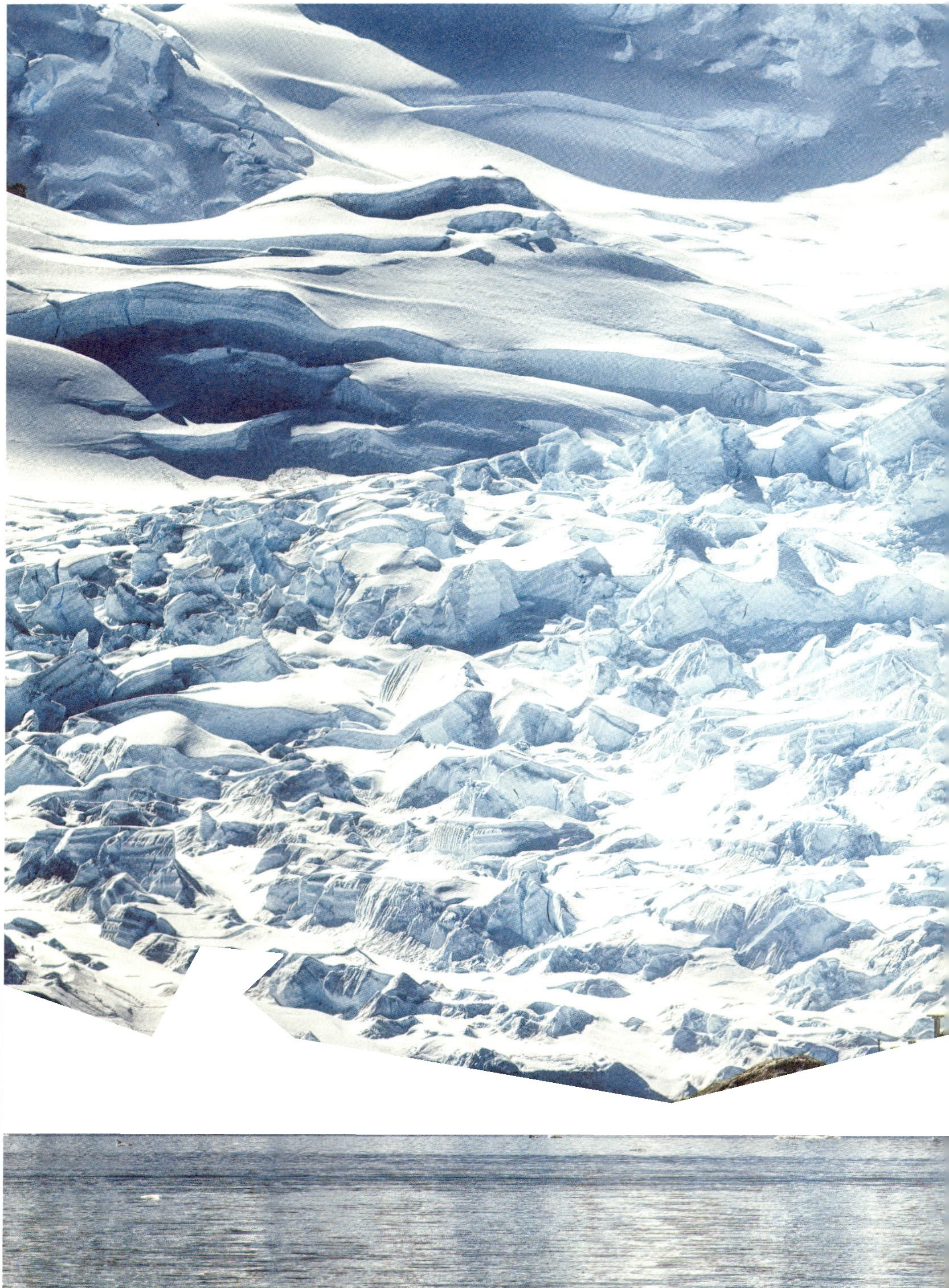

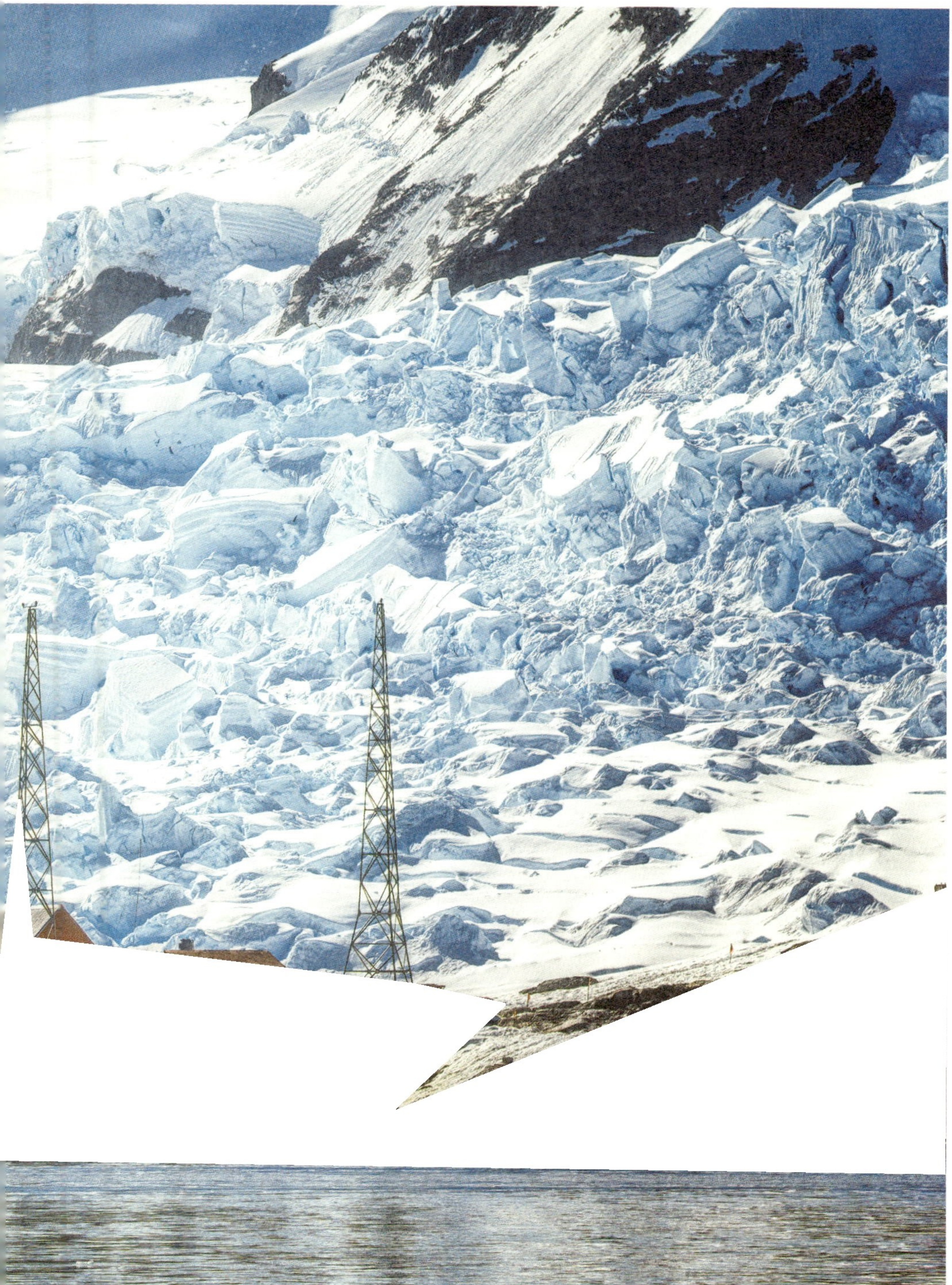

优雅女士道，我之前并未来过南极。那时在一家医院工作，参加了相关科研项目。每隔一段时间，就会有取自南极工作人员的血液标本，万里迢迢送到国内实验室，进行各项分析。严格说起来，研究是从该工作人员还没踏上南极大陆，就已经开始。这个项目持续了几年，直到所有人员离开南极返回正常生活之后一段时间才结束。连续监测过程中，通过一系列数据，我们不断得知来自南极工作人员的身体状况信息。所以，准确地讲，在此次南极行之前，我虽未亲身抵达南极，但已间接感受到这里的残酷，没有陌生感。

我问，检测结果如何？如果保密，您就当我这个问题没问。

优雅女士说，那就恕我不详说了。基本结论是——南极会让一个正常人的整个机体，处于高度应激反应状态中。说到底，南极是不适宜人类生存的。这就是除了早期探险家和科考人员外，南极从未有过真正原住民的原因。

我记起当医学生时，学习到的对人体"应激反应"的解释。

它是个专有名词，最早来自加拿大学者汉斯·赛里。他根据人在寒冷条件下的反应，提出一个重要概念——人体在遭到强烈有害刺激后，会产生一系列紧张状态。

首先激素分泌增加，接着影响免疫系统。严重的应激反应，会导致精神趋于崩溃，出现被害妄想、被监视观念、对他人不信任等症状，人易伤感、沮丧、哭泣甚至发生明显的社会功能缺损，导致工作或学习、人际交往和社会活动方面的种种异常……

联想到纵火的阿根廷医生，不知现在出狱了没有？能否回归正常生活？也向一代又一代中国南极科考队员致敬，为了祖国，他们将最美好的年华，奉献给了最寒冷的大陆。

不由得思虑，如果长期在南极生活，如何度过难挨的单调时光？

某天，老芦神秘地对我说，嗨！图书馆里有个新闻。

我说，图书馆能有什么新闻？无非是读书人，看到精彩处，拍案叫好。

老芦说，这个新闻却是安安静静无声无息。那儿有个老头，低头绣花。

我真惊讶了，问，你没看走眼？

老芦道，我盯他好几天了，穿针引线绣个不停。

我说，那老头……多大年纪？

老芦琢磨着说，看起来比我还老。

我不相信，说，不能吧？你几乎是这船上最老的老头了。我知道仅有一个男人年纪比你大，不过他眼神不好，估计没有在颠簸船中绣花的能力。

老芦说，就算没我年纪大，也年轻不到哪里去。外国人的年纪，不大好估摸。

我说，哟，还是个外国老汉！咱们去看看。装作偶然经过图书馆，别让人觉得咱们没事找事看热闹。

老芦说，老汉人很好，没关系，你就算站在一边目不转睛地盯着看，他也照样绣他的花，心理素质超强，完全不在乎。

俺俩来到图书馆，为显平常心，我先走一步，老芦断后。拉开距离鱼贯而入，假装随意来找书瞅。

果然，在靠近门口的窗户前，有一外国老汉，正低头凝神绣花。他长满金色汗毛的手指头，粗壮如小胡萝卜，寸把长银针，在绣绷上翻飞。定睛看去，绣品是一幅直径20多厘米的十字绣。

要说起这十字绣，和中国素有渊源。它在唐宋时期兴起，当时名叫"黄梅挑花"，算是绣法中的入门手艺，常常出没于衣物、荷包、扇套、扇袋、帕袋、枕头、门帘等俗人的杂项上，很接地气。公元14世纪左右，这种挑花方法，从中国经土耳其到意大利，之后在欧洲传播开来。因为它一以贯之的十字交叉针法，在异国他乡被起了个新名"十字绣"。最初是贵妇们消磨时光的小手艺，后来进入欧洲各国后宫，于是成了一景。凡宫廷习气，最后定会被民间趋之若鹜地仿效，以为高雅。

此时正逢文艺复兴时期，这种简单易学的刺绣方法，旋即风靡欧洲。之后，十字绣也跟随着大航海的船桨，滥觞全世界。

20世纪初，十字绣经日、韩路径回到中国。只是这时世人只知它的洋名，遗忘了它明媚的中国闺名。中国刺绣专家曾多次指出，珠光宝气的"欧洲宫廷十字绣"，正是"少小离家老大还"的中国"黄梅挑花"。

外国老汉所用网格状绣布，硬挺方正，面料挺括，疑似上乘亚麻。绕线板、鹤形剪等一应家伙什儿，围伺身旁。他安详地将小小银针自绣布下方扎出，轻盈提线。还不时用小工具敲敲打打，让绣品更显平整。

听到有人来，他不慌不忙抬起头。哈！原来是探险队的乔纳森先生！

我说，乔纳森先生好！您绣的这是什么图案？

他笑答，企鹅。

我俯下身去细端详，半成品的企鹅，模样和腾讯QQ形象代言人有一拼。整体尚未完成，一时看不出是Q哥还是Q妹。企鹅这个形象，简言之就是上小下大的两个球体，供夸张变形的余地较小。雌雄之分，只能靠脖子上的蝴蝶结鉴别。

我说，乔纳森先生，您是觉得船上生活太单调，靠绣花打发时光吗？

乔纳森惊奇地耸耸花白眉毛，说，船上单调吗？我一点不觉得。主要是在繁华都市里，太忙，没机会绣花。到南极来，正好可以绣我喜爱的动物。

我说，除了绣企鹅，您还绣什么动物呢？比如海豹海象什么的？

乔纳森先生摇头说，我不绣海豹，也从来不绣其他动物。只绣企鹅。

我说，您绣企鹅做什么用呢？

试想一下，乔纳森先生常到南极来。如果每次都绣企鹅，家中墙壁上一定趴有大群企鹅。

乔纳森得意地说，每绣好一只企鹅，我就把它送给朋友们。大家都很喜欢我的绣品呢！

我追问，您从小就会绣吗？

乔纳森先生说，是的，从小就会。当我还是一个少年的时候，就学会了画画、吹笛子、唱歌……

乔纳森先生白发苍苍，67岁了，的确比老芦还要年长一点。听一位老人很神往地讲起他的小时候，便有远而迷蒙的光晕，笼罩在他头上。

我说，您今年的绣品打算送给谁呢？

乔纳森先生瞬间两眼放光，说，我要送给女儿当结婚礼物。

我说，您女儿收到您亲手绣的企鹅，一定特别高兴。

乔纳森说，是啊是啊！所以，每一针我都绣得很带劲。

他眉目间的笑意皱纹深而妥帖，证明他经常开怀大笑。

我和老芦告辞了，别耽误了爱心满满的老爹，在绣品里倾注他的美意与祝福。

再下一次和乔纳森先生相遇，是在南极大陆布朗断崖上。

登山时，雪雾弥漫，能见度极差。人们一个跟着一个，踩在前人脚印里，艰难地向上攀登。

南极大陆的雪，颗粒感十足。粗糙的程度，让古巴黄砂糖相形见绌。砂雪表面，结有牛皮纸般的硬壳。一脚踩踏下去，噗地陷落，深浅程度神鬼莫测。故登此山时，专业探险队员先行踩点，用红色小旗标出安全地段，我们必须在圈定范围内行走，不可越雷池一步。不然落入雪渊，性命难保。

冰雪中跋涉，我纠结——是走别人没走过的路，还是亦步亦趋在前人脚印中讨生活？

走别人走过的路，安全有保障，比较省力。没膝积雪中行进，如同烂泥拱路，每一步都很辛劳。此选的致命伤，是积雪中的窠臼，带着踩下脚印那人的牢固印记，如同盖戳。他下脚的深度，脚踝的弯曲度，他用力的方向，都潜藏在雪穴中，你必得全盘承接，如同框入铁鞋。不管你乐不乐意，必和当初留下这脚印的人，步调完全一致。如果你方向和他不同，极有可能扭伤脚踝。几番类似折磨之后，我愤而另辟蹊径，独自在皑皑积雪上踩出新途。虽说费力颇大，但不必担心一脚踩下去受伤。

只要不超越红线，走新路并无人阻止，缺点是耗力深重。我一边喘着粗气攀爬，一边想：为什么……企鹅们走在专属"高速公路"上……摇摇摆摆顺风顺水……就不怕扭了踝关节？为什么人就不成……

南极空气凛冽清新，海面附近氧分压高，大脑能在气喘吁吁的同时，进行简单思考。我的结论如下：一、企鹅的薄膜状蹼脚，可在雪上滑行。我等笨拙人脚，缩在僵硬防水靴中五趾蜷起，抓地不牢。二、企鹅呈炮弹样的流线型身体，重心相宜。而人类重心，在被冲锋衣裤绑扎救生衣捆定之后，不知窝在哪里，总之重心极度不稳。三、企鹅的膝盖得天独厚，不是向前长，而是向后拐出，非常灵活。人的柔弱脚腕子，不是为了在冰雪之上跋涉预备的啊……

一团乱麻思考中，拖拽疲乏躯体，跌跌撞撞登上布朗断崖。大雾，山顶也和半山腰差不多，浸在一碗浓稠牛奶中。突然传来悠扬笛声，犹如一缕阳光斜扫，雪雾瞬间燃亮。

我不知道这是什么曲子，也不知什么人有闲心在旷莽南极冰盖上吹小调。

你听到笛声了吗？我问老芦。如果他说没听到，我怀疑自己幻听。

听到了。他一点都不吃惊地回答，并补充道，我知道是谁吹的。

你看见吹奏者了？我问。

没看见。我猜的。老芦笃定答道。

谁？我问。

乔纳森啊。除了他，谁还有这份雅兴？他不是说过，自小就会吹笛子嘛！

我半信半疑。

回船后，找个空当向乔纳森本人求证。他正倚在船舷看景，很高兴地摸着大胡子说，嗨！原来你们都听到了！

我说，是啊。当时以为是仙乐。

乔纳森说，我只顾吹，没看到人。再说想看也看不见，到处浓雾，我以为没人听到呢！

我说，听到的人都很喜欢。

乔纳森迟疑了一下，说，抱歉。我其实不是吹给人听的。

那给谁听呢？我迷糊不解。

吹给南极的冰雪听，吹给企鹅们听。老汉揭开谜底。

您吹的是什么歌曲呢？我问。

那是一首英格兰民谣，叫《吹向南方的风》。乔纳森答。

真是个怪人。一大老爷们，南极冰天雪地中，又绣花又吹笛子，还"吹向南方的风"！从这里往南再往南，就是南极点了。他到底是个怎

样来历的人呢？

乔纳森先生的正式身份是英国教授，地理学家。他在船上有一堂讲座，内容是介绍20世纪英国南极科考站状况。好多人对这个题目感兴趣，不想授课那天，途经南极某海峡，风浪骤起，船身剧烈抖动。晕船这个无所不在的幽灵，把绝大多数人按倒在床上。

我躺在舱室，头晕目眩，双眼无法准确聚焦，只能在手表上看个大概其时间。眼瞅着快到点了，奋力挣扎起来，对老芦说，扶我一把……要去……听乔纳森……课……

老芦比较抗晕，说，你晕船严重，刚吃下极友们给你送的外国晕船药，好生躺着歇息吧。硬挺着去，弄不好呕吐课堂上，给别人添恶心。

我说，这药……力道够猛，我虽昏沉，但能辨别出它选择性地抑制了呕吐中枢，我有把握不会当场吐出来……赶紧走……再磨叽就迟到了……乔纳森在英国科考站工作过，越过冬……我想亲耳听他的故事。

于是老头老太相互搀扶，踉跄不已，一步一挪，总算到了课堂。走得太慢，超时了几分钟，估计已经开课了。进得门来，才发现连我们俩算在内，拢共只有四个学生落座。

讲台前高大的乔纳森先生，略显落寞。

中方领队道，时间已到。估计现在船上能站起来行走并能前来听课的人，全都到了。乔纳森先生，请您开始吧。

于是，满头白发的乔纳森先生，面对着四个学生，开始授课。

晕船让我摇头晃脑，像是不可救药的醉鬼。以下是我在剧烈眩晕中，借助老芦帮忙（很大部分是他代我记录的），根据鬼画符似的笔记整理出的听课心得。

1974年至1975年，我作为研究海冰的专家，在英国波斯布拉站工作。那是个非常小的站，只有4个人。我们的房间是4米乘以6米那么大，大家算一下，你会得出数据，总面积是24平方米。工作和住宿以及所有的活动，都在这一间小屋之内。帐篷啊装备啊还有储藏装食物的箱子等，都只能放在室外。南极哪怕是盛夏时节，也会下大雪。我们的箱子埋在厚厚的积雪中，新鲜度不错。只是需要它们的时候，经常翻来翻去地找不到。

波斯布拉站的具体位置，在南纬71度，距离海岸线300千米。每年的5~8月份是南极的极夜，完全看不到阳光。我们天天躺在床上不动，当然，自己做饭和吃饭时，还是要下床啊。

那时候没有网络，也没有电话，每天的日常工作就是做测量，写各种科学报告。屋内的打字机，总是噼里啪啦响个不停。

我们怎么洗澡呢？洗澡首先要有水，那就是把雪块抬进屋，先化成水，之后再烧热。没有洗澡设备，我们就找了一块铁板，在上面凿了一些眼。另一个人把水从上面淋下来，滴滴答答就成了淋浴。理发呢，也是互相帮助。所以如果你在照片中，发现我的发型不够美观，那你不能怨我，只能埋怨我的室友手艺差。

我们最害怕的是得病。好在我们的身体都很棒，不过有一个人的牙齿出了毛病，肿得非常厉害。没办法，他就自己动手把这颗大牙给拔下来了……

听到这里，我倒海翻江不断眩晕的大脑，猛然间振作起来。我的天！自己拔牙？！大牙？那就是后槽牙了，它可能是智齿。英国南极科考队员当时年纪正轻，智齿也许尚未完全萌出，会导致巨大的痛苦和炎症发生。不过谁要是能亲手把发炎的智齿薅出来，那可不是儿戏，不仅要有极大勇气，还要有好运气。

可能听课的学员人数太少，我满脸讶然之色被乔纳森看到眼里，赶紧补充说，那人挺聪明的，事先给自己打了吗啡，然后又喝了不少朗姆酒。所以，他自己拔了牙，总算熬了过来。

为了证明的确能自我拔牙，乔纳森展示了那张著名的照片——20世纪50年代，苏联南极科考站的一位医生，正确诊断出自己患了急性阑尾

炎。他知道如果不及时做手术，发炎的阑尾就会穿孔，脓液流淌，很可能变成急性腹膜炎，自己的性命就危险了。

如果是别的科考队员得了这病，医生会立即给他做手术。但现在得病的是该医生自己，如何是好？好在该医生虽肚腹有病，大脑还很清晰。他最后决定自己动手，把自己的阑尾切除了，最后康复。乔纳森先生打出的这张照片，就是当年那位苏联医生，对着镜子为自己施行手术时的情形。

我当大夫时，亲手给病人做过若干阑尾切除术。实事求是地说，自切阑尾，从技术上讲并非高不可攀。前提是有整套的手术器械伺候着和当事人的极端沉稳机警。想来这位苏联医生，此两项条件都完全具备，加上运气呱呱叫。另一关键因素，就是这根患病阑尾的位置不是太难找。如果该阑尾似一杰出特工，在腹腔内潜伏甚深，镜里的方向又是左右颠倒，寻觅它就会非常困难。若像搜百宝箱似的把腹腔兜底翻找，牵拉腹膜会引发恶心呕吐，再有高烧等不利因素汇聚一处，这位苏联医生，就命悬一线了。再者阑尾炎毕竟是简单手术，若是在南极发现了胃穿孔、肠梗阻之类更严重的疾患，纵是外科高手，逃过此劫的可能性也甚微。

想想吧，人们平日对着镜子想拔一根白发，还常常失手，真刀真枪地切除发炎肠管，太悬。这个故事，在南极不断听人讲起。地老天荒远离文明的旷野之处，最可怕的恶魔就是患急重病，得不到及时有效救治，必九死一生。"及时"二字，在南极内陆的可操作性，几近神话。就算呼叫直升机，由于气候极为恶劣多变，常常赶不过来。即使科技通信如此发达的现代，惨剧依然时常发生。

2016年1月26日，英国探险家亨利·沃斯利，就因挑战失败，不幸去世。他2015年11月14日从南极洲的伯克纳岛出发，开启征程。试图用80天时间穿越南极，路线长达1786千米。

自打挪威探险家罗阿尔·阿蒙森1911年抵达南极以来，许多人都已成功地穿越了南极大陆。沃斯利的出新之处，在于他希望成为人类历史上首位"无外界支持"，独自穿越南极洲的人。

什么叫"无外界支持"？沃斯利出发前接受采访时说，以往的人，成功穿越南极多借助了外力。比如牵引车、狗、风筝、食物和燃料供给，等等。2010年，有人首次完成了"无外界支持"的南极穿越，但他们是两个人结伴走的。沃斯利决心成为独自完成这件事的第一人。

沃斯利当过36年兵，官至英国陆军中校，55岁刚刚退役。此举初衷有两点：一是为英国"奋进基金"筹款，以帮助愿意通过参加体育活动进行复原的受伤军人；二是为了纪念英国探险家欧内斯特·沙克尔顿"持久号"探险100周年。1915年，沙克尔顿带船队尝试横穿南极洲，失败了。

你可能要问，退役英国陆军中校为何对此事心心念念？原来，沃斯利的祖先弗兰克·沃斯利，是沙克尔顿探险时的"持久号"队长。沃斯利预备用独自穿越南极大陆的脚步，向祖先致敬。如果一切顺利，沃斯利将于1月26日抵达位于罗斯冰架的终点。

可惜退役中校的运气不佳，一路上碰到的都是坏天气，暴风雪袭来，遭遇零下44摄氏度的极低气温。他途中充饥时，能量棒冻如铁杵，居然把他的门牙都崩掉了。他一个人在南极大陆走了913英里（1英里=1.609344千米），体重减轻了50磅（1磅=0.4536千克）。距离最终目的地仅剩30英里时，他病倒了，5小时只前进了4英里。之后，他在帐篷里卧下了。

沃斯利的妻子乔安娜，恳求探险团队赶紧出发，好把沃斯利尽快带离南极的冰天雪地。探险团队也做好了相应准备，飞机到了最近的接应点随时待命。不过按照约定，沃斯利的家属说了不算，必须等着沃斯利自己发出求救信号，团队才能展开救援。

沃斯利独自在帐篷里坚持了两天，1月22日晚终于发出求救信息。他在最后一条语音日记中说："在南极单独待了71天，徒步了900多英里后，我的体力也慢慢被消耗，今天终于彻底不行了。很遗憾，我得

说，我的征途结束了——与我的目标是如此接近。"

救援队员抵达时，原以为沃斯利只是脱水和营养不良，后来才发现他感染了严重的细菌性腹膜炎。

腹膜炎的病因，是身体受伤或遭到感染后累及腹腔，会出现疼痛、脏器肿大、呕吐、畏寒、高热等严重症状，进一步会导致败血症出现感染性休克。救援人员立即将沃斯利送往智利的蓬塔阿雷纳斯（就是我们出发的那个城市）进行救治。可惜为时已晚，沃斯利终因全身器官衰竭而死亡。

他的壮举，为"奋进号基金会"筹集到10万英镑（当时约合人民币96万元），用于帮助战场上受伤的士兵。

退役英国中校行进在风雪弥漫的南极旷野中，在帐篷里独自熬过的最后两天里，他想了些什么？如果他早一点求援，会不会结果不一样呢？

没有人能回答。

回到乔纳森先生的课堂。

他正讲述：

当时英国科考站的室外气温，在极夜到来时，在零下40摄氏度到零下30摄氏度之间，我测到过的最低温是零下49摄氏度。夏天偶尔能升到零下3摄氏度，大家就觉得热得不行了。风速常常达到80千米每小时。这是个什么概念呢？少说也有9级风。寒冷而黑暗的冬季，呼啸的狂风，会将房屋摧毁，推倒通信铁塔，卷走车辆，甚至将整个科考站变成废墟。

我最喜欢干的事儿，就是倾听南极的寂静。我也会听广播。我听到过莫斯科的广播，北京的广播……当然，最多的是BBC。

最让人苦闷的是每天都是同样的食谱。同样的奶粉和茶叶，同样的肉和芝士，同样的肉粒加汤料。唯一的亮点就是巧克力。必须要保证每日4500大卡以上的热量，这相当于正常人营养摄入的2倍，可还是经常觉得很饿很饿。至于水果和蔬菜，连续10个月，上帝啊，我从未见过它们。代替它们的，是每天必须要吃的维生素片。

我的祖父和我的父亲，都投身于南极科考事业。当时这个站的选址，就是我祖父决定的。他们那个时候的主要运输工具是雪橇犬。

说到这里，乔纳森先生在投影仪上打出了一张20世纪30年代，他祖父和一条雪橇犬拥抱的照片。然后，他又展示了另一张照片，也是一个人同雪橇犬拥抱。

仅有的几个学生在昏眩中纳闷，这两张图片有何不同？为何重复播放？乔纳森先生得意地说："看出来没有？这一次的主角换成了我。我也用同样的角度和雪橇犬照了一张拥抱的照片。"

说到这里，他停顿了一下，告诉我们，在船上的小卖部里，有出售他父亲写的关于南极探险的书。书里面，有他小时候的照片。

具体地说，是我三岁半时的样子。白胡子老汉突然有点腼腆地补充。

乔纳森先生又讲了许多当年往事。我思绪溜了号，想着一会儿下了课，马上到小卖部买这本书，看看三岁半时的乔纳森先生是何尊容。

在"欧神诺娃号"蹦高紧接坠下的晃荡中，乔纳森先生授课结束。大家还有什么问题？虽然学员极少，但老师一点不含糊地按照程序，殷切询问这几个随颠簸前仰后合的学生。

您刚才说祖父在南极探险，带着雪橇犬。请问，人的给养都很困难，雪橇犬吃什么呢？有极友问。估摸此人热爱动物，或许养狗。

吃海豹肉。说到这个问题，我想让大家猜一猜，雪橇犬最爱吃什么年龄段的海豹？乔纳森先生说。

俺几人在船的跌宕中摇头晃脑，不妨碍异口同声回答，小海豹。

所有人都想起了羔羊肉，自忖雪橇犬也与人类饕餮之徒同党。

乔纳森先生说，错了。雪橇犬最爱吃老海豹。越老的海豹，所含能

量越丰富。

在南极，能量为王，一切遵从至简至上的生存法则。

我说，乔纳森先生……当您执行完南极科考任务，重新返回文明世界……有何感受？

乔纳森先生顿了一下回答道，呃，一般还真没人问过我这个问题。简单说，就是——害怕。我已经习惯了和寂静冰雪打交道，和不会说话的动物打交道。一旦回到人的世界，我惊慌，完全不知所措。我和我的室友们，在南极结下的友谊，让我终身铭记。回到人满为患的世界，再不可能收获这种纯洁的友谊了。

乔纳森先生说到这里，意犹未尽，在投影上打出一张照片，这是科考队员们互相理发的情形，记得刚才已放过，重复出示有何深意？

乔纳森说，我和这个队友睡上下铺，他人非常好。分别时，我想，今后我很可能再也看不到这个人了，这让我很伤感。我怎么才能经常看到他呢？于是，我把他变成了我的妹夫。现在，他是英国南极调查局的首席科学家，同时，我妹妹生活也很幸福，我呢，也经常能看到他啦！

众人会心一笑。在南极凝成的友谊，从此得以延续，同事变成了亲戚。乔纳森说，我借用一位南极科考队员说过的话："南极是一个不友善的环境。我们只有依赖彼此的存在，以获得安全感，才能在这里存活。"

乔纳森先生，您深知南极存在种种艰险折磨……您一家三代人……却都和南极难解难分……为什么？我敬佩加不解地问。

乔纳森先生说，哦，先让我纠正您一下，不是一家三代人，而是四代人。我的儿子也正在南极进行科考活动……热爱，就这么简单。

众人惊叹。

我没有问题了。我说。我的下一个行动，就是飞奔至小卖部，从书和照片中，结识这一家人。

后来，我和中国极地专家谈起这一家四代的南极情缘。我说，由此可见，英国对南极的深入研究，已经很多年。

专家道，是的，英国人在南极所设的哈雷科考站，到2013年，已经建造到了第六代。

我惊诧，科考站也和苹果手机似的，论代啊？！

我问，现在的科考站比之乔纳森先生那个时代，应该有了很大提升吧？

专家道，英国科考站，建在厚达几百米的布伦特冰架。这冰架以每天1.5米的速度向大海漂移，并随时都会崩解。由于新的冰雪不断覆盖冰面，英国的哈雷1号到哈雷5号科考站建筑，都因承受不住冰雪的重压而损毁，最后只好被迫放弃。

英国人吸取了教训，哈雷6号的设计采用了创新理念，被称为"技术奇观"。它的外形类似一列短火车，由7个蓝的、1个红的共8个舱体，相互对接而成。一头一尾分别是住所和实验室，办公室和休闲中心则建在中央部分。最有特色的是所有舱体，并不是直接安放在冰雪上，

而是靠着每个舱下长着的四条"腿",悬空而立。这些"腿"可不简单,借着特殊滑轮与液压式装置,可随积雪的深度而上下伸缩。简言之,就是冰雪增厚时,"腿"就长高,以保证主体舱不会被雪掩埋。这些"腿",除了会"变形",还能行走。有推土机和牵引机帮衬,"腿"能在冰雪上灵活转移,到了稳妥的新地方,再度傲然而立。

专家道,哈雷6号的窗户也是一绝,呈气泡状,很有童话感。科考队员们在极夜时分,抬头可以看到南极光。室内的装饰板,用的都是带有香味的雪松木。雪松在《圣经》中被称为"植物之王",古代腓尼基人干脆说雪松是上帝所栽。在别致的红色舱体内,有酒吧、娱乐室和乒乓球案子……

我说,您这么一讲,在南极过冬,还挺富有诗意。

极地专家说,诗意?这还是外人的想象,南极的冬天,又冷又孤独,像在火星上一样,常有意外发生。就算设备如此周全的哈雷6号,2014年7月,突然断电了。

我倒吸一口冷气。南极7月，相当于北半球的1月，数九寒天。

极地专家说，科学家们被困在站内，没有电，没法取暖。当时室外的温度是零下55.4摄氏度。科考站只好以静制"冻"，除了绝对必要的天气预报系统以外，停止一切科学活动，等待救援。

在南极过冬的人，基本上都是科学家。像机械学家、管子工、电工、木工……维护哈雷6号的人，都是夏天才在站上。为了让这来自未来世界的异形建筑物，在极寒全黑的凛冬能保持正常运作，只有像中医那样来个"冬病夏治"。幸好"哈雷"的供电系统事故排除了，才没有导致更危急的局面出现。

世界上共有近30个国家，在南极建立了70多个科学考察站，恕我把世界各国在南极科考站做个简表。

南美洲：6个国家在南极共建有17个科考站

智利：5个

阿根廷：7个

巴西：1个

乌拉圭：2个

秘鲁：1个

厄瓜多尔：1个

北美洲：美国1个国家建有6个南极科考站

亚洲：5个同家共建有14个南极科考站

中国：4个，分别为长城站、中山站、昆仑站、泰山站

日本：4个站，废弃1个

韩国：2个

印度：2个

巴基斯坦：1个

欧洲：16个国家共建有32个南极科考站

英国：3个

法国：2个

德国：共建设过4个

意大利：2个

比利时：1个

捷克：1个

俄罗斯：8个

俄罗斯、白俄罗斯共有：1个

波兰：1个

罗马尼亚：1个

西班牙：1个

保加利亚：2个

芬兰：2个

挪威：2个

乌克兰：1个

非洲：南非建有1个南极科考站

大洋洲：2个国家共建有4个南极科考站

澳大利亚：3个

新西兰：1个

想起辛弃疾的一句词："唤起一天明月，照我满怀冰雪。"

毕淑敏

10 　**人类抵达南极点**

关于南极的探险史，我一直犹豫不知什么时候开始进入。冰冷而激荡的热血故事，如鲠在喉。不过若是写得太早了，怕人们对于南极没多少切身感受，好像隔着一层保鲜膜。影影绰绰看得见对面，却无法真切触摸它的纹路。进入得太晚，又怕你对南极的过往太陌生。

现在似乎可以写了。

美国人1957年在南极点建立的科学考察站，命名为"阿蒙森——斯科特"站。它是地球上的人类能够抵达的最南端，再南就没有任何地方啦！从那里迈开步，无论你朝哪个方向走，都是向北。这个站也是世界纬度最高的考察站（北极点是冰冻的海面，无法设立固定的科考站）。南极点的标志物，是一根不高的立柱，上面竖着个金属球，象征着方向和时间的极致。这个科考站地位如此重要，它的命名，是为了纪念两位伟大的极地探险家，由他们的名字构成。

先从排名靠后的英国人斯科特说起。

19世纪末,英国皇家地理协会制订了南极探险计划,要和德国、瑞士一道,组织3支探险队,沿不同路线对南极大陆进行实地考察。当时年仅31岁的罗伯特·福尔肯·斯科特,担任了英国探险队队长。斯科特费时一年,造了一艘新船,取名"发现号",于1901年8月启航。数年后,斯科特完成使命,圆满回国,名利双收。他被提升为海军上校,并由国王授勋。不过略有遗憾,他未能得到爵位。原因是因为他的失误,让"发现号"在南极封冻了两年。

斯科特到了海军,指挥战舰。他第一次南极行的同伴沙克尔顿,此时开始了新的南极探险。沙克尔顿有了成就,一是发现了罗斯海,并证明南极不是冰封群岛,而是实实在在的完整大陆。二是他打通了去南极点的大半程道路,绘制了维多利亚地的南海岸地图。三是他到达了南磁极,采回了极有价值的标本。所有这一切,都是用一艘40年船龄的老旧木船完成,船上15个人全须全尾回了家。沙克尔顿被授予爵位。

这让斯科特很不服气。沙克尔顿本是他的老部下,却不承想后来居上威名远扬,反倒压了自己一头。斯科特决意创造新业绩,再立新功。此刻地球上属于探险家的空白选择题,已经不多。斯科特决定向南极点冲刺,成为人类到达那里的第一人。

斯科特着手做准备。1910年6月1日,他的私人探险船"新地号"从英国起程。10月2日,"新地号"抵达墨尔本港口,有人递给他一份拍来的电报。上面写着:"我也要去南极。阿蒙森。"

阿蒙森是何方神圣?斯科特愣了一下,才想起这是挪威那位打通了北极西北航线的探险家。看来,南极点这道必选题,全世界并非只有他一人处于正在进行时。不过,斯科特没把阿蒙森的竞争放在心上。

说起阿蒙森奔赴南极点的想法,真是"南辕北辙"。他最初的想法是征服北极点,为此精心准备了4年。正准备出发,传来消息说美国的皮尔里已经抢先一步,抵达了北极点。阿蒙森迟了,功亏一篑。他拟订

带有阿蒙森肖像的邮票

了新的探险计划。这一次，他吸取教训，不动声色做准备，再不声张。他对记者说："征服北极点曾经是我的愿望，但我更大的目标是为北极科学而献身。"人们信以为真，以为他还是剑指北极。

1910年8月9日，阿蒙森的"先锋号"从挪威出发，向南航行。你可能要问，不是说去北极吗，怎么向南行？当时巴拿马运河尚未开通，船只必须绕过南美洲，才能驶向通往北极的白令海峡。"先锋号"到达非洲西北部的马德拉群岛时，阿蒙森指挥船只靠岸，从当地邮局拍发了上面所说的那封著名电报。向全世界表明了他的真实意图。直到这一刻，阿蒙森船上的人们才明白，目的地不是北极而是南极。

按时间表，本是英国人斯科特占了先机，他比阿蒙森早出发了两个月。阿蒙森对南极的了解，也没有曾经深入南极腹地的斯科特详尽确切。通盘看起来，当时斯科特优势较大。

斯科特在给妻子的信中写道："我不知道如何看待阿蒙森，我已决定就当他不存在一样。任何竞赛的意图，都会毁掉我的计划，除了该计划，别的事似乎都不是我向往的。别担心，以为我会为他而烦恼，其实我很少想到他。"

"新地号"于1910年11月25日从新西兰离开，比以往奔赴南极的任何探险队出发时间都要早。此刻相当于北半球的5月，夏天还未真正降临。可惜斯科特这只早起的鸟，并没吃到虫子。南极浮冰区仍坚固凝冻，至少要到12月中旬才可勉强通行。"新地号"在冰区外苦苦寻觅通道，绕来绕去，枉费了许多燃料。由于斯科特出发时太仓促，很多物品都没收拾妥帖，船上乱得一塌糊涂。舱室里被各种物资塞得密不透风，甲板上堆满了煤、煤油、润滑油、罐头、马料和粮食。3辆履带式拖拉机充当围墙，圈出个狭小空间，成了牲口棚，里头混养着西伯利亚矮种马和爱斯基摩犬。

　　辎重过多，"新地号"的吃水线远远低于海面。12月2日凌晨，船底污水泵堵塞，水漫进了轮机室。船两侧和甲板缝隙，开始漏水。锅炉熄火，船体下沉，在南大洋的波涛里摇摇晃晃，情况万分危急。水手们慌忙用桶将水从窗户往外舀，可惜杯水车薪。幸有两位船员挺身而出，泅进又热又脏的船底污水中，拼命用手挖污物。耗时6小时，共清除出20桶煤灰和机油混在一起的黏腻污物。经过48小时的紧急抢救，船总算保住了，但损失惨重。两匹矮种马和一些狗全被淹死。危急情况下为了减轻船载，将20吨油料抛进大海。这个顾头不顾尾的仓皇处置，直接导致了斯科特自南极点返程时，储备油不足，使他陷入致命绝境。

　　12月9日，船进入浮冰区，费了3周时间破冰而进，耗费了大量燃料。1月3日，"新地号"终于登上了南极的罗斯岛，开始建设过冬小屋充当基地。小屋是在新西兰定制的，分装后运抵南极再组装起来。它高约25英尺（约7.62米），面积约为25平方英尺（约2.32平方米）。别看小，当初可是南极最大的建筑物。为了保温，门板上铺有海藻，门边装了毡条。此外，屋内有晒衣绳、衣服和留声机等，还给探险队的摄影师建了一个极小的暗室。

　　稍微岔开一句。小屋被南极的严寒很好地保留了下来，1960年，这所建筑整复后重现原貌，成为探险者的圣地。参观者要经特别许可，拿到一把钥匙方可入内。进屋的人不由得蹑手蹑脚，仿佛一脚踩进了历史缝隙。壁橱里放着当时的《伦敦新闻》，屋内保存的日记中记载，斯科特和大家常在夜间讲故事和笑话。"当天气好的时候，我甚至还会出去，到冰封的洋面上去踢足球。"斯科特曾留下这样的记录。

修整之后，"新地号"继续向东行驶，2月4日，在罗斯海东岸鲸湾，突然看到一条非常简陋的船，停靠在冰崖旁。这就是阿蒙森的"先锋号"，他已比英国人抢先一步到达这里。

怎么回事儿？阿蒙森的出发时间比英国人晚了一个多月啊！他的船虽小，但跑得快，南极的浮冰正好融化，一点都没耽误。阿蒙森的行事风格也与斯科特不同，上了岸，阿蒙森为表彰船员们的齐心协力，宣布全体人员休假。阿蒙森也建了个很舒适的营房，命名为"先锋者之家"。两船相遇，互拉汽笛致意。阿蒙森对"新地号"的船员说："请转告斯科特先生，他会收到我的一封信。"

那是一封怎样的信？阿蒙森当时没说。

极远方的南极点啊，无知无觉地沉睡了千百万年。怎么这么凑巧！须臾之间，有两拨人马为了它，开始了充满死亡气息的速度竞赛！

将近一年后，斯科特果真收到阿蒙森的一封信，那是在南极点。这个细节证明，阿蒙森充满了必胜的信心。

斯科特相信以自己的经验和之前建设好的基地，他肯定会是第一个到达南极点的人，并没有把阿蒙森放在眼里。

斯科特此刻距离南极点约480千米。

可惜他的雪橇车并不适应南极气候，矮种马很快耗尽了力气，无法赶路，被击毙当了食物。斯科特改用人拉雪橇，超负荷的劳作，让人们筋疲力尽。由于他们出发太迟，气温更低，天气更糟糕。

当斯科特终于赶到南极点时，发现挪威人已经先他们一步，登临了南极点。我看到斯科特一行人在南极点留下的照片，全都面无笑容。

斯科特写道：天哪！这是什么鬼地方，真可怕。我们为之苦苦拼命

却得不到有限的回报!

他的希望和信心都被击溃了。坏血病、冻伤、挫败感轮番上阵,残酷折磨着斯科特和他的同伴们。

再来说阿蒙森。

1872年7月16日,阿蒙森出生于挪威奥斯陆附近的博尔格。他从小喜欢滑雪旅行和探险,偶尔读到一本书,说的是英国探险家约翰·富兰克林乘船去北极探险全军覆灭的真实故事。(我在《破冰北极点》一书中,详写过这个悲壮史实,此处恕不赘。)阿蒙森读后深受震撼,立志长大后要到达北极点。

容我插一句,幼年时读的书,对一个人一生的影响多大啊!

阿蒙森日后果然致力于北极探险事业,三次率队进入北极地区。他乘坐爱斯基摩狗拉雪橇,见识到这种狗能在-50℃的低温中,活蹦乱跳齐心协力向前。阿蒙森是个有心人,虚心向当地原住民求教,学会了驯化指挥爱斯基摩犬的方法。1897年,他在比利时探险队航船上担任大副,第一次参加南极探险。

南极的交通是个大问题,英国人斯科特的答案是人和矮种马。阿蒙森冷静思考后断定,人的体力和西伯利亚矮种马,都无法忍受南极酷寒,唯有爱斯基摩犬才有可能完胜。

阿蒙森带着42条爱斯基摩犬,一行5人,于1911年10月5日,满载给养,分乘4驾雪橇,向南极点风驰电掣而去。他们每前进一个纬度(约110千米),便设下一个小仓库,存储充足的食品和燃料。每隔8千米,在雪原上插标杆当路标。

第一步的胜利,是比沙克尔顿走到更南的地方。阿蒙森用雪杖竖起挪威国旗,写下了如下一句话:"整个行程中没有什么令我如此感动,热泪夺眶而出,令我难以抑制。"

在南极挺进了600千米后,冰裂缝越来越多,一不小心就可能殒命冰海。紧接着又进入了南极高原,开始攀爬陡峻冰山。在离南极点550

千米时，一路上坡，暴风雪开始肆虐。阿蒙森决定，从活着的42条狗中选出18条壮犬，拖3驾雪橇继续前进，余下24条体弱的爱斯基摩犬忍痛杀掉充当食物。口粮也压缩到支撑两个月，轻装冲刺。亲爱的狗狗在枪声中倒下，阿蒙森和队员们伤心落泪，不过一定要赶在斯科特之前到达南极点的信念，激励着他们勇猛向前。

为了不被南极的杀人风刮跑，5人用绳子拴在腰间，连成一串，每一步都小心翼翼察看脚下地形，以免被冰裂和深渊吞噬。准备充分，策略得当，阿蒙森能以每天30千米的速度匀速前进，终于在不到两个月的时间，逼近了南极点。还有一天路程，就能到达目的地了，大家激动得整晚都没睡好。天刚亮，匆匆用过早餐，他们把挪威国旗系在滑雪棍上，发起了向南极点的最后冲刺。1911年12月14日下午3点，阿蒙森探险队终于抵达了南纬90度，站在了南极极点上。此地外观看起来并没有什么特别，平坦如桌面。他们堆起一座圆锥形石堆做了标记，5双手共同抓牢旗杆，把挪威国旗升在南极点上空。

阿蒙森庄重宣布："为此，我们将您——尊敬的国旗。竖立在南极点上，并命名这个高原为国王哈康七世高原。"然后他把一条狗迎头击死，作为给其他狗的食物奖赏。那条死掉的狗，很快就只剩下了牙齿和一缕尾毛。

他们又竖起刻有五个人姓名的木板，每人拿着一块海豹肉，当成"庆功宴"，大快朵颐。不过阿蒙森精确计算了一下位置，发现此地离真正的南极点，还差8千米。

为避免今后引发争议，阿蒙森让伙伴们在四周转来转去，在周围几十千米内留下标记，以表明他们确实到了南极点并用滑雪板覆盖了整个极点区域。即使做完了这一切，阿蒙森还不放心，看看天气尚好，他决定再前进8千米，到他所计算的南极点真正位置。

可阿蒙森终于发现，这里恐怕还不是真正的南极点。他们绕着这个地域走多少天，估计也不一定能准确定位。于是，他叫停了继续寻找的工作，认为"利用他们的仪器所能，找到尽可能的接近位置"即可。

他们在南极点设了名为"极点之家"的营地，进行了连续24小时的太阳观测，测算出南极点的精确位置，在南极点边上搭起了一顶帐篷……这位最早是准备前往北极点的探险家，将这一刻描述为："从未离自己最初的梦想如此之远。"

他缜密思忖斯科特很快也会抵达此地，考虑归途同样艰难，任何意外都有可能发生，阿蒙森在帐篷里留下了俩封信。一封是写给挪威哈康国王的，一封是兑现他在大约一年前告诉斯科特的那封信。——他请求斯科特：万一自己在归途中遭遇不幸，请代他们向世界宣告这一奇迹，并向挪威国王报喜。

1911年12月18日，阿蒙森带着2驾雪橇和18条爱斯基摩犬，开始返程。一路艰险自不必说，不过由于策略得当储备充足，大家比出发时还胖了，存活下来的狗，居然还有力气拉着雪橇赶路。阿蒙森一行终于成功后撤到安全地带鲸湾，南极点之行圆满收官。

阿蒙森的使命就是为探险而生。他一看，地球上的空白处已被填完，就重新钟情北极。这一次，他改在空中探索北冰洋，进行了多次北极空中飞行，让北极地图更臻准确周密。为此耗尽了全部财产，也在所不惜。阿蒙森56岁那年，他的好友意大利人安贝托·诺比尔，乘坐飞艇进行北极飞行时失踪。阿蒙森参加搜救队，前去寻找友人。结果是同时出发的另一支搜救队，找到了飞艇和仍然活着的诺比尔，营救成功。而阿蒙森和这一救援组的伙伴，却再也没能回来。他勇敢而慷慨地献身于北极和友谊，尸骨至今不知下落。

当挪威探险队在南极点欢庆胜利之时，斯科特的队伍还在暴风雪中顽强挺进。西伯利亚矮种马，因适应不了酷寒，全部冻死，改人拉雪橇，前进速度大打折扣。

距离南极点250千米时，斯科特组成5人小组，开始最后冲刺，并于1912年1月16日终于抵达南极点。未等笑出声来，他们发现了阿蒙森留下的帐篷和给挪威国王哈康及斯科特本人的信。众人一下子从欢乐巅峰跌至惨痛深渊，屈居亚军。

他们在南极点待了两天，1月18日踏上回程。半路上，两位队员在严寒、疲劳、饥饿和疾病折磨下，先后死去。斯科特写道："最糟的情况终于发生了……所有的梦想都破灭了。上帝啊，这是个恐怖的地方！现在我们要回家了，以一种绝望的力量……但能不能到家却是个未知数。"

活着的人为死者举行完葬礼，又匆匆上路。在距离下一个补给营地17千米时，遇到了连续肆虐的暴风雪。坏天气、冻伤、雪盲、饥饿和劳累，肌肉溃烂，冻伤导致化脓，鼻黏膜丧失，口腔内的唾液腺不起作用，全身皮肤脱落……

斯科特悲怆地写道："我们将绅士一般死去。我希望以此证明我们民族坚韧不拔的意志从未消失。如果我们能活着回去，我将讲述这个我的伙伴们历尽艰辛、坚韧勇敢的故事，这将震撼所有英国人的心。"

3月29日，斯科特写下最后一篇日记，他说："我现在已没有什么更好的办法。我们将坚持到底，但我们越来越虚弱，结局已不远了。说来很可惜，但恐怕我已不能再记日记了。"斯科特用僵硬不听使唤的手签了名。

斯科特和队友们全军覆没，将理想连同生命留在无垠的南极冰原。

令后人敬佩的是，即使在无边的绝望中，斯科特一行也始终将所采集到的17千克植物化石和矿物标本带在身上。他们没有因为竞争者，而改变科考计划，这为他们赢得了广泛赞誉。

南极点的无垠喑哑，持续了亿万年。却不料在一个多月的时间内，被连续的人言狗吠所惊碎。

毕淑敏

11 探险者的
     心理崩溃

关于人类第一次抵达南极点的时间，有说是1911年12月15日，有说是12月14日的。关于斯科特携带南极地质样品的斤数，记载也略有不同，有说16千克的，有说17千克的。我觉得早一天晚一天、多一千克少一千克，并不太重要。关键是抵达和携带。

上章叙述中，阿蒙森处着墨较多，而对斯科特则比较简略。并非我有意偏重胜利一方，而是关于失败的英雄，奥地利作家斯蒂芬·茨威格，有过非常传神的描写。

"眼前有景道不得，崔颢题诗在上头。"

恕我引用如下。

1912年1月16日这一天，斯科特一行清晨起程，出发得比平时更早，为的是能早一点看到无比美丽的秘密。焦急的心情让他们早早地从自己的睡袋中走了出来。到中午,这5个坚持不懈的人已走了14千米。他们热情高涨地行走在荒无人迹的白色雪原上,因为现在再也不可能达不到目的地了,为人类所做的决定性的业绩几乎已经完成。可是突然之间,伙伴之一的鲍尔斯变得不安起来。他的眼睛紧紧盯着无垠雪地上的一个小小的黑点。他不敢把自己的猜想说出来:可能已经有人在这里竖立了一个路标。但现在其他的人也都可怕地想到了这一点。他们的心在战栗,只不过还想尽量安慰自己罢了——就像鲁滨孙在荒岛上发现陌生人的脚印时竭力想把它看作是自己的脚印一样。其实,他们心中早已明白:以阿蒙森为首的挪威人已在他们之前到过这里了。

没过多久,他们发现雪地上插着一根滑雪杆,上面绑着一面黑旗,周围是他人扎过营地的残迹——滑雪板的痕迹和许多狗的足迹。在这严酷的事实面前也就不必再怀疑:阿蒙森在这里扎过营地了。千万年来人迹未至,或者说,太古以来从未被世人瞧见过的地球的南极点竟在极短的时间之内——即一个月内两次被人发现,这是人类历史上闻所未闻、最不可思议的事。而他们恰恰是第二批到达的人,他们仅仅迟到了一个月。虽然昔日逝去的光阴数以几百万个月计,但现在迟到的这一个月,却显得太晚太晚了——对人类来说,第一个到达者拥有一切,第二个到达者什么也不是。一切努力成了徒劳,历尽千辛万苦显得十分可笑,几星期、几个月、几年的希望简直可以说是癫狂。

"历尽千辛万苦,无尽的痛苦烦恼,风餐露宿——这一切究竟为了什么?还不是为了这些梦想,可现在这些梦想全完了。"——斯科特在他的日记中这样写道。泪水从他们的眼睛里夺眶而出。尽管精疲力竭,这天晚上他们还是夜不成眠。他们像被判了刑似的失去希望,闷闷不乐地继续走着那一段到极点去的最后路程,而他们原先想的是:欢呼着冲向那里。他们谁也不想安慰别人,只是默默地拖着自己的脚步往前走。1月18日,斯科特海军上校和他的四名伙伴到达极点。由于他已不再是第一个到达这里的人,所以这里的一切并没有使他觉得十分耀眼。他只用冷漠的眼睛看了看这块伤心的地方。"这里看不到任何东西，和前几天令人毛骨悚然的单调没有任何区别。"——这就是罗伯特·福尔肯·斯科特关于极点的全部描写。他们在那里发现的唯一不寻常的东西，不是由自然界造成的，而是由角逐的对手造成的，那就是飘扬着挪威国旗的阿蒙森的帐篷。挪威国旗耀武扬威、扬扬得意地在这被人类冲破的堡垒上猎猎作响。它的占领者还在这里留下一封信，等待着这个不相识的第二名的到来，他相信这第二名一定会随他之后到达这里，所以他请第二名把那封信带给挪威的哈康国王。斯科特接受了这项任务，他要忠实地去履行这一最冷酷无情的职责：在世界面前为另一个人完成的业绩做证，而这一事业正是他自己所热烈追求的。

他们怏怏不乐地在阿蒙森的胜利旗帐旁边插上英国国旗——一面姗姗来迟的"联合王国的国旗"，然后离开了这块"辜负了他们雄心壮志"的地方。在他们身后刮来凛冽的寒风。斯科特怀着不祥的预感在日记中写道："回去的路使我感到非常可怕。"

回来的路程危险增加了十倍，在前往极点的途中只要遵循罗盘的指引，而现在他们还必须顺着自己原来的足迹走去，在几个星期的行程中必须小心翼翼，绝对不能偏离自己原来的脚印，以免错过事先设置的贮藏点——在那里储存着他们的食物、衣服和凝聚着热量的几加仑煤油。但是漫天大雪封住了他们的眼睛，使他们每走一步都忧心忡忡，因为一旦偏离方向，错过了贮藏点，无异于直接走向死亡。况且他们体内已缺乏那种初来时的充沛精力，因为那时候丰富的营养所含有的化学能和南极之家的温暖营房都给他们带来了力量。

当初，他们一想到自己所进行的探险是人类的不朽事业时，就有超人的力量。而现在，他们仅仅是为了使自己的皮肤不受损伤、为了自己终将死去的肉体的生存、为了没有任何光彩的回家而斗争。在他们的内心深处，与其说盼望着回家，毋宁说更害怕回家。

阅读那几天的日记是可怕的。天气变得愈来愈恶劣，寒季比平常来得更早。他们鞋底下的白雪由软变硬,结成厚厚的冰凌,踩上去就像踩在三角钉上一样,每走一步都要粘住鞋,刺骨的寒冷吞噬着他们已经疲惫不堪的躯体。他们往往一连几天畏缩不前,走错路,每当他们到达一个贮藏点时,就稍稍高兴一阵,日记的字里行间重新闪现出信心的火焰。在阴森森的一片寂寞之中,始终只有这么几个人在行走,他们的英雄气概不能不令人钦佩。最能证明这一点的莫过于负责科学研究的威尔逊博士,在离死只有寸步之遥的时候,他还在继续进行着自己的科学观察。他的雪橇上,除了一切必需的载重外,还拖着16千克的珍贵岩石样品。

然而,人的勇气终于渐渐地被大自然的巨大威力所销蚀。这里的自然界是冷酷无情的,千万年来积聚的力量能使它像精灵似的召唤来寒冷、冰冻、飞雪、风暴——使用这一切足以毁灭人的法术来对付这五个鲁莽大胆的勇敢者。他们的脚早已冻烂。食物的定量愈来愈少,一天只能吃一顿热餐,由于热量不够,他们的身体已变得非常虚弱。一天,伙伴们可怕地发觉,他们中间最身强力壮的埃文斯突然精神失常。他站在一边不走了,嘴里念念有词,不停地抱怨着他们所受的种种苦难——有的是真的,有的是他的幻觉。从他语无伦次的话里,他们终于明白,这个苦命的人由于摔了一跤或者由于巨大的痛苦已经疯了。怎么办?把他抛弃在这没有生命的冰原上?不。可是另一方面,他们又必须毫不迟疑地迅速赶到下一个贮藏点,要不然……从日记里看不出斯科特究竟打算怎么办。2月17日夜里1点钟,这位不幸的英国海军军士死去了。那一天他们刚刚走到"屠宰场营地",重新找到了上个月屠宰的矮种马,第一次吃上比较丰盛的一餐。

现在只有四个人继续走路了,但灾难又降临到头上。下一个贮藏点带来的是新的痛苦和失望。储存在这里的煤油太少了,他们必须精打细算地使用这最为必需的用品——燃料,他们必须尽量节省热能,而热能恰恰是他们防御严寒的唯一武器。冰冷的黑夜,周围是呼啸不停的暴风雪,他们胆怯地睁着眼睛不能入睡,他们几乎再也没有力气把毡鞋的底翻过来。但他们必须继续拖着身子往前走,他们中间的奥茨已经在用冻掉了脚趾的脚板行走。风刮得比任何时候都厉害。3月2日,他们到了下一个贮藏点,但再次使他们感到可怕的绝望:那里储存的燃料又是非常之少。

现在他们真是惊慌到了极点。从日记中,人们可以觉察到斯科特如何尽量掩饰着自己的恐惧,但从强制的镇静中还是一再迸发出绝望的厉叫:"再这样下去,是不行了",或者"上帝保佑呀!我们再也忍受不住这种劳累了",或者"我们的戏将要悲惨地结束"。最后,终于出现了可怕的自白:"唯愿上帝保佑我们吧!我们现在已很难期望人的帮助了。"不过,他们还是拖着疲惫的身子,咬紧牙关,绝望地继续向前走呀,走呀。奥茨越来越走不动了,越来越成为朋友们的负担,而不再是什么帮手。一天中午,气温达到零下40摄氏度,他们不得不放慢走路的速度,不幸的奥茨不仅感觉到,而且心里也明白,这样下去,他会给朋友们带来厄运,于是做好了最后的准备。他向负责科学研究的威尔逊要了10片吗啡,以便在必要时加快结束自己的生命。他们陪着这个病人又艰难地走了一天路程。然后这个不幸的人自己要求他们将他留在睡袋里,把自己的命运和他们的命运分开来。但他们坚决拒绝了这个主意,尽管他们都清楚,这样做无疑会减轻大家的负担。于是病人只好用冻伤了的双腿跟跟跄跄地又走了若干千米,一直走到夜宿的营地。他和他们一起睡到第二天早晨。清早起来,他们朝外一看,外面是狂吼怒号的暴风雪。

奥茨突然站起身来,对朋友们说:"我要到外边去走走,可能要多待一些时候。"其余的人不禁战栗起来。谁都知道,在这种天气下到外面去走一圈意味着什么。但是谁也不敢说一句阻拦他的话,也没有一个人敢伸出手去向他握别。他们大家只是怀着敬畏的心情感觉到:劳伦斯·奥茨——这个英国皇家禁卫军的骑兵上尉正像一个英雄似的向死神走去。

现在只有三个疲惫、羸弱的人吃力地拖着自己的脚步,穿过那茫茫无际、像铁一般坚硬的冰雪荒原。他们疲倦至极,已不再抱任何希望,只是靠着迷迷糊糊的直觉支撑着身体,迈着蹒跚的步履。天气变得愈来愈可怕,每到一个贮藏点,迎接他们的是新的绝望,好像故意捉弄他们似的,只留下极少的煤油，即热能。3月21日，他们离下一个贮藏点只有20千米了。但暴风雪刮得异常凶猛，好像要人的性命似的，使他们无法离开帐篷。每天晚上他们都希望第二天能到达目的地，可是到了第二天，除了吃掉一天的口粮外，只能把希望寄托在第二个明天。他们的燃料已经告罄，而温度计却指在零下40摄氏度。任何希望都破灭了。他们现在只能在两种死法中间进行选择：是饿死还是冻死。四周是白茫茫的原始世界，三个人在小小的帐篷里同注定的死亡进行了八天的斗争。3月29日，他们知道再也不会有任何奇迹能拯救他们了，于是决定不再迈步向厄运走去，而是骄傲地在帐篷里等待死神的来临，不管还要忍受怎样的痛苦。他们爬进各自的睡袋，却始终没有向世界哀叹过一声自己最后遭遇到的种种苦难。

凶猛的暴风雪像狂人似的袭击着薄薄的帐篷，死神正在悄悄地走来，就在这样的时刻，斯科特海军上校回想起了与自己有关的一切。因为只有在这种从未被人声冲破过的极度寂静之中，他才会悲壮地意识到自己对祖国、对全人类的亲密情谊。但是在这白雪皑皑的荒漠上，只有心中的海市蜃楼，它召来那些由于爱情、忠诚和友谊曾经同他有过联系的各种人的形象，他给所有这些人留下了话。斯科特海军上校在他行将死去的时刻，用冻僵的手指给他所爱的一切人写了书信。

斯科特海军上校的日记一直记到他生命的最后一息，记到他的手指完全冻住、笔从僵硬的手中滑下来为止。他希望以后会有人在他的尸体旁发现这些能证明他和英国民族勇气的日记，正是这种希望使他能用超人的毅力把日记写到最后一刻。最后一篇日记是他用已经冻伤的手指哆哆嗦嗦写下的愿望："请把这本日记送到我的妻子手中！"但他随后又悲伤地、坚决地划去了"我的妻子"这几个字，在它们上面补写了可怕的"我的遗孀"。

住在基地木板屋里的伙伴们等待了好几个星期，起初充满信心，接着有点忧虑，最后终于愈来愈不安。他们曾两次派出营救队去接应，但是恶劣的天气又把他们挡了回来。一直到南极的春天到来之际，10月29日，一支探险队才出发，至少要去找到那几位英雄的尸体。11月12日，他们到达那个帐篷，发现英雄们的尸体已冻僵在睡袋里，死去的斯科特还像亲兄弟似的搂着威尔逊。他们找到了那些书信和文件，并且为那几个悲惨死去的英雄垒了一个石墓。在堆满白雪的墓顶上竖着一个简陋的黑色十字架。

在英国主教堂里，国王跪下来悼念这几位英雄。

以上就是伟大的作家茨威格在《人类的群星闪耀时》这部书里，写下的斯科特最后生命时光的文字。

收录本文的书是茨威格最重要的作品之一，被他归类为"历史人物特写"，共计14篇。这篇文章落笔很早，名叫"南极探险的斗争。斯科特队长。南纬90度。1912年1月16日"，此名在全世界一直沿用至今。不过中国译文名，只取了前半部分，叫作"南极探险的斗争"，2002年选入人民教育出版社的中学语文教材，为七年级下册课本第21课。课文名字改作"伟大的悲剧"。主题：一个人虽然在同不可战胜的厄运的搏斗中毁灭了自己，但他的心灵却因此变得无比高尚。所有这些在一切时代都是最伟大的悲剧。

我觉得茨威格当年自拟并至今在世界各国广泛流传的那个长长的篇名甚好。它包括了时间、地点、人物、职务……连地点纬度都毫厘不差，时间准确到了年、月、日。初看起来很繁复，似乎不符合中国人对题目"言简意赅提纲挈领"的传统要求，却极具茨威格的语言特色并深得他历史特写之主旨——"充满戏剧性和命运攸关的时刻，在个人的一生中或在历史的进程中都十分难得，这种时刻往往只发生在某一天、某一小时或某一分钟，但它们的决定性影响却超越时间……"

茨威格给作品起名时，很喜欢加个副标题，帮助人们找到他打造此文的宗旨。《人类的群星闪耀时》都是短篇特写，茨威格索性将正式篇名变长，将更多内容镶嵌进去。这个有关斯科特的故事，就有了长达约30个中文字的篇名。我个人认为，课本另创造的篇名"伟大的悲剧"，似不能全部概括茨威格的完整原意。

为了向茨威格致敬，容我多说两句。

他1881年12月28日出生于奥匈帝国首都维也纳一个富裕的犹太工厂主家庭。他爸很有教养，弹一手好钢琴，书法也不错，通法语和英语。母亲是意大利金融世家的女儿，属于奥地利上层社会。茨威格天性敏感且极富才华，自幼受到良好教育，物质生活优渥。茨威格少年成名，16岁便发表诗作，后在维也纳和柏林攻读哲学和文学。富裕的家庭背景，让他可以全身心投入写作，涉猎广泛，内容包括诗、小说、戏剧、文论、传记、文学翻译等，都取得了巨大成就并日渐富有。除了创作，他开始游历、演讲……为和平奔走。茨威格边玩边写，竟十分高产，用德语写的作品有近40部。

茨威格爱好颇为广泛。歌德的手稿他有保存，贝多芬用过的书桌他也收藏了。他对贝多芬的喜爱一以贯之，大学时就曾为反对拆除贝多芬临终寓所而请愿抗议。他写道："这类具有历史意义的每一幢房子的拆除，就像从我们身上夺取了一部分灵魂。"他的朋友圈，更是巨星闪烁，比如有罗曼·罗兰、罗丹、爱因斯坦……他也很喜爱心理学，和弗洛伊德是好友。老弗去世后，茨威格在他的葬礼上还致辞。我特别想找到他的悼词全文，可惜未能如愿，功夫还下得不够。

高尔基看完茨威格写的《一个陌生女人的来信》后，立即给作者写信："读着这篇短篇小说我高兴地笑了起来，您写得真好！这真是一篇惊人的杰作，由于对您的女主人公的同情，由于她的形象，以及她悲痛的心曲，使我激动得难以自制，我竟然毫不羞耻地哭了起来。"

茨威格作为犹太作家，追求和平、自由、艺术，一生为此奋斗不息。他骨子里是典型的理想主义者，终身都保持传统贵族的尊严和修养，视个人权利和公民自由比生命更神圣。1933年，纳粹掌权后，秘密警察进入茨威格在维也纳的家中搜查，他感觉奇耻大辱，愤而离开家园，开始流亡。此时，他挚爱的祖国奥地利已被德意志帝国吞并，他倾注满腔心血所写的书被禁、被焚,甚至他的国籍也被取消。"二战"的爆发,让茨威格致力于用艺术方式塑造伟大欧洲的梦想,残酷地画上了句号。他的精神花园被彻底烧毁,茨威格无比孤独绝望。他辛酸地说:"结识一个可以使你缩短等候时间的领事馆小官员,要比和一个托斯卡尼尼或者一位罗曼·罗兰结成友谊更为重要。"他只得远赴南美,最后流浪到巴西安身。

1942年,正逢纳粹屠杀最黑暗的时期。茨威格虽衣食无忧,安全无虞,但精神世界已然崩溃,彻底失去了活下去的信心。茨威格认定人类已无药可救,自己要选择体面地离席而去。

2月22日,在距里约热内卢不远的小镇彼得罗波利斯,茨威格同他的第二位夫人伊丽莎白·奥特曼(年仅33岁),双双吞药自杀。他们拥躺在自家寓所的床上,一瓶水放在床边桌子上。病理学家判断他们是在中午到下午4点钟之间,服用了大剂量巴比妥类药物致死。此药是强力镇静催眠药,过量会导致呼吸停止。

茨威格留下镇定清晰的遗书。他写道:"在我自觉自愿、完全清醒地与人生诀别之前,还有最后一项任务亟须我去履行,那就是衷心感谢这个奇妙的国度——巴西,她如此友善、好客地给我和我的工作以憩息的场所。我对这个国家的热爱与日俱增。与我操同一种语言的世界对我来说业已沉沦,我的精神故乡欧罗巴亦已自我毁灭,从此以后我更愿意在此地重建我的生活。但是一个年逾六旬的人再度重新开始是需要特殊力量的,而我的力量却因常年无家可归、浪迹天涯而消耗殆尽。所以我认为还不如及时不失尊严地结束我的生命为好。对我来说,脑力劳动是最纯粹的快乐,个人自由是这个世界最崇高的财富。我向我所有的朋友致意!愿他们经过这漫漫长夜还能看到旭日东升!而我这个过于性急的人要先他们而去了!"

语言如此优雅唯美,茨威格的绝命书文采斐然语句铿锵。

茨威格去世后,巴西为他举行了国葬。

回到南极探险家的往事。茨威格为斯科特这个世俗意义上的失败者作传，描写了角逐失败后的英雄极度沮丧、悲哀的心情，直至他的从容赴死。在某种意义上，也为自己一语成谶——肉体无奈地倒下了，但心灵仍旧无比崇高。

杀死斯科特的，不仅是南极风雪，更有他们的心理枯竭。最终要了茨威格命的，也是他无助绝望的心理枯竭。就像茨威格在绝命书中所写："我的力量消耗殆尽……"

心理"枯竭"太可怕了，人感到油尽灯枯，像行走的X光片。

"枯竭"这个词的本义，指水源的干涸与断绝。引申义有体力、资财等用尽与穷竭。

心理学中对人的"枯竭状态"大致有如下分期。

首先是完美与狂热阶段。个体极端热爱自己的工作，充满献身感，不遗余力地投入到事业中，完成的工作的质和量，每每超出人们的期待。个人也陶醉其中，精力充沛，好像有使不完的劲儿。义无反顾的个体，毫不在乎为了达到目标所需付出的时间和努力，殚精竭虑……比对斯科特一生，你会发现在他向南极点冲刺的行动中，正是被一种飞蛾扑火般的激情笼罩。

枯竭的第二阶段是"滞留"。深陷其中的人，工作效率下降，出现焦虑感，对工作进度越来越不满意，发觉越来越难以达到目标。不过这个时刻，个体往往拒绝承认困境，不去聆听躯体发出的警报，只是竭力以加倍的工作来隐藏问题。当一个人力图做得更多，而不是降低不现实的期待时，枯竭真正地降临了。斯科特发现了挪威人已经先他们一步抵达南极点时，枯竭状态开始启动。

第三个阶段是"挫折"。人们开始对自己的能力持怀疑态度，工作效率下降。斯科特一行自南极点开始返回时，不幸地进入到这个阶段。

枯竭的最后一个阶段，是"淡漠与抑郁"。到了这一期，衰退已达到极限，个体情绪与健康均受到严重损害，无法完成日常的工作和生活。

某些人格和态度，可能增加出现枯竭的危险性。那么，是什么素质的人潜伏在人群之间，容易出现枯竭状态呢？根据研究，高危人群通常具有以下特征。他们积极、能干、雄心勃勃、有领导能力，承担了太多的责任，大多是完美主义者、理想主义者，不顾一切地想得到别人的承认和赞誉。他们通常对成功怀有过高期待，且常常过于骄傲，不愿寻求他人的帮助。经常需要获得战胜他人的优越感，并掩饰自己的弱点和痛苦……

不难看出，这几乎是对斯科特的人格临摹。

茨威格曾写道，斯科特他们最后能做的选择就是——冻死或饿死。

从医学的观点看，斯科特的直接死因，最主要是冻死。

对于人类这种恒温动物系统来说，37℃的体温如果不断下降，致死过程大概可分为四期：兴奋期、兴奋减弱期、抑制期、完全麻痹期。

1.兴奋期，体温开始下降。在受到持续寒冷侵袭的初期，人会出现寒战、呼吸、心跳加快，血压升高，神经处于兴奋状态，此时期人的应对之法，是驱动机体产生更多的热量，以对抗体温下降。斯科特留下的绝笔书信，多数写在这一时期。

2.兴奋减弱期，体温降至35℃～30℃，血液循环和呼吸功能逐渐减弱，心率减慢，血压下降。人体出现倦怠，肢体运动不灵活，并可出现意识障碍。这个时期持续的时间可能比较长。斯科特留下的最后一篇日记写道："我现在已没有什么更好的办法。我们将坚持到底，但我们越来越虚弱，结局已不远了。说来很可惜，但恐怕我已不能再记日记了。"

他已悲惨地进入这一时期。

3.抑制期，体温继续无可遏制地下降，大约在30℃～26℃之间。心率、呼吸和血压一路走低，人体对外界刺激逐步丧失反应，意识蒙眬，内脏开始瘀血，循环血量减少。

4.完全麻痹期，体温降至25℃以下，血压直线下降，各种反射消失，血管运动中枢及呼吸中枢麻痹……死亡。

多年前，我在西藏当边防军时，气候严寒，会接触到冻死的尸体，他们多半呈自然状态或蜷曲状，并无挣扎。老军医告诉我说，人在冻死前，先是发抖，发抖就能产生更多热量，这是浑身肌群在垂死挣扎。但这不是一个好方式（形势恶化至此，好与不好已无意义）。血液应该流向内脏，现在却直接流向皮肤表层。暂时会让人感觉暖和一点。不过这是饮鸩止渴的方式。颤抖燃烧能量，用不了多长时间，颤抖就会停止，人体很快失温，丧失思维和肌肉功能，心率猛增，然后放缓，直至戛然停止。人会感觉到反常的热感，在奇异的温暖感觉中死去。所以尸体呈自然体位，表情安详。老百姓传说冻死的人会面似笑脸，即来自这个原理。

请原谅我用几乎残酷的科学逻辑，来推断斯科特一行临终前所遭受的酷烈苦难。总是在想，如果他们是第一批抵达南极点的人，即使自然条件和物质条件都一样，他们还注定会死吗？

或许不会吧？他们会感到无比的骄傲和自豪，充满了喜悦。昂扬积极的情绪，也许会使他们生出更多的勇气和力量，或许终于归来。

有时又想，如果这支队伍的领导者是沙克尔顿，就是那个斯科特看不上眼的下属，却一次又一次创造出带领全体探险队员从绝望中突围的人，是不是结局也有可能改写？

英国探险界有一段著名的话评价南极探险者："若想要科学探险的领导，请斯科特来。若想要组织一次冬季长途旅行，请威尔逊来。若想组织一次快速而有效率的探险，请阿蒙森来。若是你处在毫无希望的情景下，似乎没有任何解决办法，那就跪下来祈求沙克尔顿吧！"

这段话流传甚广，其中提到四位探险家。威尔逊是英国人，20世纪初期著名自然学家、植物学家、探险家、作家，曾任美国哈佛大学植物研究所所长。另外三位，本文都多少有所提及。这段话证明了斯科特对于科学的挚爱，阿蒙森的心无旁骛、一心完成创纪录奇迹的专注。若论在不可能活下去的危机中幸存，那非沙克尔顿莫属。

斯科特之死引起了极大关注。他近乎宗教狂热的精神缔造了英雄神话，大英帝国需要斯科特这样的英雄。唯有沙克尔顿看出了斯科特的装

腔作势和无能，他曾大声质疑，装备如此精良的探险队，怎么会被暴风雪打败？

沙克尔顿暗指另有原因，不过这个问题从来没有被充分展开探讨过。

历史还有另外一面的真实。

斯科特渴望得到财富，以赡养他的寡母，养活新婚不久的妻子和刚刚出生的儿子。他期望获得成就，从而能晋升海军上将。

阿蒙森认为自己会给新生祖国带来荣耀，因此使得他漂流穿越北冰洋的计划获得足够经费，并能说服他的挪威情人离开她的丈夫投入他的怀抱。

对这两个人来说，南极都是一种手段，由此实现他们在其他领域的梦想和抱负。

我凝视着南极的雪，看它们自天空一片片倾泻。有人说，雪是上天写给人间的便笺。南极的飞雪，不是可有可无的便笺。它见证过一代又一代南极探险家的前赴后继，是遥远历史寄来的盖了章的公函。

毕淑敏

12 若如成功，
你获得的唯有荣誉

多次提及沙克尔顿，此人名声在南极如雷贯耳。就像提到唐代诗歌，你不可能不知道李白。我们在智利最南端的城市彭塔阿雷纳斯，饯行时的晚餐，就在沙克尔顿酒吧举行。

酒吧是典型的欧洲风格，十分雅致。地理位置甚好，在市中心广场旁边，可谓奢华。

我问酒吧侍者，酒吧的命名，是为了纪念沙克尔顿，还是他本人同这座建筑有关系？

侍者说，两者都有。当年沙克尔顿前往南极的时候，曾在这里喝过酒。他的后人，至今参与酒吧的经营。

欧内斯特·沙克尔顿1874年2月15日生于爱尔兰，父母有十个孩子，他排行第二。卒于1922年1月5日，离去至今已近一个世纪。掐指一算，沙克尔顿只活了48岁。

沙克尔顿10岁时，全家迁往英国，11岁时他才进了学校读书。刚刚15岁，他就宣称不再按部就班地上学，要到海上谋生活。家人拦阻不住，他上船当了服务员。在海上，他勤奋学习。天道酬勤，沙克尔顿24岁时，获得了船长执照。

沙克尔顿一生进行了三次南极探险。1901年，他第一次南极行，队长是大名鼎鼎的斯科特，还有医生威尔逊，共计三人。此次目标剑指南极点，不想，因所带衣物无法抵御严寒，加上给养不够，三人都出现了坏血病症状，只好在距离南极点400英里（约643.7千米）处放弃。沙克尔顿还和队长闹翻了，被斯科特宣布为"不被承认的一员"，遣送回了英格兰。

好在沙克尔顿生性顽强，并未一蹶不振。既然队长不要他，他干脆组建了一支新探险队，自任队长，1907年再次远征南极。他很善于宣传，行程计划引起了英国皇室关注，国王和皇后接见了沙克尔顿，还赠给他一面英国国旗，让他插在南极。1908年，他乘"猎人号"到达南极海岸，建起营地，开始向南极腹地挺进。11月底，沙克尔顿和他的三个伙伴，创下了当时人类到达南极的最南端纪录。可惜他们使用的西伯利亚矮种马，适应不了南极气候，纷纷倒下。到了距南极点尚有180千米的地方，四人精疲力竭，又患上严重痢疾，只得返回。饥寒交迫，每人每天只有四块饼干充饥。危难时刻，沙克尔顿节省下来一块饼干，让给了探险队员弗兰克·怀尔德。怕船等不及他们而先行离开，沙克尔顿决定兵分两路，自己和一个较强壮的伙伴急速前行，另两人留在补给站待援。沙克尔顿终于赶到探险船泊地，让船等等后续的探险人员。他不顾旅途劳顿，马上返回补给站救人。后果皆大欢喜，队员们全部安全回船并成功返回英国。

队员怀尔德当时没有舍得吃掉这块生死与共的饼干，细心地保存起来。沙克尔顿去世后，为了纪念这位伟大的探险家和挚友，怀尔德一直珍藏着这块饼干。他在日记中深情写道：除自己之外，世界上任何人，都不可能完全了解这块饼干代表怎样的慷慨和关怀。这块饼干刻骨铭心，而且无价。

怀尔德于1933年去世，把这块饼干当传家宝，传给后人。饼干是由亨特利—帕尔默公司生产的，富含牛奶蛋白。这家公司也曾在1901年为斯科特提供过能量饼干，所以沙克尔顿出发前，尽管和队长不合，还是和当年一样，带上了这家公司的饼干。据说探险队队员不喜欢这种饼干（味道不好？），但它能提供能量，让人们在南极得以度日。

可这块饼干也不能老搁着啊。2011年，怀尔德已死去60多年，他的孙子把饼干连同与此相关的日记，一起委托给佳士得拍卖行予以拍卖。

我从照片上端详这块有故事的饼干，它已104岁"高龄"了，但十分完整，品相不错。英国广播公司援引佳士得拍卖行的工作人员话说："在那个年代，探险者不了解营养学，他们真的不知道如何保持强壮，所以他们总是尝试挑选能给自己提供能量的补给。"

专家们事先给这块富有传奇性的饼干估了个价，觉得它的成交价有望达到1500英镑（约合2400美元）。结果这块饼干真争气，最终以4935英镑拍出，比估价高了3倍多。

我本来以为它是史上最贵的饼干了，却不想一查资料，单块饼干拍卖的最高纪录是7637英镑，本饼干只能屈居亚军。再一细看，更惊奇了，它也与南极探险有关，也与沙克尔顿有关。冠军饼干，来自沙克尔顿1914年"持久号"南极探险时的遗物。

那么，是谁出高价买下这类古董饼干呢？我猜测是研究南极的专家和探险家，或是他们的后裔。却不料买家的真实身份，是英国研究欧洲糕点历史的人员。

回到沙克尔顿第二次南极探险历程，他又一次以失败告终。再后来，南极点已被人捷足先登，为探险而生的沙克尔顿，需要寻找新的扬名立万方案。终于，他想到了至今还无人徒步横穿南极大陆，这在当时，是一个险恶的空白。

沙克尔顿私下对妻子说，现在只剩下最后一个建功立业的机会了。那就是从威德尔海横穿南极大陆，最终到达罗斯海。我决心完成这个壮举。

1914年年初，沙克尔顿在报纸上发布一条招聘启事："现招聘人手参与极危险的旅程，赴南极探险。薪酬微薄，需在极度苦寒、危机四伏且数月不见天日的地段工作。不保证安全返航。若如成功，你获得的唯有荣誉。——沙克尔顿"

这样的用词，是不是很吓人？它带有沙克尔顿冷静凛然的风格，加上残酷。丑话说在前头，愿者上钩。

猜一猜。如此恐怖的帖子，能有多少人应聘？

估计难得有人猜到正确答案。短短几天内，报名者突破了5000人。

作为老板兼船长和领队的沙克尔顿，亲自掌眼，一一面试。经过认真选拔，最后从中确定了26名船员，加上他自己，共计27人组成了新的南极探险队。他上次探险南极时的队友，拒当他的助手。剩下的25人，可谓人才荟萃。有医生、航海专家、渔民、教授、木匠、摄影专家……木匠年龄最大，57岁。

看到这儿，细心的朋友可能会问，有资料上说沙克尔顿的探险队是28个人。情况是这样，当一切准备就绪，正式登船时，一点人数，居然出现了第28人。这多出来的一个人，是偷渡者，他自愿参加这次探险，混了进来。沙克尔顿见状大怒，训斥道："如果我们的食品吃完，落到要吃人的地步，第一个被吃掉的人，就是你！"不过，这个名叫布莱克·罗伯的小伙子，最后完全融入了探险队集体，与大家处得不错，不但没有被吃掉，还安全归来。

经过5个月的集训与准备，1914年8月，国王向沙克尔顿授旗，以供其在任何新发现的陆地上，升起英国国旗。当时的人们认为：10个有极地阅历的人中，有9个都觉得这次探险是糟蹋钱的、没用的听天由命之旅。有人甚至私下里说，这纯粹是沙克尔顿设计好的自我广告。

在一片质疑声中，探险队于1914年8月1日，乘木船离开伦敦。沙克尔顿根据自己家族的座右铭"坚毅必胜"，将船命名为"坚忍号"。

1915年1月8日，木船到达南极边缘的威德尔海。威德尔海是南大西洋的一部分。它非常冷，全世界大洋底部的冷水，一半以上源出南极海域，其中大部分即产生于威德尔海。

它是英国探险家和猎海豹者詹姆斯·威德尔于1823年从南奥克尼群岛出发，首次经过这片海域时发现的。1900年就以威德尔的名字，命名了该海域。

它是大名鼎鼎的魔鬼海域，气候寒冷，终年都在0℃以下。最可怕的是流冰，冰山移动，相互撞击，边缘粉碎，又叠罗汉似的铸成新的冰山。

威德尔海当年冰情异常严重，但沙克尔顿还是决定继续南下，几百千米后，1915年，"坚忍号"凝冻于冰山之中，完全动弹不得，只能被动地随冰漂移。

关于威德尔海的流冰，恕我多说两句。沙克尔顿出发时，正值南极的夏天。这样就可见大片大片的流冰群。威德尔海的流冰群非常巨大，头衔着尾，尾连着头，像无边无际的白色长城。这让北部威德尔海，凝冻两百万平方千米。就像苍莽冰原。船只只能在流冰群的缝隙中航行，很容易被流冰挤撞毁坏，或者一不留神从冰缝中驶入"死胡同"，船就永远留在冰海之中。1914年，英国的探险船"英迪兰斯号"，就被流冰吞噬，尸骨无存。

要想有条活路，一切要看风向。刮南风时，流冰群向北散开，会出现一道道缝隙，船只可在冰隙中航行。若刮起北风，流冰就会挤在一起，把船只包围。即使船没被流冰撞沉，也无法逃出茫茫冰海，至少要在冰原中待上一年，等到第二年夏季来临，才有机会冲出冰海脱险。不过说起来容易，但整整一年啊，食物和燃料有限，加上暴风雪肆虐，使绝大部分陷入困境的船只，难逃永远"长眠"南极的宿命。

沙克尔顿的"坚忍号",就这样在流冰中苦熬,经历了南极的严冬和极夜。沙克尔顿把希望都寄托在夏季来临,却不料严酷的南极冬季,并没给沙克尔顿这样的机会。极夜时零下几十摄氏度的严寒,巨大的冰块,日复一日压榨岌岌可危的木船。

沙克尔顿此次探险的目标,是在南极海岸登陆后徒步横贯大陆。"坚忍号"的任务,主要是在海中航行,将探险队员们尽量运抵靠南陆地即算完成使命。后面的徒步穿越南极大陆腹地1800千米,和船没什么关系。它虽由挪威著名造船公司精心制造,但不是能抵御冰害的蛋壳圆底船,而是"V"字底的普通船。这就直接导致"坚忍号"根本无力抗拒冰层的累积挤压。

"坚忍号"被巨大的冰坨压毁,船体漏水,船头开始没入冰海之中。1915年10月27日,沙克尔顿下令弃船。

船上的摄影师,是澳大利亚籍的詹姆斯·弗朗西斯·赫尔利。他经历过世界大战,参加过沙克尔顿的前两次南极之行,留下了大量影像资料。此次冰海遇险之前,他已经拍摄了400张玻璃底片。沙克尔顿先是为了减轻船只负担,亲自监督赫尔利将250张玻璃片摔碎,只保存下150张。当下达全体人员撤离"坚忍号"的命令时,沙克尔顿又要求赫尔利把所有底片都留在即将沉没的船中,一张也不许带出。11月8日,赫尔利冒险潜入困陷在冰海之中的木船,从即将沉没的"坚忍号"中,抢回部分珍贵底片,共计97张。它们的存在,让今天的人们极为震撼。对沙克尔顿一行当年所遭受过的艰难险阻,感同身受。

11月21日,"坚忍号"彻底沉入冰海,探险队员们抢出3只救生艇,从此住宿浮冰上。

沙克尔顿十分清醒地意识到,出发前定下的横贯南极大陆的目标,现已完全粉碎。他迅速将目标调整得极为简单明确——大家活着回家!

他用坚定的语气说,与最重要的生还相比,其他任何东西都毫无价值。因此要毫不吝惜地扔掉所有不必要的东西,不论其价值如何。

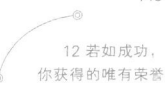

说完这句话，沙克尔顿从自己的皮衣里，掏出金烟盒和其他几件纯金纪念品，毫不迟疑丢到冰海中。

沙克尔顿屡遭绝境。1902年，28岁的沙克尔顿在南极待了94天。他呼吸困难，患了严重的坏血病，还可能患上了肺炎。他从不抱怨身体上的痛楚和难处，以极其顽强的毅力坚持到底。

不过，这一次平安回家，谈何容易！他们孤零零被困在巨大浮冰之上，如何脱险？船已经沉没，如何跨越重洋？人们先是拉着救生艇和食物等活命的必要物品，尝试徒步走向海岸。体能消耗甚大，每天却连3千米都走不到。沙克尔顿改换策略，宣布停止人拉艇，放弃前进，就在浮冰上安营扎寨。希望寄托在冰层顺着海流移动，将他们带向北方。

困难极大。食品不足、衣衫褴褛，没有足够的装备遮风挡雪……沙克尔顿探险队，在冰天雪地中整整露营了4个月。

沙克尔顿高风亮节。当时有18个比较暖和的驯鹿睡袋，不过全队28个人，不够分。沙克尔顿决定抓阄，用抽奖方法决定谁可以享用驯鹿皮睡袋。大家都参与，只把一个人排除在外，这个人就是沙克尔顿自己。他是队长，把一个好点的睡袋留下，别人也无话可说，但他如此以身作则，极大地鼓舞了士气。全队有个人意见最多，最爱讲牢骚怪话，谁都不愿意和他住在一起，沙克尔顿就请他和自己同睡一个帐篷。有个人情绪抑郁，甚至想自杀，沙克尔顿便把他派到厨房烧火。要知道，在莽莽冰原上，让烧饭的炉火持续燃烧，是艰难而又吃力的任务。这活儿太耗费心力，此人再没空儿想死的事，安然活了下来。

为了提振众人信心，沙克尔顿还会在冰上翩翩起舞……食品吃光了，沙克尔顿就领着大伙儿打猎，靠企鹅和海豹肉维持生命。

沙克尔顿寄希望于浮冰北行的策略奏了效，浮冰真的将他们载到了无冰水域。沙克尔顿指挥众人，乘着弃船时抢救出的三艘小救生艇，齐心协力经过七天艰苦卓绝的海上航行，终于抵达一个岛屿——大象岛。一踩上坚硬的地面，大家先是欣喜若狂，以为总算出了冰海，有希望得救了。可惜兴奋没持续多久。大家陷入新的沮丧。大象岛非常荒芜，完全没有人烟，且远离航线，得到救援的希望是零。大象岛并未将死亡击退，只是延缓了大家的死亡日期。

船员们再一次陷入崩溃。沙克尔顿决定不能再无望地被动等下去，必须采取行动。1915年4月24日，他决定出海求援。只是三艘救生艇已严重损毁，根本无法远航。沙克尔顿指挥木匠，拆了两艘艇，将所有还勉强能用的木料篷布等部件，都拆下来，翻翻拣拣修修补补，全部用来修补加固剩下的唯一那艘艇。艇修好了，沙克尔顿将它起名"Garland"号，中文翻译为"加兰"。有资料说这个单词的意思是"战场""花环"。我请教了一位英语专家，她说英语中这两个音节不可分开，是"花环"之意。

沙克尔顿又选拔出4名船员，与他一道出发，目的地是南乔治亚岛，向常设在那里的捕鲸站求救。"加兰号"只有22英尺长（约合6米），面对的是1300海里波浪滔天的狂躁海面，自救的希望微渺到近乎湮灭。

出发的人此一去千万里海疆，生死茫茫。留下的人身陷孤岛，弹尽粮绝。此刻还能将小船起名"花环"，佩服沙克尔顿的勇敢乐观，还有……真正的远方和诗意。

临行前，沙克尔顿秘密写下一张字条，交由一名船员保存。叮嘱道，你先不要动它。如果20天后，我没能返回来救你们，可以打开。

留守队员把纸条当作宝贝似的收起，那是他们活下去的符咒。

沙克尔顿走了。5个人在狂风怒海中航行了整整17天，破烂不堪的小木艇，居然奇迹般地到达了南乔治亚岛南岸。风浪太大，"加兰号"无法靠岸，他们不得不在一会儿飞上半空、一会儿又好像要沉入谷底的救生艇上，又苦熬了一个晚上。

终于平安登上南岸，却发现有人烟的捕鲸站在岛的北岸。南北岸之间，横亘着从未有人攀爬过的大雪山。沙克尔顿再次分流人马，留下两名体弱队员，让他们原地等待救援。自己和另外两人，开始孤注一掷的最后冲击。雪山极滑，他们没有任何防滑的登山设备。随队木匠灵机一动，拆了救生艇上的螺丝钉，砸入他们的鞋底，充当冰鞋。没有冰镐，只能用一把砍木头的斧替代。靠着极为原始的装备，外带一根绳索，沙克尔顿一行30小时内无眠无休，攀越了42千米的高山冰川，在从来无人涉足的南乔治亚内陆跋涉，终于准确地抵达了北岸的当尼斯捕鲸站，敲开了站长的门。

捕鲸站长望着三个鬼魅一样的人形物体，惊讶无比，问："你们是谁？"

最前头那人开口说话："我是沙克尔顿。"

捕鲸站长早就认识沙克尔顿，他以为"坚忍号"已沉没，毫无任何生还希望。此刻，这汉子扭过身子，掩面而泣。

这一天是1916年的5月20日。

5月23日，沙克尔顿拒绝休息，先是立即接回留在南乔治亚岛南岸的两位队员，然后又借船要开往大象岛，营救留在那里的23个船员。人们劝他留在捕鲸站歇息，别人也可以去完成这个使命。沙克尔顿听都不要听，一定要亲自去。理由只有一个：临别时，我答应过回来救他们。

由于海上风浪太大，从南乔治亚岛出发的三次营救，都失败了。

沙克尔顿锲而不舍开始第四次救援。8月30日，营救船只终于驶近了大象岛。沙克尔顿挺立船头，两眼死死盯着前方。岛上的人们走出避身所，也在眺望。沙克尔顿急不可耐地清点依稀可辨的人影：1、2、3……23！

"他们都在那里！他们全都在啊！！"沙克尔顿狂喜而泣，向营救船上的人们反复宣告："他们全都在！""他们全都在！""他们全都在！"

这一刻，山海为之共鸣。

沙克尔顿终于实践了自己的诺言，接走了当初留在大象岛上的23名船员。这天距离他离开大象岛出发请援的4月24日,已经整整过去了128天。

也许你还记得那个约定。如果他走后20天不回来,留守的人应该打开那张字条。

真实情况是,那张字条从未被打开。

那张字条上写的是什么?

"我一定会回来营救你们,如果我不能回来,那我也尽我所能了。"

问及收存字条的船员,为什么在超出预计时间那么久之后,仍未打开字条看一看?他说:"我和剩余的所有人,都坚信沙克尔顿会成功,他不会丢下我们不管……"

有人又问别的船员,怎么能在每天的枯坐干等中支撑这么久?船员说:"我们坚信沙克尔顿一定会成功,他有这个能力,如果万一失败了,我们也知道他尽力了……"

生死相依,心心相印!船员们的话,与那张并未打开的字条,多么相似啊!

从1914年8月1日沙克尔顿起航,到1916年8月30日全体探险队员获救,时间共两年零一个月。对沙克尔顿的困境一无所知的罗斯海探险小组(就是在南极大陆的另外一端,等着接应沙克尔顿的探险队员),也险境百出。他们中的一人因患坏血病过世,另外两人在风雪中穿越冰区时落水身亡。

沙克尔顿探险连续失败,却因为这个过程,声名远扬。

人们一般说沙克尔顿曾经历了三次南极探险,其实,还有第四次。只是这一次,他未能完成。

1921年,沙克尔顿决定再次奔赴南极。昔日英雄,矮胖苍老,早已雄风不再。他这次的探险目标,是环游两极洲一圈,绘制其海岸线图(说实话,这个目标有点曾经沧海难为水)。他先是邀请英国童子军参与此事，有1700人报名。他和两位竞争成功的男孩照片，出现在当年的"英国年轻人"杂志上。他的船"探索号"，7月17日自伦敦出发，大批民众列队在泰晤士河边欢送。童子军扯着英王授予的国旗，它将被升起在沙克尔顿此次新发现的南极土地上。

出发不久，"探索号"主机频发故障，在里斯本和里约热内卢，两次大修。由于拖延了时间，为了抢在南极夏天之前抵达那里，沙克尔顿只好直接南行，放弃了在南非开普敦利用飞机的机会。

沙克尔顿此时已经47岁了，心脏病几次发作。他自创了一个土方子，靠着喝香槟酒来化解心脏疼痛。

他一路南行，于1922年1月4日，船驶到了南乔治亚岛的古利德维肯捕鲸站，它是当时世界上最南端的小镇，到处弥漫着鲸鱼尸体腐败后的腥臭之气。1月5日凌晨，沙克尔顿心脏病再次发作，终致取了他的性命。沙克尔顿去世了，他身穿蓝白色睡衣，躺在一个用沥青涂抹过的普通棺材里，上面覆盖着褪了色的英国国旗，被送到挪威居民点的教堂，等待机会运回英国。后来，当终于有了船载着沙克尔顿的遗体，颠颠簸簸航行至乌拉圭时，沙克尔顿遗孀的嘱托传来——请将沙克尔顿的遗体，运回南极就地安葬。

1922年3月5日，沙克尔顿遗体被挪威捕鲸船，运回了古利德维肯。举行了短暂的仪式后下葬，简单的坟冢和一个小小的十字架。当他的副手驾船自南极失败而返后，看到如此寒酸的情景，决定重建个顶部有大十字架的显著石标。在铜质铭牌上写着"探险家欧内斯特·沙克尔顿爵士"。

沙克尔顿以他的南极之死，为自己的探险生涯画上了句号。这最后一次探险，他在抵达魂牵梦绕的南乔治亚岛的第二天凌晨，便与世长辞。我坚信这是他有意无意为自己生命所安排的完美谢幕。

身患重病之人，是可以选择什么时间离开这个世界的。这并不是自杀，而是当事人觉得一切都可以放下时，就义无反顾地抽身去了，来一场符合心愿的体面撤离。沙克尔顿的神经之顽强，自我意识之坚韧，自制力之无所不在，一般人绝无法比拟。所以，他的死，更像是一种明确的抉择。他决定死在南极，既然已经抵达了目的地，就不再延宕，无牵无挂地告辞了。干脆利落，斩钉截铁，一如他一生中做过的无数次决定。

他的妻子可谓相当了解他，将他安葬在南极。还有什么结局，比如此这般更符合沙克尔顿的心愿呢？

沙克尔顿的身体并不算好，年轻时的海上工作，让他患上了不明原因的"毛里求斯高烧"，有人怀疑是疟疾，或者是一种风湿热。沙克尔顿挺怪的，他一直把自己的健康问题当成核心机密，从不告知别人，也避开体检，一再讳疾忌医。他用"否认"这种方式，来应对身体的强烈不适和不时发作的剧痛。在他那个时代，男子汉往往把生病当成一种软弱和耻辱，沙克尔顿更是发挥到极致。

沙克尔顿第三次奔赴南极时，立下的徒步穿越南极大陆的梦想，于1957年，由另一位英国探险家维维安·福克斯完成。距离沙克尔顿的脚步，过去了整整40年。

回顾沙克尔顿的个人探险史，基本没成功过，都是以壮志未酬告终。如今，南极点上重复叠加了无数脚印，横贯南极大陆的路线，也早已被人打通完成。今天的人们只要愿意，当年不可思议的壮举，大都可以复制。不过沙克尔顿以极其简陋的装备，饥寒交迫中在海上漂泊、冰上露营和大象岛留守、穿越惊涛骇浪直抵南乔治亚岛的丰功伟绩，至今没有人能在同等条件下完成并凯旋。从这个意义上讲，沙克尔顿和他的同伴们，创造了前无古人后无来者的奇迹。

沙克尔顿也有脆弱的时刻。当"坚忍号"濒危之际，他在个人日志中写道："'坚忍号'搁浅了，我很难用语言表达自己的感受。对水手而言，船不仅仅是一个漂流的家，'坚忍号'是我的抱负、希冀和渴望所在。现在，她在扭曲、呻吟，船身在分裂，裂口在扩大。在其职业生涯的一开始，'坚忍号'就慢慢放弃了她感性的生命。"

在乘坐"花环号"的日子里，他筋疲力尽，气馁焦虑，近乎崩溃。

他曾对助手说，我以后再也不出征探险了。

然而，沙克尔顿还是第四次出征南极，以致最后埋骨南极。

沙克尔顿一生，对队友怀有深切的尊重，珍视他人生命胜过关爱自己。他一诺千金，绝境下毫不妥协畏惧，坚毅果敢。他的队友曾称他为"世间最伟大的领导者"。在朝不保夕、生命希望几近零的绝境下，他临危不惧的诚信，感人至深。

见过一张沙克尔顿1907年和同伴在南极科考船"探险号"上的照片。他身着羊毛花呢服装，淡然而胸有成竹的模样。在南极，绝不能穿棉质外衣，一旦被风雪打湿，极难烘干，会导致身体失温。纯新羊毛制品，在那个没有种种高科技面料的时代，是南极探险的首选服装。不由得想到：英国冬季寒冷，羊身上会覆满冰雪。在严苛环境下，羊要活下去，羊毛就在千百年的物竞天择中，变得越来越强韧结实、坚韧粗糙，形成最强的卷曲、最上乘的缩绒性与弹力。当它再用纯天然的染料，比如熊果、黑刺李、越橘、女贞子、块茎香豌豆、大黄等植物染色后，制成的保暖衣物，抗寒力极为优良。

沙克尔顿有点像纯新羊毛织物，并不精致好看，但在恶劣境遇中，能给人以温暖和强韧的支撑，保存生命之火。

100多年后，当我穿着全套防寒防水保暖衣物，乘着机动橡皮舟，在南极水域中前行时，波涛汹涌浪花飞溅。烟雪如暴君一连串凌厉的质问，劈头盖脸打来。迸跳着的雪浪花和冰粒，让身上未被防寒装备遮掩的肌肤，哪怕只有一毫米，都如长针刺入般的疼痛。人体自身的微暖在狂躁的南极面前不堪一击，只得如懦弱臣子，弓腰弯背，将形体尽量缩小，以求自保。念及沙克尔顿在"坚忍号""花环号"上的苦痛，我想，这不如他所承受过的万分之一吧。

沙克尔顿在奔赴南极探险的招募启事上说——"若如成功，你获得的唯有荣誉。"回想沙克尔顿的一生，修改一下——"若如不成功，你获得的也是荣誉。"

毕淑敏

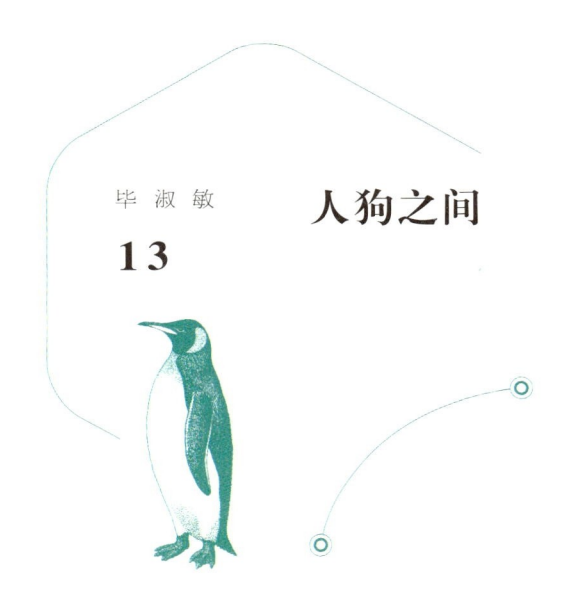

13 人狗之间

　　还记得前面我说过，听完乔纳森先生的课后，我急着去买他老爸写的关于南极的书。总算如愿，费用40美元。

　　书的扉页上，乔纳森先生亲笔题写了祝词。

　　"请接受我最良好的祝愿。

　　南极旅行的伙伴

　　×××的儿子 165页"

　　为什么单单标出"165页"呢？因为这页有一张照片，上面出现了三岁半的乔纳森先生。可爱活泼，十分欢喜的模样。

　　书很精美，图文并茂。

　　书中有一句话，给我的印象非常深刻。

　　"和狗相处过的人，往往对人类有了更高的要求。动物给予人类的爱，都不掺任何虚伪。如果它们不喜欢你的某种作为，它们就会直截了当地让你知道。它们也不会积怨记仇，只是单纯地去爱。当时我并没有洞察出这么多的玄机，我只是被深深吸引。"

非常感谢我的朋友、中国社科院英美文学研究者朱虹老师。她为我选择性地翻译了书中的精彩段落，文笔传神。恕我在其下引用。

这本书的书名叫《人狗之间》。

它套用了美国作家斯泰恩贝克的名著《人鼠之间》。

本书还有一个副标题，叫作"南极50年"。

副标题真够厉害的，在南极，别说50年，就是待上5年，都叹为观止。这本书的主要内容是记录了英国自1944年至1994年，跨越半个世纪的南极考察故事，内有很多当年的摄影图片，生动传神。

不过，50年的南极探险史多么丰富，一本书是完全囊括不了的。乔纳森的老爸聚焦在一个有趣的点上，描述了南极犬对于南极科考的贡献。

人类早期在南极探险的历程，与南极犬的丰功伟绩密不可分。但是现在在南极，你连一条南极犬也看不到。所以乔纳森的老爸说，本书是追念一个时代的逝去。

这本书，不是一部小说，严格说起来，甚至也不是散文集。它只是朴素地记载了英国早期南极探险家和狗之间的一些故事。

他把南极犬当作南极那个时代的标志。

世上本没有南极犬这个物种。书中所描述的南极犬，就是北极地区的爱斯基摩犬。更具体地说，是哈士奇犬。

爱斯基摩犬是生活在北极地区的犬类总称，细分为阿拉斯加犬和西伯利亚雪橇犬，后者就是通常所说的哈士奇犬。

哈士奇犬的特点是性格刚强，热爱工作。毛很硬，在冰上能拖拽重物雪橇前行。对人非常友好，忠诚、深情、高贵、成熟。它们不喜欢无所事事，每天需要忙个不停。

猜猜看，本书的序言是谁写的？

大海捞针，有点难。告诉您吧，序言是——大不列颠王国的威尔士亲王殿下。

威尔士亲王究竟是谁？可能有人一时想不起来。对中国人来说，此人更广为人熟知的名字是——英国王储查尔斯王子。

王子的序言如下：

最后的几只哈士奇犬从南极消失，标志着一个时代的终结。

而这部令人着迷的书，恰恰在这个关节出版，恰逢其时，却也令人唏嘘。

没有经历过赶着哈士奇犬驱车前行的人们，很难想象其中的乐趣：命都交给它们啦！

毫无疑问，哈士奇犬对于那些在南极生活着和工作着的人们的士气和健康，都起着很大的作用。令人不解的是，有人竟然以环保的名义提倡将哈士奇犬驱逐出南极。对于当地的许多人，没有哈士奇犬的南极，就不是完整的南极。

毫无疑问，人与犬的合作是我们独特的传统。

比起哈士奇犬，人们难以想象出别样的、更经用、更环保的交通方式。

我期盼将来有一天，更有智慧的一代人，会把哈士奇犬迎回南极。

到那一天，这本书将是关于一种已经消失的生活方式的宝贵见证。

大不列颠王国 威尔士亲王殿下亲笔签名

这本书的扉页上，写有献词。

献词分成两组。

第一组："谨以此书纪念已故的泰德·宾汉。50年来，他对'驾狗'的技艺和热情，成为南极考察的一个传统。"

第二组："谨以此书献给狗——我们的运输机，救命恩人，了不起的伙伴。"

看来乔纳森先生的老爸，对这本书给予了很深的感情。

中国古人性格内敛，一般不在书上题写献词。有时我会想，如果曹雪芹先生在《红楼梦》的扉页写上献词，无论写的是什么人，都会对红学家们的研究产生多么大的导向作用啊。

外国人爱写献词。献词也是五花八门的，比如致××、献给××、谨以此书献给×××……于是读者生出遐想，对这个某某究竟是何方神圣，产生好奇。对作者与这个某某的关系产生猜测。

在书的扉页上书写献词，在欧洲，是个起自中世纪的传统。那时候，艺术创作基本上无利可图，完全是个人爱好，只有投入，没有产出。那时候的艺术家也没有多少社会地位，基本上属于中国古代"鸡鸣狗盗"之徒的身份。可艺术又是一件需要金钱濡养的行当，怎么办呢？

欧洲人发明了赞助人制度。教会和宫廷贵族，成为艺术赞助人的主力，受赞助的人需要遵从他们的意愿进行文学创作，并在书籍的扉页上写下致尊敬的某某阁下，等等。这事利大于弊，艺术家有饭可吃了，便能安心工作，创造出艺术珍品。赞助人则可获得声誉。流传下来的一些经典名著，赞助人也功不可没。

乔纳森先生老爸的扉页题词，没有任何功利意味。他把本书献给了一个已经死去的赶犬人和一群不会说话的狗。

朱虹老师说，英国皇家都以狩猎为荣。女王养马，亲自给她的马洗澡。排在马的后面就是狗。打猎离不开狗。所以贵族之家都养一群狗。狩猎、养狗、养马，是英国贵族生活的标志。

不过，南极犬可不是贵族，是真正的劳苦大众啊。它具有耐心和耐力，热爱工作不求回报，会工作到最后一息……这都是人类向往而做不到的。

书中写道：

日复一日，周复一周，九只狗拉着雪橇，艰难地移步，穿越一个巨大无边，只有劲风和雪神熟知的世界。一个滑雪的赶车人紧跟在雪橇后面。

在这第一个团队几百米的后面，又是一个九狗拉雪橇和一个滑雪"赶车人"的组合。

总共有二十个这样的"人狗组合"穿过死寂的荒漠，人和狗在雪中留下的印记很快被落雪埋没。终于，领头的赶车人一声吆喝，狗齐刷刷地倒在雪里，脸朝下，头枕着自己的前蹄，毛茸茸的大尾巴盖着脸，尾巴尖儿扫着鼻子尖儿。它们一动不动，累趴下啦。但是它们随时可以起来，接着拉雪橇前进。支撑这些雪橇犬的，是它们心中特有的那种"探险的火花"。

带队的人不敢久留，前面还有18英里，暴风雪在即，而他们没有食物啦。几分钟休息后，人和犬又起程了。人、犬的足迹很快被大雪覆盖。

然而。因为曾经有生命在这里停留过几分钟，荒野从此再也不寂寞！

多么精彩的描写！

本书中的第五章，写了20世纪40年代，英国南极探险队的一个生活小片段。

我们的雪橇沿着半岛行进，在半岛的南端搭起帐篷驻扎下来。我站在帐篷外边，打开我的电池收音机，要查一查当时是几点啦。我一面摆弄我的收音机，一面看着我们那几只疲惫的狗在雪坨里捡食饼干渣子。突然，收音机里响起了一个德国口音的人在做演讲，还时不时地被热烈的掌声打断。收音机的播放非常清楚，好像我也身处那群人之中，跟着

13 人狗之间

他们一起欢呼，鼓掌。

可是我一抬头就被提醒。我们3个人加14条狗，孤零零地流落在地球的最南端，距离有人迹的地方，有好几百千米。

过了几个月，我才恍然大悟：我在收音机里听到的是希特勒本人的声音。

不瞒你说，大不列颠考察队的狗群不能算完美。一般来说，每一个队里都难免有一条老狗，患有关节炎，动作慢，但稳重、可靠。队里当然还有小狗，正在学艺，干活时容易分心，动不动就累啦。一个队里总有领袖，也有跟班的，有英雄，也有懦夫。总之，五花八门，什么样的都有。就像生活一样，弄到一起是一个大妥协。

南极的旅行总是充满危险：需要防海上的冰，随时可能坠入深渊，或被山体滑坡埋葬，或迷失在飓风中。训练有素的狗队提供了一种安全网，使得早期的开发能够进行。可以说大不列颠对南极大陆的开发，狗是在前面开路的。

狗天生既抱团，又好斗。它们在自己的圈子里分了等级。编队时都得考虑到这些因素使每一条狗都能发挥所长。编队一般以7条或9条狗为一个单位，机灵的排在前面，有力气的放在后面。根据这个标准，母狗更灵敏，更机灵，较少打架，所以较多被排在前头。那些更健壮的公狗，安于被排在母狗的后边。狗与狗之间时有打斗，一般来说，总会有一个狗王出现，仰仗自己的年龄或个头而称霸。

总的来说，正是这些狗领袖被编入故事，成为英雄。拉雪橇的时候，它们会选择最安全的路线。看到薄冰区，它们会敏锐地发出警告。保证主人能安稳地坐在雪橇的后面，对它们发出号令。

爱斯基摩犬其实是狼和犬的混血后代，骨架子大，脑袋大，脸宽，鼻子短，尾巴总是紧紧地卷着，有一身贴身的细毛和粗糙的外层毛，经得住恶劣气候的袭击。

爱斯基摩犬体现着人类自己向往的种种品质……在不堪忍受的条件下

13 人狗之间

表现出来的耐力和耐心，为喜爱的工作而奋不顾身地努力，直到生命的最后一息。

我毫无修饰地将它们录在上面，您可多少领略到20世纪中叶南极探险的风情了。

在南极的某个小岛上，我看到一座简易墓碑，周围布满了虾红色的企鹅便便（也许因为此处地势较高，比较安全，所以被企鹅相中），木质十字架已然歪斜，其下有块不规则的石头，镌刻着西班牙文。当初便印痕浅浅，现更漫漶不清。依稀辨出一个落款——1967。这是那个人去世的时间吗？

他是科学家吗？

不知道。

前面说过英国在南极修建的哈雷基地，已经到了第六代。第一代站建于1956年，那地方降雪每年超过1米，逐渐被20米厚的积雪掩埋，以至于工作人员不得不使用长梯子从屋顶才能重新进入被积雪覆盖的建筑物。这些倒霉的建筑物，终于还是不堪积雪重负，慢慢破碎了。1967年，英国只得放弃该站。重建之后的建筑物，生命周期更短，仅维持了6年。第三代哈雷站运气不错，维持了10年。继任者哈雷第四代，维持了9年。老这样不停地建下去也不是法子啊，于是科学家们想办法，让第五代哈雷基地坐落在高出地面5米的基座上，也就是说地基长了腿。它建于1992年，每过几年就把腿的高度提升一次，以免被积雪掩埋。到了2011年，新落成的建筑物，干脆把提升装置固定在滑雪板上。这样人工建筑物不单可以免受积雪之灾，必要的时候，还能很方便地迁移他地。

你可能会说，干吗非得在这地儿建基地呢？换个地方不就没这样麻烦了吗？主要是哈雷基地所处的战略位置，对英国来说十分重要。它位于英国南极领土的东部边远地区，介乎美国和阿根廷之间，此地开展研究所取得的成果，远高于建站的代价。比如说，20世纪70年代，每年春天，该站都观测到南极上空臭氧水平出现惊人变化，变得极其稀薄，其面积大约相当于南极洲那么大。这也就是说，现在人们常挂在口头上的南极上空"臭氧空洞"，就是被英国的哈雷南极科考站首先发现的。

说到南极的地形命名，各国争议很大。就说南极半岛吧，就有"帕尔默半岛""格雷厄姆地半岛""奥希金斯地半岛""圣马丁地半岛"等不同的称谓。如果南极半岛有知觉，自己也会被搞糊涂。苏联一直认为采用"南极半岛"这个中性称谓比较好，但英国和美国不赞同。直到1964年，大家才算基本达成一致。但阿根廷和智利，仍然使用原来自己对半岛的称呼。

阿根廷和英国1982年爆发战争的那个岛屿，阿根廷人称马尔维纳斯群岛（简称马岛），英国人称福克兰群岛。它位于南大西洋，距阿根廷500多千米，距英国约13000千米。战略位置十分重要。

书中还写道：

在早期的北极探险中，一个人走在狗的前面，不断给后面发警告。然而，这个方法也有问题。如果是一马平川，带头的人就得跑，一群狗跟在后面。第二个缺陷是：一个人在前面领头，比不上一个狗的团队按着方向盘的指引奋勇前进。人领路时，为了保险，得有一根绳子把他拴在雪橇上，以免他在前头坠入看不见的深渊。与其让人冒险，不如让狗带头。前面有深渊掉下去，就掉下去吧。狗掉下去，总比人掉下去好。当然，最好都别掉下去。后来，就成了一个新规矩：前面是狗拉车，人在后面赶车。第一批南下开发福克兰群岛的那批人当中，只有一个名叫泰德·宾汉的人，有一些对付狗的经验。至于其余的人手，他们各有各的专长，把狗看作不过是为达到目的的一种手段而已。可是他们很快就发现，养狗本身就是可以引以为豪的快乐，不亚于他们各自的专业技能。宾汉首先要大家明白：要想旅途安全又快捷，首要的条件就是要组织起来，以适应南极，对付遥远的距离、无标志的荒野和充满陷阱的地貌。

看了书中以上的描写，你可能会好奇，原本生于北极的哈士奇犬，怎么跋涉万里到了南极呢？

南极没有原住民，也没有原生的犬类。早期的南极探险家，发现唯有把北极犬运来，才能担当起南极的艰险运输工作。阿蒙森和斯科特等在探索南极的过程中，都曾对此有深刻体会。于是，北极犬被万里迢迢地运了来，摇身一变，成了南极犬。

人与北极犬的合作可以追溯到远古时期。北极圈的加拿大和格陵兰都有实物证明，爱斯基摩犬远在公元前50年，就曾为人类拉雪橇。鉴于北极犬分类混乱，近年来，世界犬类俱乐部，把它们进行了分类：

1.阿拉斯加犬。体形最大，擅拉重物。

2.体形略小一点，跑得更快，眼睛呈蓝色的西伯利亚犬。

3.体形更小，浑身白毛的小狗，主要产自东西伯利亚。

4.爱斯基摩犬，来自加拿大的北极地区和格陵兰岛。

在早年间大英帝国南极考察队的狗队里，以杂交品种为主。它们肯定要有狼的血统，因为外貌像狼，骨架子大，脑袋大，脸宽，鼻子短，尾巴总是紧紧地卷着。北极荒原狼的许多本能，一代代地在"南极哈士奇"的身上传承下来。

乔纳森的老爸，对此有清醒的认识。他写道：

> 正统也好，杂种也好，完美的哈士奇是个模糊的概念。狗，跟人一样，也有喜怒无常的时候。有的狗，听这个赶车人使唤，却不听那个人的使唤。有的狗，非得靠近某一只狗或非得在队里站某一个位置，才肯卖力气干活。有的狗，路越难走，它就越带劲儿。另外的狗，要求又快又平稳。
>
> 赶车人所在意的是狗群干活的精神，得在一定的时间限度内走完多少路。作为团队，它们可以完成奇迹。在一天里走30英里（约48千米），拉着相当于自身体重3倍的货物，只向主人要求一点食品和一些疼爱。

可以说，在南极探险的早期，乔纳森先生的老爸，对南极犬的概括非常到位，它们是——运输机、救命恩人、了不起的伙伴！

既然是一种非常环保的合作方式，为何南极犬就完全销声匿迹了呢？

答案是为了环保。怕这个外来的种群，干扰了南极固有的生态平衡。

这可以理解。南极延续了无数年代的平静，至高无上。

毕淑敏

14

夫妻双双把家离

　　每个人取得快乐的方式，可能因性格、时代、条件、文化等有所不同，甚至可说千奇百怪。不过基本出发点应该是对别人无害，能多少有点益处，自然是更好。说起来，旅行算是比较简单易操作并大众化的一种。

　　旅行并不总是风花雪月十里明媚，往往藏有很多意外困窘甚至危厄险阻。如果你不是自由行而是参团，不是单间，就会和一个陌生人同眠同宿，亲密无间如一场临时夫妻。挑个合适旅伴，万分重要。甚至有人说，旅游这件事儿，不在于你到什么地方去，而在于你和什么人一起去。以我个人的经验，到什么地方去与和什么人一起去，大致同等重要，各占50％吧。

　　随团出发，一般要住双人间。旅行社的报价，也是基于这种布局。在旅行文件中，基本上都有一句话，"如需单独住宿，请交单间差"。

若选了这条,意味着至少多支出30%的费用。

我有个朋友,总是独自出行,常交单间差。我说,冤不冤?他回答,冤倒是不冤,只是孤独。我说,那你为何不结伴而行?他说,除去家人外,要想找个合适的伴儿出行,并不简单。彼此的作息时间、秉性、生活习惯基本相容,最好还是同一阶层的,不然容易嫌贫爱富。和不投缘的人住在一起,不如单打独斗。

听着,有点像独身主义宣言。

有一说法:两个人适不适合结婚,请一同出趟远门,回来后再做决定。一些平素看不出来的毛病,旅途中会被放大。

一朋友之女,结识一男生。两人相恋到了谈婚论嫁的阶段,却总是说着说着就崩了。过一段时间,不知何故,又各自折返,充分体现了分久必合合久必分的规律。朋友不看好他们的恋情,求我出个主意。我便将共同旅行可作为结婚试金石一法,转授于她。

说起来,这陌生男女是否能结为终生伴侣,乃世上最变幻莫测之事。除了三观尽可能相容之外,女生于大节之下,也比较注重细节。家常日子,是细节集中营。常规情境下,有些男生追索芳心极善伪装,为达示爱之目的,送花赠礼物处处打点,面面俱到。女生也一样,精心打扮巧加掩饰,尽量呈现出自己最好一面。若同去旅游,情景突变,常规之外的险情时有发生。突袭之下,人不容易妥帖伪饰,较易暴露本性,便可仔细斟酌。

朋友从善如流,建议恋人们不妨先去旅行。年轻人兴高采烈又不乏茫然地出发了。

女孩母亲说,我觉得他们俩不相宜,回来准得吹。

我说,耐心等待结果。

两人归来,说在外面的日子万分开心,情分增进了不少。

女孩母亲沮丧地说,看来他们经受住了考验。

我说,好啊。适不适合结婚这件事,全看当事人的自身感觉。父母

的判断作不了数。你就祝福吧。

母亲也就死了心。却不想男女青年回到庸常生活中，又恢复到三天一吵五天一闹的地步，旅游时的琴瑟和鸣完全烟消云散。

母亲困惑地说，我出钱让他们去最好的地方，住最好的酒店，吃最好的饮食……却不想落了个这样的结局，一切又都回到了原点。您推荐的这块旅行试金石，不灵啊。

我吃了一惊，问，此次旅行是你出钱？

她说，是啊。我估计回来后准得散摊子，彼此留个最后的美好记忆吧。

我惊叹，还吃最好的？住最好的？玩最好的？

她点头道，是啊。要不怎么能算美好回忆呢。

我苦脸长叹，说，错就错在这里。也怪我没说清楚，这旅行考验人的感情，要在艰难困苦之中。就剩一口食了，谁吃？两人意见分歧的时候，怎么协商解决？出了问题，是推诿还是担当？遇到复杂情况，如何分析判断？怎样才能化险为夷？一路风餐露宿历经坎坷，彼此增进了解，进而生出亲人的感觉……如果您一切都给安排妥当了，既无财务危机也无意外顿挫，粉红玫瑰蜜里调油，哪里还能看得出真性情？

朋友苦恼道，敢情我这钱是白花了？

我说，旅行识人，要有考验人的外部情境。这一次，你就当出钱买个经验吧。

行走中，伴侣会为一些鸡毛蒜皮的小事指责对方，小分歧得到了旅途的营养液浇灌，会像雨后蘑菇一样迅速膨大，变成水火不容的大争吵。男人放下绅士面具，女子也不再贤淑。吵着吵着撕破脸，或许进入无休止的恶性循环。再好的风景也褪色，期待丧失温度，彼此渐渐麻木不仁。两人很可能开始忆旧，不是念及两人往日的温馨时光，而是互相数落对方的不是，旧恨新仇涌上齿间，一逞口舌之快。更有甚者，会在想象中美化单身时的刻板生活，故意渲染对各自同事和朋友的挂牵，两人距离渐行渐远，陷入困惑与孤独。随着逐步形同陌路，双方终就一点达成一致：摩擦这么深重，咱们暂且分开一段时间吧。典型的说法是——我想自己待一会儿。你让我独自静一静……

事情到了这分上，彼此都暂且松了一口气。结局基本上可以想象得出来，暂时的冷却，很可能变成久远的离断。

缘尽。

旅行并不是彩色气球的浪漫童话，而是真实的艰辛跋涉。不必太羡慕那些到处游走的情侣，你看到的，不过是他们愿意晒出的孔雀开屏。在你看不到之处，自有琐碎与幽暗，藏在疲倦和分歧中。

情侣外出旅游，吵架就像地方小吃，你无法克制自己的欲望。有79％的人承认，他们在两周的休假中，至少有两次大吵。我认真回忆了一下和老芦的南极行，惊天动地的大吵好像无，似可归入剩下的21％。

又有统计说，62％的人承认，在假期间他们每天都意见不合。结合实际想一想，南极行中，我和老芦在约2/3的日子里，意见不合。之所以没有酿成大吵，皆因我不断退却求和。

6％的夫妻旅行者坦诚承认，发生了无法解决的纷争且难以取得共识，负气分房而睡。

这一点，咱中国夫妻一般做不到。不是不存在无法解决的纷争，而是剑拔弩张，想另开房间，就得再掏一份房钱，有那个心没那个力。一般人多采用冷战方式，虽在一个屋檐下，但视对方为无物。

夫妻一出门爱吵架，看似不可思议，实乃千真万确。英国有人研究，说旅行中造成夫妻或恋人之间争执的首要原因，是男士目不转睛地注视其他女性。

频繁的旅行争执，如何是好？旅行专家和心理专家合谋开出的方子是——"妥协"。

旅游充满了妥协。不光是与伴侣妥协，还要与天气、航班、旅行计划、导游、饮食，等等，不断妥协。往极致里说，只有你学会了妥协，

并安然接受妥协，才可能有一段美好旅程。

当然，妥协有限度。那就是——以独立为前提、以底线为原则。可以适当让步，但不能丧失人格。双方都得以避免冲突为目的，达成平衡和共识，结局是要有个统一的协议浮出水面。

可能有人会说，这太复杂了，本来出去玩就是为了散心，现在成了会议桌上的谈判了！

你说对了。现实生活中，不是每个人都有机会到桌面上发表意见，做出决定。但旅行中，你得事必躬亲。俗话说，在家千日好，出门一时难。俗话说，智者千虑必有一失。如果你发现了纰漏而缄口不提，那会让共同的旅行在安排上有所欠缺。如果你是霸道的一方，一切我行我素，你能否看到绝世风景我不知道，但你们一定会垂头丧气铩羽而归，这我敢打包票。

为了我们好不容易才开启的旅途，请学会妥协。

妥协并不指一味地退让，而是巧妙地谈判。谈判是个好事情，已成为社会交往中不可缺少的必要程序。它首先让双方了解彼此的共同利益。这一条落实到旅行中，很简单啊，就是走出家门看风景，力求平安并让快乐最大化，增进彼此的幸福感。有不同意见是正常的，适时将妥协君请出来调停，比其他方法更便捷有效。

妥协之后，要有个协议，大家都遵守，波折就化解了，团结就出现了。

我读书少，以前对这个"妥"字，印象不良。你看嘛，上边是个爪，下边是个女。爪下之女，屈辱和被迫的姿态啊。不过随即生出疑问，既然"妥"字这么窝囊憋屈，但为何"妥"字组成的词组，寓意却相当良善呢？比如"妥帖""妥善""妥当""稳妥"，等等，不一而足。

带着疑问学习，方知这个"妥"，乃会意字。从字面上看，从"爪"从"女"。爪指手。此字解释到目前这个程度，和我印象相符。

后面的解释就大相径庭了。它的实际意思是——得到了女子，就安稳、安定了。《说文》中说，妥，安也。

哈！原来这个"妥"字的本义是安稳，安定。手中有女方太平，带有男权社会的胎记。

"妥"当动词用的时候，有落、垂之意，引申为安置。

说完了"妥"，咱们再来说说这个"协"，它也是会意字。左边的"十"字旁，表示数目众多。右半边的"办"，表示同力。左右加起来，表示众人合力。许慎的《说文》说"协，众之同和也"。本义即为"和睦融洽共同合作"。清代段玉裁在《说文解字注》中说："同众之和也。各本作众之和同。非是。今正。"不管是"同众之和"还是"众之和同"，均是大家团结齐心努力之意。

这样看起来，"妥协"这个词，无论是拆开来单论还是强强联手，都堪称正面。

还有什么比夫妻两个人外出旅游，具有更志同道合的出发点呢？好事好办。闹到众叛亲离不欢而散，是所有出行者都不愿出现的局面。和亲爱的人偕同旅行，多么好玩！充盈诗情画意，轻松惬意。想方设法让有趣更饱满，方是正途。为此目的，你要修炼为妥协高手。

妥协不仅有必要繁茂生长于夫妻双方之间，也广泛用于旅途中的所有时段。使用交通工具和身处公共场合，遍及所有与你打交道的人，都离不开妥协。我常常妥协，以至于儿子上初中时，学了点历史，曾评说，妈，你像清朝晚期。

我疑惑，此话怎讲？

他说，你一个劲儿妥协退让。比如说到哪里去玩，爸爸为什么就像联合国的常任理事国，有一票否决权呢！如果家中签约的话，你一定签下过一系列不平等条约。所以，我觉得你像腐败无能的清政府。

我说，哦，你举的那个例子，我都忘了。总觉得游玩中没有太多的原则问题。比如到哪里去这类事情，公园都差不多，重要的是全家人一

起去。如有人不同意某个地点，但同意一起去，我就会妥协。

我又补充道，说我无能可以接受，但腐败不成立哦。

记忆中的重大妥协，还有一桩。我写了一部描写乳腺癌病人康复治疗的长篇小说，起名《心理小组》。编辑们改为《拯救乳房》，出版后引起轩然大波，甚至有人根据书名，认为此书诲淫诲盗。面对媒体采访，我一直都说，书名非我所起，此名非我本意，但我最终同意了，这是一次妥协。我的底线是——内容均是我写的文字，并无删改。我是医生出身，在我心中，乳房和其他器官一样，没有高低贵贱之分。它神圣庄严，不可亵渎。我是女性作家，又是医生出身，对于乳腺癌（中国女性癌症发病率排序第一的恶疾）患者有所关爱，写出她们命运的悲欢离合，是我的责任。说我诲淫诲盗之人，我断定他未曾看过这部小说。我的水平可能不足，但立意和文字清洁无脏。请他看完再发议论吧。

看到过一篇文章，写爱好旅游的女子有何特征。其中第一条是：她的身体一定非常健康。

我年轻时在西藏当兵，体检为甲等。曾环球旅行，走过几十个国家。赤道和五大洲四大洋南北两极也都曾涉足，勉强算爱好旅游的女人吧。不过对身体云云这条，不敢赞同。爱旅游和非常健康，并不能直接画等号。旅行中，我常看到有些癌症患者，兴致勃勃意气风发。你不能说他们非常健康，但他们的确爱好旅游。

爱好旅游的女人第二条是：她真的不会老，旅游提高人体的新陈代谢，淡化色素，使皮肤更白皙、光滑。

对这一条直接投反对票。旅游无法对抗衰老。岂止是旅游，任何方法都无法对抗衰老。衰老的本质是新陈代谢进行中，它是宇宙间永远不可抵抗的规律。请别在旅游身上披挂五颜六色的珠宝时装，不要让它负载不相关的盛名，更不要把它当成保健品化妆品。旅游风餐露宿，阳光暴晒寒暑往来，和皮肤光滑白皙云云，背道而驰。

第三条是，爱好旅游的女人肯定身材不错，旅游具有减肥功效。

不一定啊！女人身材这事儿，眼下被炒得甚嚣尘上（并大有蔓延至男性之势）。我以为它和基因关系甚大，膀大腰圆与玲珑有致，很大部分为先天限定。就像练体操和练举重的运动员，身形必不相同。身材和减肥有一定关系，但不可夸大。减肥可掉赘肉，但无法减缩骨骼。整形业有个词，叫作"削骨术"，颇为传神。骨要想细，只能刀剁斧劈。仰仗旅游，玄幻且可疑。

该论的第四条是，爱旅游的女人必定优雅脱俗，懂得如何欣赏美景，品味美景，会有很好的修养和内涵，品位不俗，气质高雅端庄……和这样女人走在一起的男士，绝对有面子。

刚看到这段话前半部分时，只觉优雅脱俗等说法，有点过了。待看到最后一句，"绝对有面子"云云，顿生反感。女人，不论是爱旅游或是不爱旅游，都是个人选择，无所谓高下。女人为自己而活，不是一朵装点男人品位的西服口袋花。

对提出上述说法的人心怀芥蒂，提高警惕看下去，果然，更多马脚露出来。说什么"由于旅游和旅游文化都是舶来品，懂得旅游的女人至少会一门外语。懂得有效的社交技巧，懂得恰当得体地为人处世，不会斤斤计较，不会让你觉得烦躁不安，更不会对你大呼小叫无理取闹。在你的朋友面前，无论在什么情况下，她都会给足你面子。她还是个美食专家和营养师，会对营养特别讲究，知道吃什么好，什么不能多吃。她也会把你的饮食习惯改造得更加健康"。

"旅游的女人最大的好处是她能淋漓尽致地展现出女人味。"

呜呼！谬误多多，我决定不再继续看了。

旅游没那么神奇，不是灵丹妙药，不能包治百病。依我有限的旅游经验来看，如果你是夫妻同游，那么所有的夫妻间的矛盾，都会在旅游中有所展现。旅游只会让情况变得更复杂，让矛盾变得更尖锐。如果平日都无法顺畅沟通交流的伴侣，旅游是火上浇油。

在"欧神诺娃号"上，常有惊喜。这一天，队长让大家餐后不要离

开，然后上了一个蛋糕。哦，有人过生日！人们唱起生日歌。歌唱完了，蛋糕也分吃了，不想惊喜又到。船上有新人南极完婚。男生俊朗女生妩媚，都是名校毕业，相亲相爱。

人们欢声雷动，祝福他们白头偕老。

南极婚礼，一般人会觉得太寒素了。冷到极点，静到极点，景色一成不变，十分单调，和中国传统婚礼的大红大绿大鸣大放距离甚远。不过，结婚这件事，仪式并不重要，重要的是彼此心心相印。从这个角度讲，南极实乃独特的纪念地。

祝福完新人，我估计这下该结束了吧？不想探险队长宣布，"欧神诺娃号"船上，有几十对夫妻。此刻，颁发夫妻南极行证书。

我知道在南极冰泳，是有证书的。我还知道，本船最后抵达的南纬纬度，也颁发证书，以兹证明你的脚步之南。要为夫妻同游发证，实属意外。探险队长拿出一个名单，从头念起。我坐近前，得以觑见纸上长长一串字符，几近所有乘客的花名册。

船上多夫妻，没想到多至如此地步，俯拾即是。被念到名字的夫妇，一起走到台前，同领证书，然后，在众目睽睽之下拥抱……也有接吻的。

老芦悄声说，咋还玩这个？我说，没事，自愿。

船上60多位客人，居然有将近30对夫妻。证书不单颁发给客人们，也给工作人员。我们这才晓得，探险队长和皮划艇教练员是夫妻，主厨和服务领班是夫妻，登山教练和行政主管是夫妻……中方夫妻比较腼腆，基本上是象征性地搂揽一下，便鸣金收兵。外方夫妻比较热络，当众拥吻。碰到男方高大威猛、女士娇小玲珑的一对，男子还会把女子抱起旋转……船上地方狭小，这一圈抡起来，伸胳膊撩腿，几乎剐蹭掉围观观众的眼镜。

后来我同外籍探险队长感叹，到南极来的人，这么多夫妻！是咱们这一趟如此呢，还是几乎都这样？

有很多次南极航程的队长说，我们早就发现了这个现象，到南极来的客人，多半都是成双成对。

我说，为什么呢？

他说，据我所知，您就是夫妻一道来的。您能先回答一下，您为什么做这种选择？

我半开玩笑道，我们家是为了公平。不然花费挺大，一人独享，有多吃多占嫌疑。索性利益均沾。

探险队长说，您的意思是同甘苦共患难？

我说，您总结得对。

探险队长说，我不知道别处的旅行，是否也是这么多夫妻同船。在南极，这可称为传统。

我说，为什么？

探险队长说，到南极来一趟不容易。为了大家今后聊天的时候有共同的话题，分享难得的回忆，夫妻愿意同行。要不然，我说起，你不明白，我陷入回忆中，你却完全不能理会，这多么扫兴！

我说，此条成立。

探险队长说，第二条是危险。南极探险，尤其是南极点的征程，有一种说法，它是除了到月球之外最危险的旅行。我亲耳听一位老夫人说，她对南极并无多少兴趣，只是知道很可怕。她说，一起来吧，如遇险，就一起走吧。要不然，老先生在南极遭遇不测，她会后悔为什么不在他身边。如果老先生不在了，老夫人说她也会随即离开人间。既然生死与共，就一道来南极了。他们一道优雅地迈向高龄。

我点点头说，第三呢？

探险队长说，到南极来的人，基本上都爱笑。如是夫妻档，更是爱笑，据我观察，一天少说也会欢笑六小时以上。在同行的人群里，你有百分之百的机会，遇到跟自己一样对世界充满好奇的同类。

我想了想，一天六小时，笑痴啊。

我说，第四呢？

探险队长道，没有第四了。不需要第四。这三条理由，足以让开赴南极的探险船上，有这么多夫妻。

有一天，游客中的某位老先生腼腆地对我说，我写了一首诗给老伴，请您指教，看看还有什么可修改补充的？

我说，指教不敢，很愿意学习。

我记起与他同行的妻，很普通的老妇，面容苍老，身材亦不秀丽。

诗的大致意思是：

  我们的目光已然混沌，
  终有一天会什么都看不清。
  多好。
  我们只记得年轻时的模样。
  双腿已然老迈，

将来会不能行走。

多好。

我们依傍着不再分离。

我们的嗅觉,

渐渐丧失。

多好。

唯一铭记的是彼此年轻时的香气。

我们的味觉已然迟钝,

多好。

从此可把每一餐,

都当作家中的佳肴。

我们的双手无力高举,

终有一天再也不能抬起。

多好。

我们在人们看不见的地方交叉着手指,

直到永远……

看罢,我半晌说不出话来。定了定神,方对老先生说,多好!

毕淑敏

15

送你一只行李秤，请精简再精简

我把到南极去的注意事项写一写，供大家参考。

首先要考虑置备什么物品去探险，我的经验教训如下。

第一，需要保暖防风防水的户外衣物。有些游轮会每人发放一件，也有不发的，你得自备。"欧神诺娃号"，不幸地属于后一种。问及原因，因有人反映统一配发衣物，所有人都一副打扮，呆板并有半军事化之嫌。于是改为个人自筹。我腹诽，谁这么多嘴多舌！人家都包了，岂不省心！自筹的好处是游客们八仙过海各显神通，衣物花色繁多。冰雪南极，赏心悦目。缺点呢，就是淘衣须自己做主，若考虑不周，破费金钱不说，还有可能遭罪。我的小经验是采买高质量抓绒冲锋衣，颜色尽可能鲜艳。大红大绿这类市井中俗不可耐的撞色，在惨白南极大可尝试。留在照片上的影像比较醒目，万一走失，寻觅时也易被发现。

第二，防水并暖和的裤子。这一条和上一条似有所重复，其实就是

15 送你一只行李秤，
请精简再精简

重复。拎出来单说，为凸显它的重要性。南极诸岛登陆时，常和没膝积雪打交道。若没有好的防水裤，雪碴倒灌，烦恼大增。再者登陆时乘坐冲锋艇，艇泊于浅水，你须蹚海水上下岛屿。如防水性能不好，裤子一下便湿透了，狼狈受苦。一般人想象中，登陆靴套在防水裤之外，像穿陆战靴，腿腕纤窄，显出干练麻利。极地登陆靴非此等穿法，要把防水裤套于靴身之外，鼓鼓囊囊。看起来虽不美观，但登陆上下艇时，不会因水深而灌入靴筒。

好的防水裤，是你的护身符。数量，至少两条。上述登陆靴穿法，一定会让裤子湿淋淋像条海带。上下午密集登陆，裤子来不及晾干。若仅有一条，湿着裤腿再次出发，较惨。

第三，手套手套手套！至少带上分指和连指手套各一双。南极奇美，甭管是用相机还是手机，人人都拍照。保护好双手，才能留下旷世奇景。操作时，你的手指必得灵活听使唤。分指手套方便，连指手套保暖。双双预备下，可轮番上阵。手套很可能被积雪打湿，有防水功能的最佳。

第四，毛袜子和毡鞋垫。其重要性不亚于手套。它们的作用，一是保暖，二是隔绝穿别人靴子带来的不适感。防水靴由探险队统一配发，

重复应用,以利环保。我对这一举措完全拥护,但对穿别人用过的鞋子一事,稍有洁癖阻抗。有了毡垫和保暖袜,万事大吉。

第五,保暖帽和艳丽围巾。这一条,保暖的重要性不言而喻,说到艳丽,稍微啰唆两句。人们"到此一游"的证据,就是照片。南极景色非常单调,留在影像上的痕迹,如果没有特别设计,除了黑就是无处不在的冰白,至多有点裸露岩石区的咖色。醒目的帽子围巾点缀一下,比较振奋情绪。

第六,防水的双肩背包。上下登陆艇,是需要全力以赴的当口,两手无法照拂别的物件。登陆时谁也不可能两手空空,总有辎重要拿,双肩背包必不可少,它一要防水,二要尽可能轻便。摄影发烧友,请把所有物品都放在防水双肩背包里,不要一手擎着相机,一手用于上下登陆艇的攀爬。安全和抢镜头,前者优先。

第七,防紫外线太阳镜。在南极大陆行走,冰雪和浮冰呈夹击之势。南极极昼,天上有终日不落的太阳,强烈光照与反射光无所不在。如没有能防紫外线的太阳镜,雪盲随时可能伺候,万分痛苦。早期的南极探险家,有因此症而丧命者,故万万不可大意。

第八,备下防晒系数SPF50以上的重武器。在国内,SPF30足可打天下,但在南极,这个系数还是多多益善。有倔强男士说,防晒霜是女士专利,糙老爷们就免了吧。这不成。人类的皮肤,没有像企鹅羽毛似的,进化出能抵御南极暴晒之力。南极上空又有臭氧空洞,紫外线杀伤力甚强。人不分男女,小心防护为上。国内大部分地区,处于柔和的北温带,无须极高倍数的防晒霜,故存货不多。须从专门的户外店采购,别嫌麻烦。

第九,一年四季的衣服。

估计有人看到这一点会撇嘴,心想这算什么攻略啊?不就是多带衣服嘛!我之所以不厌其烦将它郑重写上,就是因为南极冷,要带冬天衣物,大家都心知肚明。别忘了和南极隔着一道海峡的南美洲,正值盛夏。

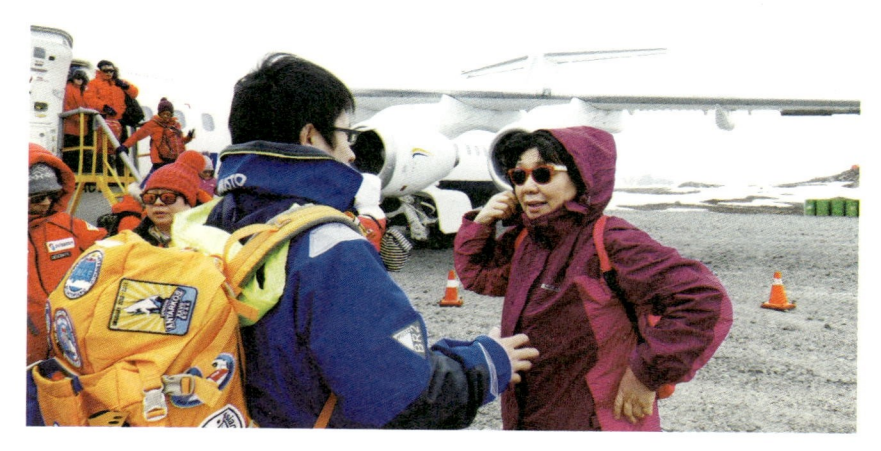

第十，以下诸事宜，并不局限于南极，可通用于比较艰苦极端的旅程。资深驴友，祈请径直跳过。菜鸟一枚，不妨一看。

1.药品。这一点是老生常谈。据说南极由于极度寒冷，人间细菌病毒诸妖，在此地都不甚活跃，所以得感冒等病的概率比较低。不过，您若是有慢性病，冰天雪地易致复发，须带够足量的药。至于跌打损伤，在南极的发生率很高，务必带上相应药品应急，以备不时之需。

2.望远镜。不要太高倍数，7倍左右就好。能满足近距离观看企鹅卖萌、海豹发呆、鲸鱼喷水等常规要求。

3.晕船药。虽然我们此行，不是坐船通过德雷克海峡，但"欧神诺娃号"抗冰船在南极海域航行，仍会时常感到风浪中的剧烈颠簸。晕船药万不能少。

4.泳衣。此提示主要针对冰泳者。船上没有游泳池，但安排有极地游泳项目，正确地讲是冰泳。你如有足够的勇气和技术，加上年轻力壮，富于冒险精神，可入冰水一试。除带上必要装备外，最好再储备点姜茶药酒什么的，以备下水之前上岸之后驱寒暖身。

5.榨菜和老干妈辣酱，重要性不赘。

大家出发前在首都机场集合，彼此惊叹箱子庞然。好在国际航班对行

李重量有优待，重装备一路畅通。到了智利首都，当地导游发出警告。

　　注意啦注意啦，各位的行李都超重。从圣地亚哥飞往智利最南端的城市彭塔阿雷纳斯，后面我就简称它彭塔了，乘坐智利国内航空。大家一律经济舱，每人行李重量20千克。有个好消息，就是对手提行李要求不严。如果你把重物手里拎着，这段航程还能凑合过去。不过我要告诉大家，从彭塔起飞，越过德雷克海峡，到达南极乔治王子岛的航程，是小飞机。每个人连手提行李加在一起，不得超过20千克。为什么这么严格呢？小飞机在南极着陆时，地面都是冰雪，十分惊险。航载量1千克都不能超。否则，飞机可能机毁人亡。

　　领队的语气斩钉截铁。我盯着自己鼓囊囊的行李箱，像在端详一个杀手。

　　最郁闷的是摄影发烧友。长枪短炮三脚架，搁一堆包少说也超过10千克。算上行李箱自重，剩下留给细软的额度就非常有限了。可怜啊，谁能不带寒衣？加上不可须臾离开的榨菜、方便面，这可如何是好？！

　　面面相觑，别人的表情仿佛自己的镜子——眉头不展嘴角耷拉。

　　况且，谁能保证可丁可卯刚好20千克？超重了，机场要求行李开膛破肚以减重。仓皇之间，哪个留哪个走？留下诸物谁保管？更悲催的是，如果矫枉过正，未曾足量利用额度，岂不追悔莫及？

　　如何精简行李，成了极友间永不衰竭的话题。

　　有人心存侥幸，说，我就不相信那么准，一斤一两都不能差。常常都是说得严，真正执行起来也就那么回事。

　　人们都随声附和，心向往之。可惜希望很快破灭，先期到达彭塔的极之美领队打来电话，机场方面和当地对接机构，一而再再而三强调行李万勿超重，毫无商榷余地。

　　我补交超重费。有人见多识广，想起自己在国外靠出钱摆平行李逾重的经历，胸有成竹道。

　　这个没门。当地导游立马否决。不是钱不钱的事儿，彭塔的飞机，就那么大载重量。乔治王岛机场,大家到了就会看到,非常简易,别说没有候机楼行李房什么的,就连跑道也没有……

众人哗然。没有跑道,飞机如何降下来?

当地导游说,跑道就在一片空旷雪地上,找了块比较平坦的砂石地充数。

众口钳闭,没人再说三道四,转而专心致志考虑自己的精简方案。

行李,是每一个远行者必须面对的终极问题之一。你所携物品重量,和你旅行的便捷程度成反比。东西越多越杂,就像蜗牛驮着重重的壳,百般掣肘。

正确的决定来自正确的判断。正确的判断来自对情况的准确估计。

按照一般常规,船上会有欢迎晚宴。男士西服革履,女士着晚礼服长裙。我仔细研读日程表,没看到安排船长见面会。这么说,摒弃晚装!

又一想,万一有正式场合,脚蹬运动鞋,身穿冲锋衣,终不大相宜。我备了块硕大绸巾,届时用此物劈头盖脸浑身一裹,假装民族礼服,滥竽充数。

极友中有人带了整套西装、皮鞋,女士绣花旗袍。还有人备下茅台酒、真空包装的烧鸡……此等美物,都委屈地存留在圣地亚哥酒店暗无天日的行李间内,独守空房。

出发前,我还想知道南极现在的确切气温,以决定某些衣物的去留。

上网。找到世界各地天气预报页面,输入南极登陆的某岛屿名称,蹦出来的数字是——零下40摄氏度。我一惊,心想我的防寒衣物,只能抵御零下20摄氏度。气温毫不留情翻了一番(打个跟头往下翻),如何是好?是否再费银两,购买能抗零下40摄氏度的装备?不过这在国内,难以买到如此抗寒神物。托人从国外买?太麻烦啊!我自拟土法,买巨多暖宝宝,预备从脖颈到脚心,都糊满这种类似卫生巾的东东,估计可抵挡一阵。谋定之后,心稍放宽。过几日,又查这岛气温。乖乖,还是

零下40摄氏度,绝无波动。看来此岛比电冰箱还稳定,真值得信赖。再几天,锲而不舍查它温度,还是零下40摄氏度……我生出疑惑。这个岛温,一以贯之地恒定不变?谁传输的数据?准确吗?

后经专家指点,方知这数字,并非南极实时温度,也不是预报。只是根据以往数据估算的大概值。南极区域人迹罕至,资讯极不完整,仅供参考。

我为自己的愚蠢而庆幸,终不必从头到脚敷满暖宝宝,如同受伤败兵。

向去过南极的人咨询气温,很快落入"小马过河"翻版。有的人说南极并不冷,去时正值夏天,基本相当于中国北方的冬日。有人说南极气候极恶劣,酷寒不说,风能杀人……相差悬殊,概因时段和运气不同。有人用的是100年前探险家们的记录。有人说的是不久前的故事。

智利的圣地亚哥气温30多摄氏度,南极零下10摄氏度左右,一天之内,温差可达40摄氏度。如果我是个塑料盆,会龟裂崩解破成碎片……好在我是人,能适应。

我和老芦在行李上互通款曲,可彼此照应。徕卡单反相机,较轻。免了礼服和皮鞋,节约出至少2500克重量。拟强迫自己的胃肠,适应南美饮食。只带2包方便面和1包榨菜,预备万一生病时犒劳自己。

几年前,在一次聚会上,我豪情万丈散布了此生将去南极的梦想。有好心朋友,特地给我量了尺寸,定制了一套羽绒服。面对这一大包温暖礼物,委实拿不定主意。有人给我出主意,说带个压缩泵,把羽绒服的空气抽干,缩小体积。不过,泵也有重量啊。思前想后,为了不辜负朋友的一番好意,割舍"老干妈",带上羽绒服。

彭塔的智利探险地接机构,非常有经验,欢迎会上,除了有条不紊宣布注意事项外,送大家两件礼物。一枚电子行李秤,一个行李包。

电子秤铁面无私地提醒你锱铢必较地称行李,行李包供你把精简之物收纳其内,留下寄存。

我们对行李的态度，如同无良公子，一路留情。圣地亚哥已精简过一次了，现在再次甄别，真不知道该把什么减掉。我东瞄西看，不停地把物品拿下去，然后用电子秤称。不达标，继续减。

几次三番之后，人恍惚起来，报复性地抛出物件。老芦不声不响地把特地备下的防水手套减掉，以致在南极出行时，手指差点冻伤。我把精心准备的写有"南极"字样的小布标，一狠心留在了彭塔。后来悔之莫及，不就二尺见方一块小绸，至多不过200克，至于吗？一年之内接连去了南北极，背景都是苍茫冰雪，怕将来分不清照片上究竟哪是哪儿，特地俗不可耐地制作了这面小旗。1万里路都带过来了，最后一哆嗦，把它留在了德雷克海峡这一边。

那些天，极友们彼此见面的第一句话常常是——嗨！怎么样？

被问人苦笑一下道，再接再厉。

黑话似的潜台词是：行李精简完成了吗？

千辛万苦称了又称，压缩再压缩。每个人都期待着当手提和托运行李加在一起，摞放机场磅秤上的时候，是19千克480克左右。称行李的智利姑娘或是小伙，翻了翻眼睛，什么话也没说，就让传送带开始运转。作为托运人，露出老谋深算的微笑。

终于，我们要飞南极了。在彭塔机场，等待激动人心的一刻。盼望南极出现飞机可以降落的气候平稳窗口期，等待着行李经受最后的严苛称验。

窗口期不以人的意志为转移，少安毋躁。彭塔阿雷纳斯机场行李过磅的真实情况是——既没有单测，也没有把手提行李和托运行李合并一起统测。简言之，根本就没有称行李，统统绿灯放行。

我等面面相觑，极为失望。甚觉对不起几天来殚精竭虑的压缩过程和无数次称重。一遍遍互问：为什么不称呢？为什么！

有人顿悟道，他们断定三令五申之下，没人胆敢违规超重。索性偷个懒，全部放行。

毕淑敏

16

世界的肚脐

现在，我们要从世界的最南端，来到它的腹部。

孤悬在太平洋中的复活节岛，被当地原住民称为"世界的肚脐"。

我本是先到复活节岛，再登南极。两地不仅方位不同，气候不同，且文化大不一样。作为一部游记，按照旅行顺序，应该先写复活节岛，再写南极。恕我采用了"倒叙"手法，先写了南极，再来说复活节岛。

英国航海家爱德华·戴维斯，1686年第一次登上这个岛屿时（那时候它还没有得名"复活节岛"），感觉万分荒凉。许多巨大石像背靠大海，直挺挺竖在那里不发一言。于是戴维斯称这个岛——"悲惨与奇怪的土地"。

"悲惨"，因为它看起来一片荒芜。"奇怪"，因为那些冷峻的巨人像吧？

300多年后的今天，我们登临此岛，它仍然执拗地不改初衷，既荒

芜又奇怪。

复活节岛首府汉加洛的机场跑道雄阔。它建于1965年，那时很本分地窄小。1986年，美国宇航局为了让自家航天飞机在遇到紧急情况时能在南太平洋有个落脚点，出资修建了和渺小岛屿极不相称的马塔维里国际机场。

迄今为止，航天飞机没在此迫降过，每天从智利首都飞来一架波音787大型客机，把几百名游客送至岛上。

复活节岛东距智利本土3700千米。这是个什么概念？从乌鲁木齐到北京直线距离为2407.9千米。也就是说，从首都圣地亚哥飞往复活节岛，比从北京到乌鲁木齐，还要远一半路程。

美国宇航员曾从太空观察，发现复活节岛孤悬在浩瀚的太平洋上，确实像个"肚脐"。

在戴维斯先生"发现"此岛30多年后，荷兰海军上将雅各布·罗格文指挥荷兰西印度公司的一支太平洋探险队的三艘船，绕过南美南端的合恩角，于1722年4月22日，又一次"发现"了这个奇异小岛。本是去

寻找海盗口中的"神奇大陆"边缘，却不想看到了这个小岛。那天恰是"复活节的第一天"，他随手在海图上岛的具体位置旁边，写下了"复活节岛"。

这个荷兰人起的岛名，拉开了复活节岛在世界上威名远扬的序幕。在船长的记载里："这些人四肢匀称，肌肉发达，身材高大，肤色不是黑色的，而是一种浅黄色。牙齿雪白，可以咬动非常坚硬的果核。大部分人的头发和胡子都很短，但是也有人把长长的头发盘在头上。""岛上没有高大的树木，岛民生活简陋，穿的是树叶做的衣服，住的是低矮的石头房子。"

再次让复活节岛进入欧洲视野的人，是英国船长库克。他家境贫寒，少小离家，当过马倌、店员，16岁开始海上生涯。最终成为科学家、探险家和诸多岛屿、海峡的发现者。

库克船长率领94人起锚远行，原定任务是到达大溪地岛，在岛上建立一个天文台，观测金星凌日。库克船长经验丰富，清醒地意识到此行的危险性。他私下里估计，可能会有一半的船员，无法活着回到英国。他在繁忙的船长工作之外，给自己加了一个活儿——定期用鞭子抽打那些拒绝吃泡菜的船员，以免他们死于坏血病。

1769年，在向西连续航行8个月后，库克的船，抵达了大溪地。1772年7月，库克船长从普利茅斯港再次起航。官方给库克的指令是一劳永逸地结束对这个大洋深处的神秘岛屿之种种猜度和想象。库克于1774年3月11日抵达复活节岛，船上有自然科学家、画家等专业人士，还带着翻译，登岛考察了好几天。

"也许在千年以前，这里曾经生活过一个巨人的部族"，在从望远镜中看到复活节岛海边矗立着巨大石像后，库克船长在航海日记中这样写道。

他们看到的海岛更加荒芜，有的岛民穿着上次欧洲人抵达时留下的衣物。库克的画家描绘了岛人，尤其是岛民的耳朵，有着佩戴饰物的巨大耳轮。

船长得出的结论是：这里没有停锚地，没有燃料木材，没有饮用淡水，没有金属资源。没有任何国家有必要去占领这个被大自然遗忘的角落。

库克一言既出，彻底中止了欧洲对复活节岛的兴趣。

1888年，智利政府派人接管该岛。不知是有意还是碰巧，那天又是复活节。

我之所以将"发现"这个词加了引号，是因为不管欧洲人有没有"发现"这个岛，这个岛一直存在于那里。岛上原始居民的语言系统中，它是有另外的名称——"吉·比侬奥·吉·赫努阿"，意思是"世界中心"。波利尼西亚人及周边的太平洋诸岛土著居民，称它为"拉帕·努依"，意思是"地球的肚脐"。

复活节岛的具体位置，在南纬27度和西经109度交会点附近，面积约117平方千米，泡在东南太平洋汪洋巨浪中，像一块三角形的碎片。

如果你对此岛的大小难以具体感觉，我打个比方。北京面积是16807平方千米，复活节岛比北京面积的1%还小。它的近邻——太平洋上另一个有人定居的皮特凯恩群岛，有4.6平方千米。

岛的东北部高，西南部低，有三个制高点，是三座火山口。

岛上原住民的语言已经失传。现在当地居民使用的语言是舶来品，1864年由西方传教士输入的大溪地方言。通用语为西班牙语。岛上居民自认是两个种族的后代，即长耳族和短耳族。由于岛民们彼此通婚，且很多外国血统进入此地，现在一眼望去，岛民们的耳朵大小差不多，并无显著差别。当地导游介绍自己是土生岛人，不过说起血统，从祖父母辈论起来，国别当在五之上，他说自己有若干分之一的德国血统。我吃了一惊，明知不甚礼貌还是忍不住琢磨：德国人什么时候到岛上的？

复活节岛缺水，地表无河。当地人靠火山口积攒下来的雨水为湖，作为饮用水源。幸好此地气候温湿，年降水量1300毫米，够用了。

岛上的动植物资源也不丰富。根据科学家对花粉沉积物的分析，在当地土著人登岛之前，岛上原有31种开花的野生树木，14种蕨类和14种藓类植物。不过，后来它们基本上都灭绝了，包括高大的棕榈树。

树的存在与否，实在寓意深刻。当你站在树下安静地仰头观察树，会不由自主地思考永恒之类形而上的问题。如果树都死了，人就会生出"皮之不存，毛将焉附"的恐惧。

植物在此地为何灭绝？天灾抑或人祸？复活节岛到底潜藏着多少秘密？

我在岛上漫步时遇到一旅行团。导游对众人用中文介绍道，你们一定想这么小的一个岛，肯定不能自己进化出人。那么，复活节岛的人是哪里来的呢？告诉你们吧，他们来自太平洋诸岛，惊奇吧，有可能是从台湾岛迁来的。

我吃了一惊，停下脚步，分辨出这是一家台湾旅行团。

通过基因测定，现代研究已经证实复活节岛人是波利尼西亚人后裔。追本溯源，波利尼西亚人又是何来历？

浩瀚的太平洋上，散布着星星点点的岛屿。地理学家将它们分成三大部分，分别为密克罗尼西亚、美拉尼西亚和波利尼西亚岛群。其中，波利尼西亚群岛范围最大，北起夏威夷群岛，南至新西兰，东至复活节岛，涵括了太平洋中部的辽阔海域。80多万土著群岛居民，被称为波利尼西亚人。

不过，在群岛上，并没有找到远古人类生存或活动的遗迹，也没有古人类在此地完成进化的依据。人类进化需要漫长的时间和广袤空间，群岛作为舞台，面积太小啦。

可波利尼西亚岛人，总要有个来处。

答案是：从其他地方迁徙而来。

波利尼西亚群岛民族集团，包括毛利人、萨摩亚人、汤加人、图瓦卢人、夏威夷人、塔希提人、托克劳人、库克岛人、瓦利斯人、纽埃人、复活节岛人等10多个支系。身材高大魁伟，与印第安人的体形较为相近。欧洲早期探险家记载过：纯土著的波利尼西亚人，比当时的欧洲人要强壮，男子身高1.9至2米以上的比比皆是。女人也不示弱，丰满体魄能力超强。据说，波利尼西亚人身体结实，爆发力极好，是世界上最强壮的种族。

我在智利博物馆看到过一张当时的记录图片，画面上的土著男子，身高绝对超过2米。其实不仅人类，在岛屿上的生物种群，往往会存在特别大的个体。比如加拉帕戈斯群岛上，就生活着巨大的陆龟。我曾在岛上公路见到它们缓缓爬来，还以为是早年间的甲壳虫老式汽车。

在血型上，波利尼西亚人和美洲印第安人也有共性，相对缺少B和AB血型。波利尼西亚人的神话传说和传统习惯中，也有若干处与印第安人相似。一些人类学家据此认为，波利尼西亚人的祖先，是从东面的美洲迁来的。但是，路途虽较近，其中缺少岛屿，难以接应。

既然从东面来困难重重，那他们就是从西面来的？沧海茫茫，路途遥远。有利条件是有两大群岛星罗棋布，能起到跳板或中转站的作用。

不过，西面的太平洋海流极为棘手。赤道如脊柱，左右各有一条强大海流，流向均为自东向西。它们还有一个形影不离的伙伴，就是强大的季风。二者沆瀣一气，掀起狂风巨浪，对于古代的小木船或帆船，不啻灭顶之灾。即使是到了16世纪，葡萄牙人和西班牙人，曾多次打算深入太平洋中间去看看，从东南亚起程向东航行，均以失败告终。佐证之一，是位于太平洋西部的诸多岛屿，都不是从亚洲大陆出发或东南亚向东航行的航海家们发现的，而是美洲向西航行的航海家发现的。佐证之二，1527年，一支探险队从墨西哥出发向西航行到菲律宾，一路顺风顺水。该船队经原来的路线返回时，却险象环生，风和洋流的合谋，毫不客气地将船一次次推回。

东来说的主张者们还有一强有力的依据——西班牙人最初到秘鲁，就是印第安人强大的印加帝国时，当地人曾告知他们西方遥远岛屿的故

事。言之凿凿地说，他们乘着轻木做的木筏去过这些岛屿。

来自基因库的研究，为波利尼西亚人种来源之谜画上句号。是土著美洲印第安人，迁徙到这个区域。

一群夏威夷航海爱好者，拥趸这个行说，并亲身实践。他们于1975年3月造成一只船，下水试航。它是两艘独木舟连在一起，用胶合板和碳纤维板，借树脂凝胶黏合而成，总之是没用一颗钉子。他们拟定只靠洋流和星座的指引，从夏威夷驶往大溪地。第一次试航，船在风暴中迷失了方向，最终还牺牲了几个勇敢者。好在他们不气馁，第二年又出发了。历尽艰难，终于成功抵达大溪地并按原路安全返回。有人质疑他们的建筑材料用了现代工艺，1994年，他们又完全使用传统材料和技术，造出新的双体帆船，获得了成功。

想那古人最早向海岛移民时，肯定做了周密的准备，把生活必需品基本都带全了，比如芋头、芭蕉、椰子、甘薯、葫芦和多种热带水果的种子，比如猪、鸡、狗和老鼠这四种传统肉食动物。不过，复活节岛上，有芋头、芭蕉和葫芦等几种农作物，鸡和老鼠也在，但没有狗和猪。科学家们思考之后给出了答案，最先上岛的那群人，做了相同的准备，无奈海上距离太过遥远，狗和猪都悲惨地死在途中。于是，登岛后就不见这两种动物的身影。

岛上最吸引人的就是石像。据说共有1000多尊，也有准确数字说是887尊。其中600多尊整齐地排列在海边，还有一些散落在岛内草丛中，倒伏在地。石像有大有小，高的可达20多米，小的只比真人略高。身高虽

差异很大，容貌都差不多。头颅较长，眼窝较深，但眼眶内都是空的，全无眼珠。鼻子高而陡直，下巴略突出，长耳几乎垂肩。雕像均无脚，双臂垂在身躯两旁，双手放在肚皮上。只有一个被称为"图库图利"的石像，拥有下半身并跪在地上，还长着胡子，耳朵也很短。不知这种不同，是否与传说的"长耳人"与"短耳人"有关。

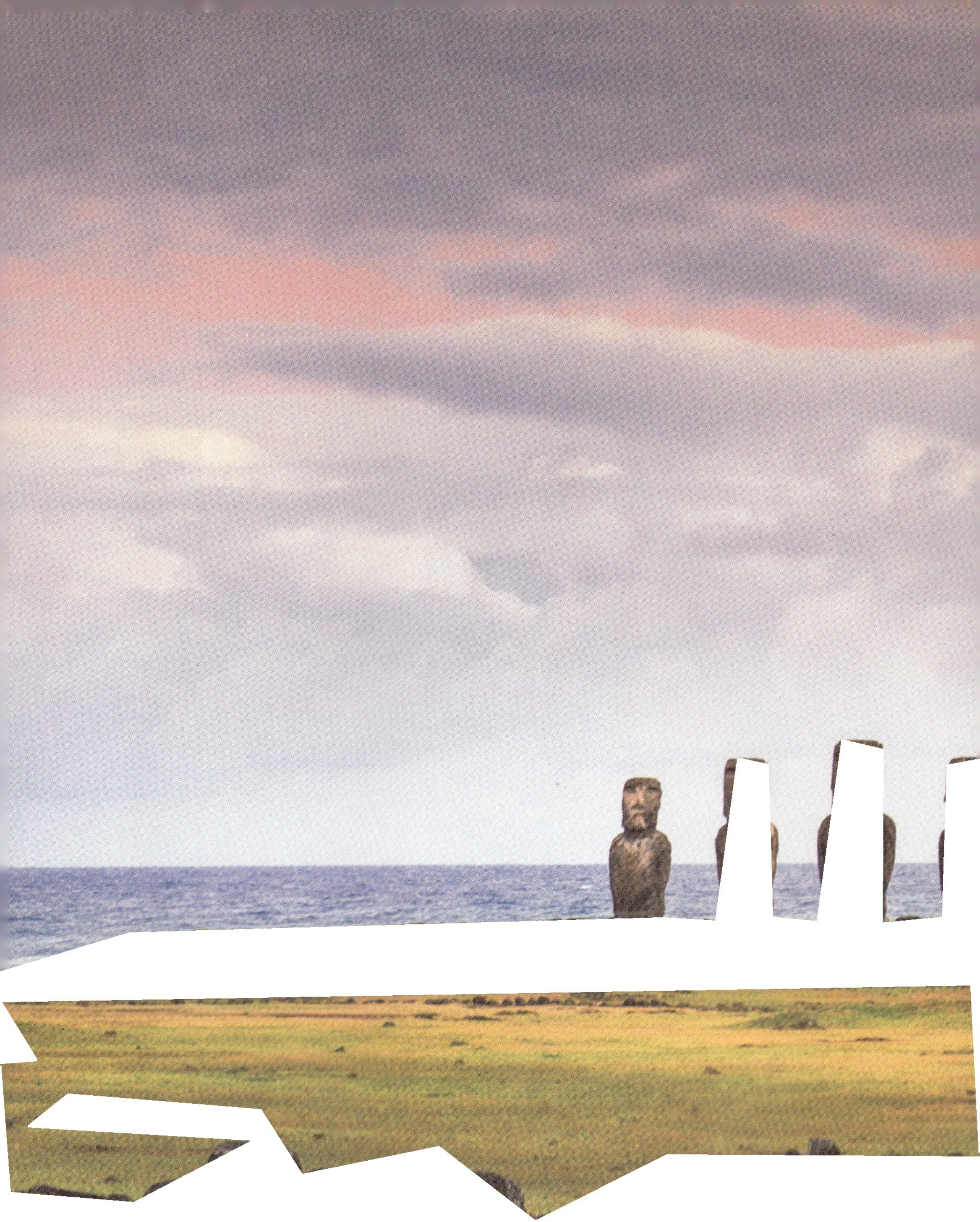

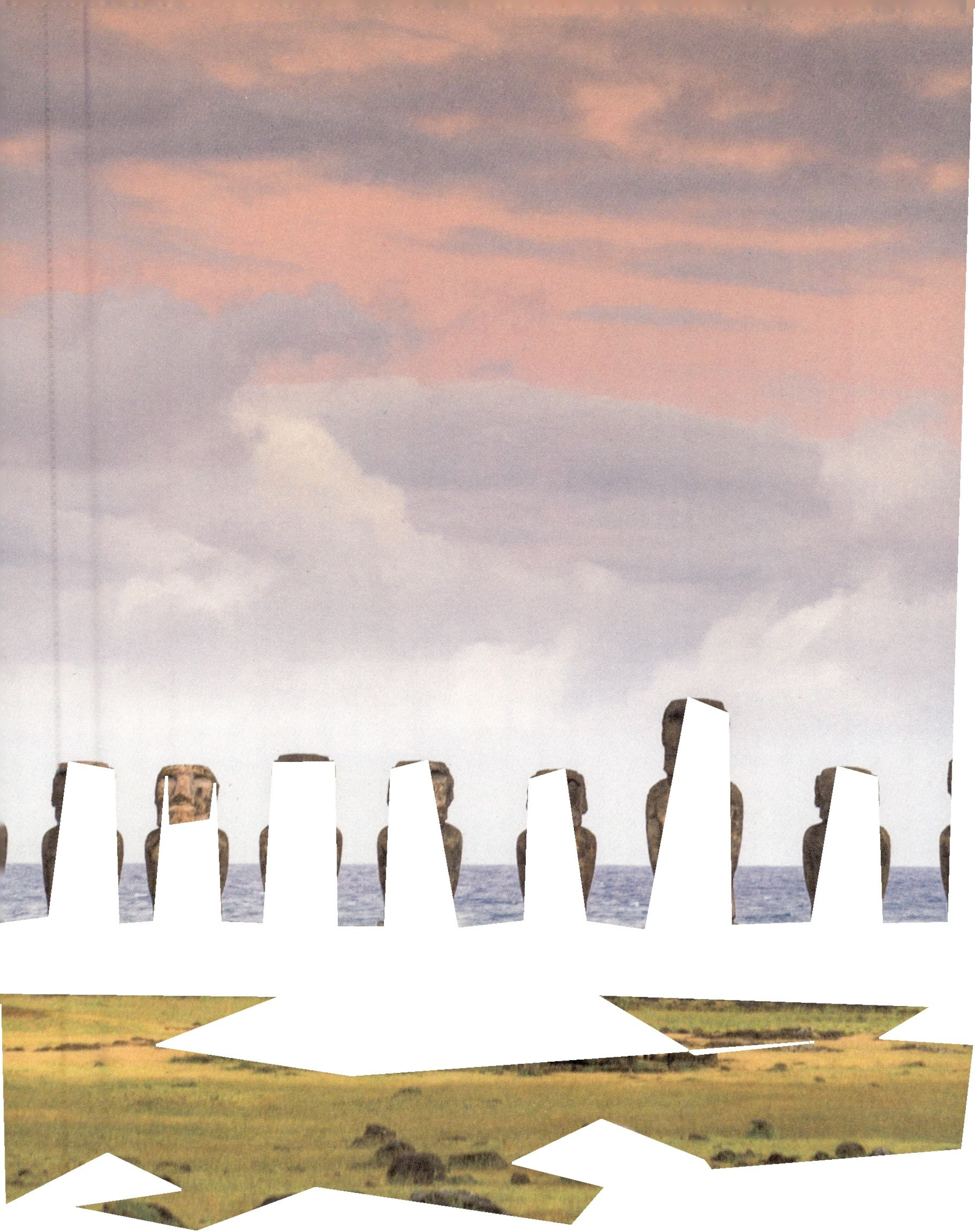

石像的材料都是青褐色的火山石。约有30个石像，头上戴一红色石帽，质地也是火山岩。石帽与石像身体并不相连，是分别雕好后再戴上去的。

　　刚开始，众人对石像非常感兴趣，不断地围着石像参观游览，照个不停。后来，发现石像除了放置位置和身高有所不同外，余皆大同小异，焦点渐渐转移到石像的来源上。

　　是谁不辞劳苦地用最原始的工具，制造了这些巨大的石像？

　　先要搞清岛上何时有人烟？

　　科学家们给出了确凿的时间表——约在公元400年时，波利尼西亚人抵达复活节岛。掐指一算，相当于我们的东晋时代。

　　科学家说，波利尼西亚人初登此岛，映入眼帘的景象，并非如现在所见的荒凉模样。那时巨木参天、草木葱茏、百鸟争鸣。

　　先驱者们大喜过望，决定在此定居。刚开始人烟稀少，岛上的资源似乎取之不尽用之不竭。500年过去了，一代代祖先仙逝，怀念如巨藤缠绕，绵延不绝，子孙们饮水不忘挖井人，认为一切都来自祖先佑护，很想表达尊崇之意。加之岛上地域狭小，人们已感到某种生存危机悄然而至，希望祖先加持护佑。如何让祖先的神力发扬光大？原住民开始利用岛上特产的火山石，雕刻成祖先模样，将石像供奉在海边。这个时间，大约是从公元900年起。相当于我们的唐昭宗圣穆景文孝皇帝光化三年。

没来过复活节岛的人，多以为石像面朝大海。科学家们经过考证，石像的原始姿态，是背对大海面向岛内。复活节岛的先民们，希望这些远比真人高大的石像，保卫家园，降福子嗣。如有侵入者远远从海上窥到石像，会不寒而栗抱头鼠窜吧？

现在岛上，还真有石像面朝大海，有人说它的寓意是眺望并寄托理想。真实情况是这属于当年智利海军的谬误。他们自作主张把倒地石像立起来，想当然地让它面对大海。

岛上各部落，为了追思与祈福（外加攀比吧？），石像越造越大。岛民的子嗣，越繁衍越多。两相夹击之下，复活节岛有限的资源开始告急。

石像的雕刻不容易，运输更难。站在巍峨沉重的石像之下，每一个到访者，都会惊叹这庞然大物是在哪里开凿的？它们如此沉重，如何被运到不同地点竖立起来？

荷兰商船队长洛加文1722年登岛，看到岛民们对升起的太阳拜伏在地，用火来崇拜巨大石像。这是复活节岛古老的宗教吗？

石像为什么都"有眼无珠"？

石像什么时间停止建造？原因是什么？

停止开凿石像之后，岛上原住民又经历了怎样的磨难？

原住民可有文字？他们如何记住自己的历史？

……

疑窦丛生。

毕淑敏

17　复活节岛最令人震撼的景色

　　尊重一个地方的文化，方法之一是用当地人的语言，称呼他们心中的神圣之物。复活节岛的原住民，把那些高大肃穆的石雕，称为"摩艾"。

　　咱们学一点当地词汇可好？

　　安放在摩艾脚下的石台，称为"阿胡"。

　　书写记录着当地人古老文字的木板，叫"朗格朗格"书板。

　　在复活节岛，摩艾头顶上加装的那块由红色火山岩制作的圆柱体，称"普卡奥"。

　　好，小小词典到此为止。

　　我问过浏览复活节岛的极友们，几天下来，您印象中，岛上最令人震撼的景色是什么？

　　有人答，15个摩艾处看日出啊。多壮观！

17 复活节岛
最令人震撼的景色

　　为了表示所言不虚，他出示相机中的照片以兹证明。

　　那个地方，名叫"通伽利基"，为复活节岛上最大的阿胡所在地。它长98米，宽6米，高4米。想象一下这底面积和体积，相当于一座宏伟广厦的基座，其上竖立着15尊高大摩艾。阿胡周围，以卵石倾斜铺排，蔓延成大面积斜坡。摩艾形态大致相仿，大小有异。最高的达14米，最矮的5.4米。也就是说，大摩艾将近5层楼高。最小的摩艾，也相当于2层的经济适用房。据说它们的平均重量达每尊40吨。考古学家还说，现在所见并不是当年宏伟规模的全部。在鼎盛年代，此大阿胡上，曾竖立过30尊摩艾。

　　极友给我看他于凌晨时拍下的阿胡照片。阳光从15座摩艾的肩部斜射过来，猛地照亮了远处的山峦，气势磅礴。摩艾并排矗立，呈现出类乎巨幅栅栏的效果。山坡上的辽阔青草地，被摩艾的阴影分割成明亮与暗淡的不同区域。草浪荡漾，摩艾暗影颤动，引发一种摩艾们正在与大地窃窃私语的错觉，撩人想象。

　　你见过这个角度这个时辰拍出的这种照片吗？分隔物是摩艾高大的

196 南极：与孤独和解的纯粹

17 复活节岛
最令人震撼的景色

身躯。它们笔直站立，微倾躯干俯瞰着山坡，好像在发问：复活节岛，自我走后，你们别来无恙？我的子嗣们啊，休养生息得可好？孩子们啊……拍摄者说。

这个瞬间，不仅仅有令人震撼的自然人文交织之美，还有一种穿越时空的苍凉感满溢心间。拍摄者被自己的作品所打动，喃喃自语，深陷其中。

另一位极友答，我觉得最震撼之处，是火山口。

我呈现略有不解之相，对火山口印象淡然。追问，岛上有三个火山口，您说的是哪一个？

极友答，最大的那个——拉诺考。

即使拉诺考在岛上火山中排名第一，但我仍觉得它色艺平平。极友为何选这个其貌不扬的景色终生难忘？

他说，复活节岛人认为自己是世界的中心。希腊神话中说，主神宙斯为了确定世界的中心，从地球的相反两极放出两只神鹰，使之相向飞行，其相会之处，便是世界中心，后来盖起了阿波罗神庙。

我不解，这和复活节岛有何关联？

极友说，在波利尼西亚语中，认定复活节岛是世界中心。拉诺考火山口直径约15千米，深200多米。火山口就像一个斑驳石碗，碗底是一个淡水湖，水深近9米。

我想起资料上说，这座岛上最巍峨的火山，最后一次喷发，在200万年前。久远的年代已如抹布，干净地拭去了爆发时的炽热和狰狞。从火山口俯瞰，不见一丝沸腾痕迹，只有绿汪汪的池水和参差生长的芦苇。千万年的冲刷侵蚀，大碗现出缺口，缺口之外是悬崖峭壁，再其下，便是浩瀚太平洋。为安全故，不许游人下探火山口。

因那个火山口几乎是复活节岛上唯一的淡水源，战略地位非常重要吗？想起这位极友以前当过兵，我揣摩着问。

这算个理由吧，但不是最重要的。就像我们虽然知道密云水库对于

北京的重要性，但如果只选一个景点作为北京标志物，极少有人会选密云水库。对吧？前军人沉稳地说。

　　他的回答让问题更糊涂了。既然水源的战略地位被淡化，那么，理由何在？

　　我再猜，因为这个火山口，是整个复活节岛上的制高点吗？

　　还是从军事角度出发。无论何种民族，对于高处的崇拜，那是颠扑不破的。太阳在高处，星辰在高处，神在高处，居高临下。岛上的最高点，理应受到尊崇。

　　极友说，我到过世界上最高的几座山峰，这个海拔不过几百米的小山，并不是因为高度征服了我。

　　我认输道，猜不出来。请您告诉我，为什么把火山口选作最令您难忘的景色？

　　极友答，更具体地说，是火山口中生长的芦苇令我难忘。

　　我忍不住笑，啊，是这东东！它古称蒹葭，"蒹葭苍苍，白露为

霜。所谓伊人，在水一方"。莫不是看到了火山口，想起了某段往事某位伊人？

前军人回忆道，当过兵的男子，总有往事，总有伊人。不过，这次的喜爱，与往事无干。这芦苇大不易，此物一般生在池塘边静水中，就算长在沙漠水洼边，那小环境也还是有些湿润的。此处芦苇，居然以火山口为家，要知水火不相容啊！对于芦苇来讲，这里要算最险恶的生长环境了。

听前军人这么一讲，我对那火山口摇曳生姿的芦苇，也生出感叹。

极友接着说，这种芦苇，我查了资料，叫"拖拖拉芦苇"，是一罕见品种，植物学家称之为美洲淡水芦苇。与秘鲁印第安人在"提提卡卡湖"用来建造房屋和船只的芦苇相同。别处芦苇，因富含纤维，主要用于造纸。芦根可配药，它性寒、味甘，清胃火、除肺热。复活节岛上的芦苇，与这两项并无多少相干，但远比别处芦苇要有担当。

我不解，一个植物谈到担当，它负有何重任？

前军人极友说，岛上的船形屋废墟，下半部分是石基，现在还保留着。上半部分是什么？看不到了。我问导游，他答说是芦苇。漫长历史中，芦苇为复活节岛先民们遮风挡雨，是重要的建材。

我点头道，这倒是，没有芦苇，复活节岛的先民们就要风餐露宿。

前军人又说，此地芦苇，还有选拔未来领袖的功能。

我说，您指的是鸟人？

前军人极友道，正是。鸟人制度是复活节岛的重大政治制度改革举措。如何选拔鸟人，是一个大工程。候选者住进鸟人村鸟人屋，鸟人屋的天花板，是芦苇搭建。候选者要在规定日子，跳入大海，游向远处小岛。险恶海况中，唯一允许携带的救生设备，就是一捆芦苇。上了岛，找到鸟蛋，要把鸟蛋用芦苇裹好，类似咱们现在包装用的梨花网、泡沫垫，防震防摔。游回的路程，还是芦苇保驾护航……芦苇参与了岛上的政治变革。它难道不令人震撼吗？！

话说到这里，我自以为明了了该极友把火山口，更具体地说是把那里顽强生长的芦苇，选作复活节岛最震撼景色的原因所在。

然而，我高估了自己。

前军人继续道，您可知拉诺考的芦苇从哪里来？

我说，当然是从种子来，就是芦花。

极友道，我问的是它们的祖先。

祖先……这个……我吭吭哧哧，答不出所以然。拉诺考的芦苇肯定是有祖先，不可能随着岩浆从地心喷出来。

极友道，根据科学家研究分析，复活节岛的芦苇，和南美洲的大芦苇同宗同属，很可能来自美洲大陆。这里离美洲大陆有多远？将近4000千米，芦苇种子没有翅膀。

是啊，4000千米，对一朵极其微小的芦花来说，是多么惊人的旅途。它是被鸟带来的吗？它是随风飘来的吗？它是被海浪卷来的吗……那是怎样鲲鹏般的巨鸟，才能不间断飞越4000千米不眠不休的海程？那是怎样的飓风，才能横扫4000千米长空依旧不停不歇？那是怎样的巨浪，才能前赴后继4000千米奔袭矢志不移？这微如蚁卵的种子，要有怎样的勇气和毅力，才能在火山之上安营扎寨，抽出绿色茎叶，以纤柔身躯，担当起一个宗族的生存和繁衍重任！

前军人极友叹了一口气道，可惜科学家到现在也没有找到答案。唯有绿色芦苇，在复活节岛的火山口，一如既往地强韧生长。

我除了感叹，亦无话可说。

对于哪里是岛上最震撼的景色这个问题，有个老年女极友的回答是：星空。在漆黑一片的大洋之上，仰望苍穹，我看到了对北半球人来说十分陌生的南半球星空，比如从未见过的南十字星座。

我故意说，同样星空，即使不在复活节岛上，在南太平洋航行的船上，在南半球的其他地方，也可看到。

老年女极友说，你讲得不错。可我的确是在复活节岛上看到的这一

切，天空无比通透，蓝如水晶。我想如果有个仪器测测PM2.5，肯定是个位数，也许是零吧。

她富有哲理地继续说，咱们天天沉没在红尘中，不得已的事。出来后总要找个时间，仰望星空。

我们抵达的是同一个地方，但这个地方给予人们的记忆竟如此不同。也许这就是旅行中最神秘的部分，你无法预知将在哪一刻被什么景象和人物深刻感动，记忆存留永远。

你或许想知道，我心中最震撼的复活节岛景色是什么。

我告诉你。是——"摩艾诞生的地方"。

它位于拉诺·拉拉库半山上，那里到处都是残缺不全的摩艾。有的与山体平行，有的与山体垂直，有的斜靠在山体上。有的已接近完成，有的则刚刚开凿。有的立在半山坡上，有的躺在运送途中。完整的是少数，大多数都断裂与破损。肢体不全再加上几百年风吹雨打，多被土石掩埋。有的埋到腰身，有的埋到胸口，更吓人的是有的已埋到了鼻子……有的摩艾只开凿了一半，还与山体模糊相连，像是未与母体分割的胎儿。

此地被称为"巨人的墓地"。山不很陡，有蜿蜒小路曲折攀升。漫步其上，生出惊悚怪异之感。一切都栩栩如生，好像工匠们早上还在工作，只是暂时离开，而我们是潜入的偷窥者。

不过细细推敲，此名值得商榷。它并非巨人的墓地，而是巨人的产房。更准确的叫法，应该是"摩艾诞生地"。

整个复活节岛上现存摩艾，95%产自这处山岩。这里目前尚遗有397尊摩艾，其中141尊是半成品，尚未完工。

关于复活节岛的摩艾来历，我听到过一种说法：巨大的石像，不是出自人类之手，而是比地球文明更高级的外星人制作的。他们出自我们尚不知晓的某种目的，选择了这个太平洋上的孤岛作为支点。外星生命临走时留下这些石像，以昭示曾经的莅临。

没到复活节岛之前，这说法很能蛊惑人心。到了岛上一看，特别是抵达"产房"，发现摩艾来自外星人的假设，不堪一击。据说在山坡上，早年可看到很多丢弃的石器工具。如果真有地外文明驾到，视星空跋涉如闲庭信步，哪里会用这种原始手段笨拙地砸制摩艾？

第二个疑问是，为什么不把摩艾雕刻完毕，而是半途而废弃之荒野？

专家们分门别类地把所有摩艾被弃原因，逐一分析。方知原因五花八门。

最大比例的放弃动机，是因在雕凿过程中，遇到了不可抗力。活儿干不下去了，只得忍痛中断。

先了解一下摩艾的雕制过程。

第一步骤，先由有经验的"工程师"，在山体四处踏勘，以确定适合雕凿摩艾的山石。标准主要包括两方面：一是要按照设计中的摩艾轮廓，寻觅到够用的山石体积；二是判断此山岩的质地是否相宜。

倘若这两个主要指标过关，便进入第二步骤。能工巧匠们先用石斧石刀，大体雕凿出摩艾的头部和身躯轮廓，摩艾便初具雏形。

第三步骤是在此轮廓两侧朝向山体部分，开凿出狭窄通道，以便纵深挺入，抠出摩艾的整个身形。当摩艾的五官加头颅，外带躯干包括手臂等部位逐一完成后，只剩它的后背还与山体相连。

现在，到了最关键的第四步骤。工匠们从摩艾后背两侧向脊柱部分雕凿，快凿通时，在石像背部塞入巨石，以支撑它即将与山体剥离的庞大身躯。

第五步骤，彻底完成石像后背与山体的分离，石像坯体独立。

第六步骤，工匠们将初步成形的石像轮廓，妥帖运至山下。

第七步骤，更多的工匠环绕石像，精雕细刻进一步加工。

为什么不在半山上将石像一步雕刻到位？理由很简单，山上地方狭小，不利于大兵团操作。如果彻底完工后下运，途中变数大，万一磕碰

损坏，功亏一篑。

如何将半成品石像运下山？有遗迹可循。利用石像在半山的重力原理，修一斜坡，让它如坐滑梯般往下缓溜。靠近终点处，事先挖个大坑，以接住石像，让它平安落地。摩艾们斜靠坑中，好像歇息。工匠们再一拥而上，将靠壁巨人竖起来。

现在，精加工是将粗粝的石像后背，削磨平整。将不够细腻的耳朵、手臂、手指等部位，打磨得更为光洁。而且这些细节的最后定夺，都要以石像矗立起来的观感为准。所以山下的石像，基本上都是立姿，而非半山上东倒西歪之状。

好了，摩艾终于雕制完成。

然后就是将摩艾运到它的最终矗立地。让它巍峨地站立起来，背对大海，面朝子孙，加持复活节岛的苍生。

上述整个过程，都由极为简陋的石器时代工具完成。只要碰上火山石中夹杂坚硬石块，打凿只能作罢。石像坯在下滑过程中受伤，也只有放弃。漫山遍野未曾完工的石像，很大一部分都是被主动弃置。

也有学者力持"灾变说"。他们认为雕刻石像，花费了岛民大量劳力和时间，好不容易把石像雕好竖立起来，又被地震震倒。初起，岛民们并不气馁，再雕再竖，不料又被震倒。几次之后，岛民们认为这是上天的惩罚，神的意思是不让他们再干下去了，因此工程陡然下马。

倘徉在漫山遍野未曾完工的石像遗址间，耳边似闻采石声震耳欲聋，石斧石凿敲击铿锵。石像移动时，必有原始号子震彻云霄。发现石质有瑕或破损终致报废时，众人吐向蓝天的怨怼必是黑气干云……

有资料上说，这个石场是保密的。

我不解，偌大一山，如何保得住密？或许指的不是这个地点，而是开凿的具体过程不许观看。摩艾乃圣物，未曾完工之前，凡人不得亲近。

如果说，完工的摩艾，挺立在阿胡之上，接受子孙们的顶礼膜拜，包括被推翻和被掩埋，也是成为圣物之后的宿命。那么，这些从未走上过神坛的摩艾，是普通的石头还是壮志未酬的英烈？

不过，凡亲临摩艾工地的人都会生疑：半成品太多啦！为什么要同时加工这么多石像？有资料说，这里的确存在很多同一时间内突然停止开凿的石像。好像是出了异常变故。工匠们瞬间停下手中工具，将打造到10%～90%程度不等的摩艾弃之荒野，人作鸟兽散，再也不曾返回到这里。

有人提出外星人干预之说。要不这么庄严的活动，怎能说停就停了呢？

在复活节岛上，一遇到无法解释的谜团，很容易想到外星人。谁让这里与人间相隔太远呢！

高处斜坡上，斜躺着复活节岛上最大的摩艾。它高21.6米，重量约70吨。无论在已完成还是未完成的石像中，此尊的身高体重都拔头筹。它尚未完全从山体分离出来，还是山体的一部分。或者说，山体是它的一部分。这种巨大体量和与火山的血脉相依，让人惊诧不已。

前面说过，岛上的造像趋势是越来越大。那么是否可以推测，这尊未能完工并永远不可能站起来的石像，是复活节岛上大规模造像工程中的最后一尊？

能让如此浩大的工程，骤然停顿并最终废止的原因，想必也是钢铁般的凌厉。山风啸叫，环顾四野，好像有早已不在的人们的凄凉眼神雾岚般缭绕。

最大的摩艾胎死山腹的那一天，该怎样悲怆！清晨起来，工匠们一如往常肚子饿，有气无力爬上山坡，艰难地操起石具，正准备叮叮当当干起来，首领走过来说，停。

停工的事以前也发生过，只是首领从未这般冷峻。工匠们一时无措，半扬起的手，握着石斧，僵在空中。终有胆大些的工匠问，停到什么时候？首领答，永远。我们再也不开凿摩艾了。

工匠们齐声颤问，为什么？

首领说，我们再也没有能够运送摩艾到阿胡上去的大棕榈树了，最后一株棕榈已被伐倒。若再长出参天巨树，需要很多很多年，我们等不到那一天了。我们以为把最后的宝贝都献给摩艾，摩艾将会赐福我们，但生活越来越困苦，饭都吃不上。我们已经没有力量建造新的摩艾了，停工，永远停工……

在泥土和石块中，隐藏着可怕的信息。岛民们一定无数次思考过这问题，只是无人敢碰触那可怕的答案。摩艾有什么用处？没有丝毫用处！岛上劳民伤财倾全力制造巨大摩艾，最精壮的岛民不再耕种，不再捕鱼，不再抓鸟……每天不辞劳苦地爬上沉寂火山，多少年如一日地凿制摩艾。摩艾越来越大，要爬的山越来越高，适用的石材越来越少。摩艾的运输越来越困难，人们越来越疲惫，越来越饥饿，越来越烦躁，越来越绝望……现在，终于不用制作摩艾了。摩艾死了，或者说它们根本就没有活过。

摩艾之后，复活节岛的希望在哪里？

同在一个空间节点上，只是时间轴的长短不一。在浩瀚历史直尺上，千年不过毫厘。很少有人有能力关心超过自身生命以后的长远时空，这需要类似神一般的恢宏尺度，不可强求复活节岛的先民。

这便是我觉得岛上最震撼的景色。遥望浩瀚的南太平洋，巨浪滔天。如果此刻能跳脱到几万米之上鸟瞰此地，那么，小小的复活节岛在无边无际的大海中，多么凄惶！他们难以凭借自己的力量，平衡这无与伦比的孤独！他们企图借助更强大的力量，挽救自己的宿命。殊不知正是这种欲望，将他们更快地推向了绝境。如果跳得更高远些，从太阳系甚至更广大的范畴回看地球，那么地球也如无比孤独的复活节岛。我们没有外援，没有补给，没有同道……我们只有赖以生存的这颗蔚蓝色的星球，我们却在拼命地榨取它污染它破坏它践踏它……我们正在做的，比之复活节岛的岛民曾经对复活节岛所做过的一切，有过之而无不及。

我们为何一定要到远方去？把地球糟蹋到必须逃离的地步，然后再去糟蹋另外一个和地球相仿的星球。我们为什么不能好好地保护它？

　　遥想当年复活节岛民，一定有有识之士，望着日益减少的大棕榈树，发出过锥心之叹。心知肚明越造越大的摩艾神像，耗费弥天，却无实际功效。对未来的悲哀绝望，弥散心中。不知可有人说出来过？不知这勇敢者的下场如何？不知可曾有过殊死的反抗？这一切，因为没有文字的记载，终不可知。

毕淑敏

18

"朗格朗格书板"
和灭绝了的文字

1866年，法国商船"坦皮科"，长泊复活节岛。船上有位名叫赞博的神父登岛，两年后船长与岛上女王成婚。也有人说，法国人挟持了女王。不管怎么着吧，总之法国人在复活节岛留下来并形成了势力。赞博神父几年后欲返回智利，途经大溪地。岛民们请神父带给大溪地的若桑主教一件礼物，以表达他们的敬意。

礼物裹在厚厚的包装中，具体是件什么东西，赞博神父也不知道，只看到一个巨大的毛球。原来这包装物是人的发辫，一根接一根，足足接了有100米长，成了一根毛茸茸长绳，把礼物缠绕起来。赞博神父到了大溪地后，向主教大人呈上礼物。若桑主教把发辫包装一层层解开，展现在众人面前的，是一块有着奇怪符号的木简。

传教会里有一位长者认出了这物件，说它叫"朗格朗格书板"。是用复活节岛文字，记录着复活节岛的古老传说。不过懂得这符号秘密的

老人已经去世，天下没有人再能够读出来。若桑主教闻之，马上给还驻守在复活节岛的另一位传教士写信，要他尽其所能，在岛上寻找这一类木简并赶紧传送给自己。复活节岛的传教士，遵嘱好不容易搜寻到了6块书板，传送至大溪地。不过该传教士对这东西不以为然，给主教的附记中写道，书板上的符号，复活节岛民也不知道是什么意思，很可能什么都不表示。要是谁宣称懂得字符的含义，那他一定是骗子。

若桑主教却不信邪，笃信这是个重要发现。他辗转打听到大溪地某个种植园，有人号称能解木简。主教赶了去，刚把其中一块刻有几何、人形和动物图案的木简递过，这人就开始大声吟唱。他读板子上的符号，顺序是从下往上，从左到右。到了每一行结束的地方，不是从另一端重新开始，而是把木简掉过来，接着吟读下一行。

这种书写顺序，叫作"牛耕式转行书写法"。这个命名说明它的书

写方式，是像牛耕地那样转换方向。我初看到这个说法，不明白。后来自己买到了"朗格朗格书板"复制品，才明白它的奥妙。说白了，就是第一行从底部往上读，读到顶头。然后并不是回到底部重新开始读第二行，而是顺势从顶上再往底下读。等第二行读到了底部，再从底部往上读……如此循环往复，好像吐丝的蚕，并无中断。据说这种书写方式，非常古老。某种古希腊碑文，就是这样排序，行与行之间逆向书写。

大溪地若桑主教刚高兴了一会儿，就遗憾地发现，不管把哪块木简拿给此人"吟读"，他唱颂的都是同样腔调。也就是说，好不容易找到的号称能解读书简的人，所知也很有限。

这个故事让我很感兴趣。我喜欢文字，它们除了拥有此时此地的沟通功能，还具有神奇的记载效力。它看起来洁净无声，却如中原大地上北邙的厚厚黄土，掩埋着历史的尸骸。能够创造出文字的先民，是值得敬畏的，文字是文明高度发达衣衫上的勋章。

中国人初次见复活节岛这种文字，并不太感陌生。咱自家的甲骨文，多少有点类似。

"朗格朗格书板"为纯木制，几十厘米宽，1尺到3尺长不等。上面以某种尖利工具，雕刻着一些细碎笔画构成的文字。这种工具，相当于"朗格朗格笔"的东东，是鲨鱼的牙齿。据说，文字是由"长耳人"带到岛上的，但并不是所有"长耳人"都能看懂和刻写这种文字。在各种原始文化中，认识和书写字符，是部落中地位高而有学问之人的专利。

通晓"朗格朗格"象形文字的复活节岛"长耳人"，在与"短耳人"的厮杀中几乎全军覆灭。个别能识得此文字的"短耳人"，不是被奴隶贩子拐走，客死他乡，就是在其后由文明世界传入的疫病大流行中，死于非命。

19世纪中期自欧洲来的传教士们，登岛后见到这种奇妙文字，认为是异端邪说，强迫原住民把绝大部分原始"朗格朗格书板"，投入火中焚毁。目前全世界只剩下21块原始书板，散落在博物馆和私人收藏家手里。至今为止，没有人能够解读这些文字。我在资料上看到有位俄罗斯圣彼得堡大学的教授，破解了一些"朗格朗格书板"的内容，很想找到相关资料。

我在极友中念叨过，问大家可有研究这方面史料的朋友。团内有一位潇洒的年轻人，正在俄罗斯读博士。他慷慨相助，立刻帮我联系圣彼得堡大学的朋友，打探此教授近况。

我本以为准确信息可能要很久后才会知晓，拜托科技进步，俄罗斯博士生很快告知我，那边传来的讯息是——对复活节岛的文字颇有研究的这位教授，是位老太太，刚刚去世了。她的研究成果因为实在太偏门，一时找寻不到。

见我沮丧，留俄博士安慰说，他返回俄罗斯继续学业时，会帮我留心寻找相关资料。

我至今还在痴痴等候，希望哪一天会突然收到有关复活节岛"朗格朗格书板"的讯息。

也许大家会问，复活节岛上真就没有一人能懂这文字了吗？这要追溯欧洲人上岛之后，复活节岛的命运。

史载：1772年岛上的人口是4000人，大约90年后的1863年，减至1800人。仅仅7年之后，就只有600人。又过了5年，只剩下了200人……（关于复活节岛人口的记录，众说纷纭。总之是原住民人口极度衰减。）

你一定想不通，这么短的时间，复活节岛上的原住民都到哪里去了？

1805年起，西方殖民者开始到岛上抓当地人当奴隶。1862年，秘鲁海盗船队来此寻找挖鸟粪的工人。他们分乘8艘船而来，一下子就抓走了1000多名当地人。这其中，不但抓去平民，也掳走了识字的酋长和他的儿子们。海盗又杀上岛，带走了能识得"朗格朗格书板"的老人。

也就是说，当时岛上的男性，从政治精英、高级知识分子到普通岛

民，全被一网打尽。他们被海运至秘鲁，卖给奴隶主当苦力，受尽折磨。后来，在国际舆论谴责下，秘鲁政府不得不命令奴隶贩子将这些土著人放回。这些原住民积劳成疾加上饥饿病痛，只剩下100人左右。在返回复活节岛途中，又染上天花，纷纷病死，最后只有15个人活着回到家乡。他们庆幸自己回到亲人们中间，却不料把天花也带回了复活节岛。于是大酋长霍图·玛图阿代代相传的子嗣全部故亡，所有祭司也一并悲惨离世。岛上只剩数百妇孺，从此再无人识得"朗格朗格书板"。

1870年，在复活节岛上定居的法国船长，把一根刻有符号的当地首领用过的拐杖，送给智利船长加纳。

加纳把这根拐杖，连同两块刻有符号的木简，转送给了智利自然历史博物馆的学者。解释说，复活节岛民对这些符号非常敬畏，符号对他们来说极为神圣。

学者立即把木简的石膏模型送给了世界各地的专家，专家们认为：这根拐杖，是现存于世的品相最好的"朗格朗格书板"。可惜，没有一位专家能破译这些神秘符号。

1885年，美国轮船"密歇根"号来到复活节岛。之前，这船曾停靠大溪地。船上的事务长汤姆森对复活节岛的故事颇感兴趣，拍下了主教收藏的"朗格朗格书板"照片。到了复活节岛，他又四处寻找能翻译这些符号的岛民。一位老人，看到这些木简的照片，很快开始吟唱。不过，同样奇怪的是，就像主教在大溪地种植园找到的那个人一样，不管给老人看哪块书板，吟唱的都是同样语调。

汤姆森想问出个究竟。老人坦白承认，岛上没有人能读懂这些符号，就是说，他也是一知半解。根据汤姆森的记述，老人对书板符号的"翻译"如下：

"我女儿的独木舟从未被敌人部落战败。我女儿的独木舟从未曾被霍尼蒂卜的诡计摧毁。所有的战斗中她都凯旋。没有什么能迫使我女儿喝下黑曜岩杯里的毒汁。强大的海洋使我们天各一方，我如何自我安慰？噢！我的女儿！我的女儿！无尽的水路伸展到天边。我的女儿，噢！我的女儿。我要游过这深不可测的海水找到你，我的女儿，噢！我的女儿……"

我琢磨这是那位老汉记得的一支歌，是否为这块"朗格朗格书板"上所铭刻的内容，并不确定。专家们的研究认为，在复活节岛上，这些可能只是单词，或是单纯符号，主要功能就是帮助人们把口头传诵的历史，一直传递下去。特别是让家族谱系记录，代代相传。

不管怎么说，我决定要在复活节岛上买一块"朗格朗格书板"，带回中国。

书板很贵。有人告知我。我点头表示知晓。你想啊，岛上树木几近绝迹，你要砍倒木头，雕刻成形，再用鲨鱼牙齿在木片上刻象形文字……而且会这门手艺的人越来越少，哪里会便宜。

在岛上我们下榻的旅店小卖部中，有"朗格朗格书板"复制品售卖。巴掌大的一块木板，售价约2500元人民币。

我想先在岛上各处找找书板。实在买不到，在告别复活节岛前一天，去小卖部把这块书板买下。

阿纳凯海滩。金黄色的沙滩又长又宽，摩艾一如既往地大智若愚地屹立……

相传波利尼西亚人的大首领霍图·玛图阿率领的第一批移民，分乘两艘大独木船，船上装了甜薯、甘蔗、香蕉、鸡、猪等动植物，在海上漂泊了两个多月，最终发现并定居在复活节岛。登陆地点就是这个海滩。

于是这里类乎圣地，成了岛上世代大首领居住的地方。直到19世纪中期，最后一代大首领被秘鲁人贩子抓走为止。

我沿着海岸边漫步，突然在当地人的售货小棚子里，见到两块"朗格朗格书板"。它雕工精美，价钱比旅馆小卖部中的便宜很多。我喜出望外，打算按照摊主的出价立马买下。随行的西班牙语翻译十分尽责，

觉得不为他带领的客人省下一点银两，便是失职。恰好同行的一位女极友，也是对文字颇有兴趣的人，表示也想买一块。翻译便让俺俩小型团购，问摊主能否让一点价格。

　　卖家是土著岛民，对批发毫无兴趣。表示他铺面仅存两块"朗格朗格书板"，若被我们都买走了，自家货色少了高端品种，并非好事。翻译和土著老板商谈好久，人家才让了一点点价。让我不安的是，世上本没有两块一模一样的木板，加之"朗格朗格书板"又是纯手工制作，这两板有明显的大小质地和工艺不同。较好的那块被我最先拿在手中，后来参与的美女极友，便没有了挑选余地。那块成色显然没有我这块好，板面还有明显树疤。我对女极友说，请让我多出一点钱吧，这样我才能心安一点。极友爽快答道，咱们两人一定要均摊，我方心安。

　　非常感谢她的善意。付款后，土著把我那块"朗格朗格书板"放入塑料袋，递了过来。老芦在我耳边悄声嘀咕，这么贵的一块木板，看起来就像是树皮凿的，没个结实样。如是一不小心碎了裂了，你可就白忙活了。让店主再给好好包一下，到咱家几万里路呢。

　　我对老芦的建议不以为然。反驳道，你以为这是在商场？你瞧瞧，他有任何一种包装材料吗？

　　老芦定睛瞅，岛民摊位上散乱摆放各色摩艾复制品，还有类似夏威夷草裙舞道具的简单布片，果然不见任何可供包装的物品。于是，我决定双手捧着"朗格朗格书板"走人。老芦于心不甘，通过翻译向岛民老板商量更妥帖的包装。翻译和店家一番交涉后，对我们双手一摊道，人家说给了你一个塑料袋，已是豪华包装了。

　　我心中窃笑老芦碰了一鼻子灰，转身离开。不料刚走几步，土著老板气急败坏地大叫着追上来，好像收了假钞。我们立马止步，忙请翻译问询出了什么事？

　　翻译上前安抚，土著老板气咻咻地连比画带埋怨说个不停，闹得周围外国游客聚拢围观，好像我们没有付账拔腿就走。

翻译严肃地对我们说，老板请你们把书板下面的木托还给他。他只卖了书板，并没有把木托同时卖给你们。老板说，就是你们肯出钱，他也绝不会卖掉这个托。书板是岛上老人刻的，虽然很难，但他还能找得到人来做。木托是从远方运来的，岛上没有木头，木托非常宝贵。

我们忙打开黑塑料袋，把书板拿出来。果然，书板底部有个简陋板撑，斜垫其下。按说这责任不在我们，刚才是老板将它们一道装入了黑塑料袋。

鉴于土著老板如此看重木托，我赶紧将它完璧归赵，趁机隆重打量一番。不看则已，看过暗笑。第一，木托工艺很是粗糙。第二，木托色为猪肝样猩红，和书板的原本色不搭。对于"朗格朗格书板"整体审美来说，成事不足败事有余。第三，此物看起来十分眼熟，估计老板口中所说的"远方"，疑似中国义乌。第四，国内淘宝上买这个木托，成本当在人民币两元之内。

木托奉还同时，我对翻译讲，是老板不留神将木托放进塑料袋，并非我们要强占这个木托。此点请务必同他讲明，不然的话，好像中国游客顺手牵羊，影响不好。

翻译不辞劳苦将这番话译过去，土著老板拿着失而复得的血红木托，笑逐颜开，对翻译致谢并说个不停。

翻译转身对我道，老板说他很高兴你把木托还给他，的确是他自己疏忽了。

不管怎么说，我得到了梦寐以求的"朗格朗格书板"，十分开心。

我常常凝视着"朗格朗格书板"，看得久了，心中涌起哀伤。

这种笔画优美如蝌蚪如弹丸如小鱼的清秀文字，已完全失传。

那原因，也许是战争，也许是屠戮，也许是文明世界的剥夺，也许……仅仅因为树已消失。

复活节岛原本是有参天大树的，人们让树销声匿迹了。

那些可爱的大棕榈树啊，要比人高得多。它们摇摆着翠绿的头颅，

如梦幻从岛上贫瘠的泥土中拔地而起，孜孜不倦地向上生长。它的巨大体量，没有让最初登岛的先民们恐惧，而是充满了欢乐。在它们的身上，凝固着比一个人的生命周期长得多的时间。大棕榈树是复活节岛的火山地和蔚蓝天空中的信使，现在它又如针线，将远道的波利尼西亚人缝缀在了这座太平洋中的孤岛上。

树木是温柔和煦的。凡能长树的地方，人基本上都能生存下去。树是人类的朋友，在树下安静地仰起头来看着对，会让人不由自主思考永恒。

树是蓬勃的生命力，它的嫩芽蕴含希望，它的果实饱含能量。

复活节岛的摩艾们，走过长长的由笔直树干铺就的圣路。

复活节岛的"朗格朗格书板"，树片中凝刻了无言的历史。

复活节岛的子民们，从树那里得到过能量，得到过庇护，得到过安全……它们对人没有所求，人却对它们下了杀手。

它们翠绿的身体，喑哑地倒下了。岛上的一切随着树的死灭发生了令人恐惧的变化，和平与安宁一去不复返……加之文明世界野蛮的掠夺……

从此，没有眼珠的摩艾们匍匐在地，低到了尘埃中。岛上没有一株大棕榈树的影子，没有一颗大棕榈树的种子，再无岛人能高声诵读"朗格朗格书板"。

人啊，千万不要打开你无法关上的门。

毕淑敏

19

摩艾的眼珠是白珊瑚

波利尼西亚人由于面对的自然环境相当险恶，采取了一种叫作"卡普"的制度。把人按照出身和技能，分成不同等级。依靠禁忌，约束低种姓老百姓的行为。此制度的一大功效，便是限制对自然资源的猎取。例如，对低种姓人口的捕鱼范围和时间，都有详尽规定，客观上保护了渔业资源。对夏威夷海域的研究表明，原本那里的近海鱼类的种群状态很健康，没有一种鱼类灭绝。欧洲人到来后，废除了卡普制度，人们尽情捕捞，夏威夷沿海鱼种开始大规模灭绝。

古人们凭着朴素的直觉，猜中了大自然倒扣着的底牌。

岛上修复一处大阿胡时，有个实习生，在附近沙地里，发现了一块人工雕琢过的白色珊瑚碗（也有人说是贝壳碗），还有一个赭红凝灰岩制成的小圆盘。人们随手摆弄着它们，不知这东东是干什么用的。有人无意间把小圆盘装入白珊瑚碗，奇异景象陡现。它变成了一个眼珠和

白眼球的结合体！考古学家手持这个刚刚组装起来的神秘物件，走到准备竖立起来的摩艾旁，试着把它安放进巨人空洞的眼眶中。碗状物立刻和眼眶镶嵌在一起，严丝合缝。画龙点睛啊！眼眶从此不再虚无，有一颗饱满的眼珠填充其内，摩艾的容貌立刻发生了惊人的变化。它有了活力，生机勃勃。似在凝眸默想，注视着复活节岛上的子嗣们，充满关切。

发现了摩艾的眼球，这在复活节岛上可是个大新闻。在这之前，没有人知道摩艾的眼球是什么样。甚至摩艾到底有没有眼球，大家也不知道。人们以为平日看到的空洞眼眶，就是摩艾的原始状况。

看到这里，你可能会惊奇，复活节岛的原住民们，连数以千计的自己祖先的造像，有没有眼珠都不知道，他们对于本族历史的了解，究竟有多少？

岛民们唯一记得的是：石雕巨人是"祖先们鲜活的面容"。他们或许未曾想过，"有眼无珠"的面容，能否算得上"鲜活"。

现在找到了眼珠实物，顺理成章的做法就是复制这种眼球，给摩艾

19 摩艾的眼珠是
白珊瑚

们镶嵌上。好在其原料产自岛上，计划并不难完成。

其后发生的事情，出乎意料。遗迹保护组织复制了多只眼球，先期给4尊摩艾安上此物。不料这一举动，遭到考古学界的强烈批评——请保持遗址原样！

于是岛上的人又将所有安上的眼球，都取了下来。没想到的是，眼球层不在了，但有眼球的复活节岛摩艾照片，在全世界流传。旅游者到了复活节岛，看到的还是没眼球的石像，就有人失望。

据说有些机灵岛民，想出变通之法。如果游客愿意支付一笔单独费用，他们可以临时给巨人安上眼球。游客和有眼球的摩艾照完相，前脚一走，岛民就蹬着梯子爬高，把眼球取下来，维持摩艾原样。这一安一取费用不菲，据说最高时达1000美元。

此法看似双方受益。游客们和有眼珠的摩艾合影，留下与众不同的资料，满意而去。岛民们轻松地赚了一笔钱，荷包鼓起来。不过，眼珠在眼眶中反复掏进掏出，对摩艾造成破坏。

复活节岛上有个组织，名叫"长者会议"，类似酋长领导机构。他

们经过讨论决定，在岛上选择一尊巨人，给它安上一双永久性眼球，以供人们看到完整的摩艾形象。其他的摩艾保持原状，一律不再填上眼珠。

"长者会议"还决定了安眼珠的摩艾所在位置。不选其出土处，而是在相对比较偏僻的塔海景区，找一尊独立摩艾实施此计划。

整个复活节岛上，现今只存一尊摩艾有眼球。平心而论，看了几百上千尊没眼球的摩艾，已经习惯了苍凉残缺之美。尤其在得知了复活节岛悲剧命运后，更觉得没有眼珠的摩艾造像，沧桑而令人警醒。一旦见了有眼珠的摩艾，反觉诧异陌生。摩艾虽是原装，但眼珠是仿制品，未经岁月洗礼，垩白光滑，有一种不真实的塑料感，让人顿生隔膜。

以我此行有限的见闻，现在没有岛民再为了金钱，而给摩艾临时装眼球以供游客拍照。给多少钱也没有人这样做。看来长老会议的决定，得到了坚决贯彻。

不给所有的摩艾都装上现在复制品的眼珠，实在英明。那尊有眼珠的摩艾像，没有得到特别青睐。大家看一看就走，真正留影的人并不多。

据说那只出土的原装原始眼球，陈列在小镇博物馆里。我们去时正赶上闭馆，没有看到真品。

疑团升起——摩艾的眼珠为何消失？如果一尊无珠，尚可猜测属无意遗失，但岛上成百上千的摩艾都有眼无珠，只能是来自——特意损毁。

据说在岛民的原始语系中，"眼睛"和"部落"，用的是同一个词汇。抠出敌对部落的摩艾眼珠，磨平摩艾的眼窝，摩艾就丧失了神性和法力，魔法一被解除，就再也不能保佑他的子孙。摩艾的眼珠一一落地，湮灭在尘埃中。

面对眼眶剜却的一众摩艾，惊心动魄。脚下这块土地上，曾经生活过怎样的部落？发生过怎样的仇杀！

19 摩艾的眼珠是
白珊瑚

前面说过岛上土著，有"长耳人"和"短耳人"的区别。他们曾经和平相处了数百年。有一个族群的人肤色白皙，头发是红色，无论男孩女孩，小时候都会把耳垂穿透，坠上重物，人为地将耳朵拉长，这个族群叫作"长耳人"。

另一族群肤色较黑，不坠耳朵，头发是黑色的，被称为"短耳人"。据说"长耳人"生气勃勃，精力充沛，居于统治地位。他们是杰出的建筑师、工程师、管理者。而"短耳人"呢，处于被支配地位。辛勤劳动，帮助"长耳人"完成各种工程。

复活节岛人，在"登岛"初期，各方面都还比较正常。后来，"长耳人"开始修建阿胡和雕凿摩艾，以纪念首领和先祖。样貌当然都是长耳一族长相。做设计和精雕细刻石像这些工序的，是具有熟练技能的"长耳人"。而搬运石料、修砌阿胡、运送石像、竖立石像等粗糙体力活，由"短耳人"完成。

某一天，"长耳人"与"短耳人"爆发了激烈的冲突（阶级斗争？）。经过惨烈战斗，"长耳人"被打败，几乎全部灭亡。战斗的直接后果，导致摩艾的雕凿工作完全终止。

是什么原因，引发了"长耳人"与"短耳人"的殊死搏斗？

首先，请明了原始部落绝非全部都是美好善良之辈，各部落的本性都是以邻为壑，边界意识极强。加之当时生产力极为低下，无法支撑复杂的社会关系，人们只能凭血缘、地缘画出一个个小圈子以自保。非我族群的人，随时可能被杀死。为了生存，人人都有可能杀人。你不杀人，就有可能被人杀。

据传，当时"长耳人"打算在复活节岛上，发起一场改天换地的巨大工程，把整个岛上的石块全部清除掉，使土地都能耕种。工程首先在岛上最东部开始实施，"长耳人"命令"短耳人"，把波伊克高地上所有石块，都运到悬崖边缘，扔进海里去。

复活节岛是火山爆发形成的岛屿，满覆黑色、红色的熔岩石块。现

222

南极 与孤独和解的纯粹

在，唯有岛东侧的波伊克高地，青草茂密，地表看不到一块石头。不知是上天眷顾还是人力曾经搬运改造所致。

总之，"长耳人"驱使"短耳人"，天天搬石不止，"短耳人"对这种枯燥劳作，终于忍无可忍，决定奋起反抗。

关于岛上曾发生部落血战的起因，还有另外一个版本。说是当年在一个"长耳人"家里，发现有30具吃剩下的男孩尸骨。其中7具尸骨，来自一个"短耳人"家失踪的7个儿子。这个"短耳人"父亲得知噩耗后，气得发疯，一圈又一圈地狂奔，累得瘫倒在地。他的同族兄弟们见此情景，拿起武器，杀死了那个吃人的"长耳人"。其他"短耳人"得知消息后，也都积极支持响应，纷纷加入追杀"长耳人"的队列。岛上面积不大，"长耳人"无处躲藏，最后都逃到了波伊克高地，建起了"长耳人"的根据地。

高地地势险要，靠海处是近200米高的悬崖，从那个方向绝不可能攻上来。面对复活节岛腹地这侧，是个坡地。当时"长耳人"的首领叫"艾寇"，指挥大家沿一条火山熔岩流淌形成的沟壑，修筑起约3000米长的壕沟。又在壕沟里填满了枝条和树干，使之成为干柴堤坝。如果平原上的"短耳人"，打算从这个方向攻打高地，"长耳人"会在壕沟里立刻点火，燃起火墙，阻止进攻。此番部署完成后，"长耳人"心里踏实了。一边悬崖海水，一边干柴烈焰，固若金汤。

在高地上，有位"长耳人"的妻子，来自"短耳人"家族，名叫"莫可平杰"。这女子"身在长耳心在短耳"，与平原上的短耳娘家人定下暗号："短耳人"若是看到她坐在哪儿编筐子，就可从这个地方潜入。一个夜晚，"短耳人"的探子，看见莫可平杰坐在壕沟某处编筐子，他们便一个接一个，悄悄渗透进高地边缘，渐渐包围了高地。这时平原上的"短耳人"，开始佯动，从正面向高地发起进攻。"长耳人"未察觉阴谋，马上列队正面迎击，将壕沟的干柴点燃。却不料早已偷偷溜进高地内部的"短耳人"，从"长耳人"的背后冲杀而出，两下夹

击。

战斗的结果"长耳人"大败。他们要么战死，要么被烧死，仅有三个"长耳人"逃了出来，躲在一处洞穴里。不幸被"短耳人"发现，两个人被尖利的木桩捅死，只剩了一个"长耳人"，名叫"奥罗罗伊纳"。作为唯一的幸存者，他与"短耳人"女子结了婚，生儿育女。现在，复活节岛上仍有很多他的后裔，不过耳朵已不再拉长。

我对这个故事，半信半疑。岛民们连匍匐的近千座摩艾造像是否曾有眼眸都不知晓，这个传说却能对"长耳人"留下的两名战俘的名称（除了后来娶了"短耳人"姑娘的这位，还有一个阵亡者也有名有姓）都言之凿凿，似难以置信。

著名英国女考古学家凯瑟琳·劳特里奇，1914年曾在复活节岛考古，记载了岛上的传说。据说当年岛上剩下的最后一尊站立摩艾，在复活节岛北岸，名叫"帕罗"。它身高近10米，是所有曾经竖立在阿胡上的摩艾中最高的一位。它被推倒的起因是吃人。岛上西部部落的一位妇女，被东部部落的人吃了。她的儿子为了报仇，设计诱捕了30个东部部落的人，然后把这30个人也给吃了。战争中，"帕罗"被西部部落撂倒。

"长耳"与"短耳"，东部与西部，相关的故事里，都有吃人的说法。复活节岛，你何时变成了"人食人"的地狱？

复活节岛肯定爆发过战争。战争究竟为何而起？

根据孢粉学研究数据，波利尼西亚人的先民，初登上复活节岛和之后的几百年，生活相当不错。在宜居之岛上，安居乐业。

开始建造石像后，大约经历了漫长的800年。从刚开始的丰衣足食满怀憧憬，到最后的资源匮乏征伐迭起，跌宕起伏。这个时间段，大致相当于中国的唐朝到清康熙年间。

从1722年荷兰人发现复活节岛算起，一直到现代，为复活节岛的近代史时期。

现在比较公认的说法是由于岛上资源严重匮乏，导致了部落厮杀。公元11世纪到17世纪间的雕刻巨人石像时期，需要大量的滚木，来运输和竖立重达数吨到数十吨的石像，导致了大片树林被砍伐。

从摩艾诞生地到最远的矗立地，有10千米之遥。在没有重型机械的古代，它们如何被运输？

岛人传说，有个法力无边的巫婆，调动石像排列海边。因岛民没有给巫婆按时孝敬美味的大龙虾，她勃然大怒，一口气吹倒了所有竖立和行走的石像。

巫婆、神力加上美食，似乎属于童话范畴。不过运输巨型摩艾，需要的是扎实手段。科学家们经过研究得出答案——利用滚轴原理。

人们先在计算机上模拟了搬运过程，推断出以木头、绳子为工具，70个人5天，就可将一座约10吨重的石像，运到10千米外的目的地。1998年4月，人们又用极简单的工具，现场操作整个搬运过程。石像放在一排木头轮子上，沿途洒水以减少摩擦，石像就缓缓前行，整个过程并不复杂。

之前，人们长期不肯以简单的"滚轴"原理，解释复活节岛石像搬运之谜，甚至不惜想出外星人搬运了石像这种无稽之谈，就是因为现在复活节岛上，一株高大的树木都没有，更不用说能够搭建滚轴的笔直长树干了。

但现在没有，不等于以前也没有。如此气候适宜的热带岛屿，又无酷暑严寒，火山灰具有肥力，哪里会不长树？！

考古学家深入挖掘，在复活节岛隐藏很深的地下岩洞中，发现了一种棕榈果。果实肯定来源于树！经研究确认，复活节岛原本生长着大棕榈树，高度可达10米以上，数目大约是1.6万棵。这种植物同智利高达25米、直径约1.8米的酒棕榈，是同门兄弟。岛上还可种植香蕉、芋头、白薯和甘蔗等作物，再加上养家畜、捕鱼，最早可谓宜居之岛。

一棵高大乔木，长成需要漫长时间，但伐倒它，只需片刻。祖先的

塑像越造越大，越大越沉，越需要更多的滚木运输。且大了更不容易搬运，破损率更高。石像一旦外观受伤，便前功尽弃。让岛民们停止建造石像的最终原因，是大自然的枯竭。

运送石像的原材料告罄，造像运动只能停止。大自然严酷，树不仅仅是树，它是人类唇齿相依生死与共的伙伴。丧失大树的后果，依次显现，非常可怕。波利尼西亚人擅长航海，需要乘坐独木舟。独木舟顾名思义，独木成舟，不能拼接和组合，只能依靠自然界提供的大口径原木。巨木既然已消失，复活节岛人，就从根本上斩断了寻觅他乡的物质基础。他们无法像当初找到此岛那样，再去寻觅更适合生存的地方，只得困厄孤岛。

无法远行，已甚堪忧虑，然局势不断恶化，人口越来越多，最盛时，岛民高达两万人。火山灰并不适宜种植农作物，加之多风，产量有限。巨木绝灭后，原本在它庇护下生长的小树，也渐枯萎。

没了树，鸟也不来了。大洋上迁徙的鸟群，很少再在岛上停留。大肆捕杀，也让鸟们记得飞行途中，一定要避开这个杀机四伏的凶岛。

岛民生存遇到极大困难。这里与世隔绝，无法得到任何外来援助。岛民们终于悟到石像并无魔力，自身难保，陷入生存危机。

也许你会想，岛民可以捕鱼，靠海吃海。

说得不错。复活节岛的人们要想活下去，必须要有充分营养，鱼是个好东西，可补充动物性蛋白。可是造物在这一点上，对复活节岛十分严苛。由火山边缘组成的岛海岸线，陡峭地插入太平洋底，缺少铺垫与过渡。一般岛屿标配的暗礁、珊瑚礁等，此岛非常匮乏。这直接造成了附近渔业资源的寡瘠。复活节岛在海物出产上，可谓贫岛。如果有大船，可以到远海去打鱼，尚能维持生活。造大船要用巨木，巨木已消耗殆尽。用小船冲击远海，凶多吉少。饥肠辘辘的人们，只能在近岛处捕捞，渔获有限。科学家根据食物出土残骸分析，复活节岛土著在十四五世纪后期，能吃到的食物越来越少，遗留下来的贝壳越来越小，种类越来越杂……

资源趋紧，为了各自生存下去，不同部落开始为争夺有限资源，展开殊死博弈。考古学家们在复活节岛深邃洞穴中，发现储备了大量敲打磨制的黑曜石武器，比如刀锋尖锐的石斧和砍刀，如同现代人储存导弹。囤积兵器干什么？复活节岛上从未有过大型野生动物，此地人也没有狩猎习惯。答案显而易见——针对者只能是人。小小的复活节岛，杀声四起，相互倾轧，战争频仍。

摩艾摩艾，睁开你的双眼，救救你的孩子们！

匍匐在地双眼已成黑洞的巨人像，无声回答，我连自己的眼珠都保不住了……

毕淑敏

20

祖先保佑着我们

依我在世界上走来走去的小经验，深知若想多获取当地文化精髓，一个好的当地导游是首要的，他必得爱历史爱文化也爱游客。不然的话，经受不了日复一日几乎一成不变的工作折损。无论他的外语多么上乘，临危不乱处理突发事件的能力多么出类拔萃，仪表装束多么职业化，终会有弹尽粮绝的那一天。旅游虽说常常状况迭出，但最主要的常态还是按部就班心平气和地介绍当地文化。如果对文化所知较少，只会背一些教科书或维基百科上的话，添点民间俚语和黄色笑话当芝麻盐往上撒，不能算合格导游，起码不是好导游。

复活节岛上的导游，是个帅小伙，皮肤红中透黑，身体壮健五官端正，牙齿洁白。

接触的几天中，他三次提问，让我猜猜他的年纪有多大。

第一次面对这个问题，我还真煞费苦心。我对外国人的年纪，无鉴别力。应对之法是面对女人，常常故意将她们猜得年少（幸好外国女人一般不会让人猜测她们的年纪，只是我暗自估量），反正也无法落实，终成一笔糊涂账。对于外国男人，若蓄起一把大胡须，便毫不客气地把他归入老爷子，甭管他多时髦。

好在复活节岛的壮硕小伙，下巴干净得如同青鱼之背。

当猜不准陌生人年龄时，人们出于友善，多愿揣测对方心理。无伤大雅便说出符合对方预期的数目字，而非真实判断。

关键是——我不知道复活节岛习俗，是希望人们将他的年龄猜大还是猜小？

我问华裔西班牙语翻译，当地习俗是喜欢年轻还是年老？

翻译面无表情地对我说，土著人寿命通常比较短，他们喜欢被人猜得比实际年龄大。

我明白他不愿露出诱导了我的嫌疑，就很配合地上下打量土著小伙，做思索状。然后告知他，您大概35岁。

翻译刚转述完，土著小伙将满口雪白牙齿露出了80％，说，我只有20岁啊！

我货真价实地惊讶了。就算我完全没有逢迎讨好之意，也会猜他大概二十七八岁了。真真是——显老啊！

不过，我能理解。在以高寿为稀罕的古时，少年老成，是时不虚度的好彩头。估计该小伙常常在这一游戏中胜出，满面笑容地开始进入常规工作状态。

第二天，我因为有几个旅行中的小问题要向他讨教，就拉了翻译，和他专门聊聊。刚开始没几句话，他又让我猜猜他的年龄。

翻译向我转述这个问题时，自己先有点不好意思，说，他又问了年龄的问题。关键是您已经知道了20岁，您看怎么回答好呢？

我说，没关系，您就照样翻译吧。我觉得他有35岁了。

又是白牙乍现，又是开心笑容，宾主皆大欢喜。

过了几天，他第三次发问同一问题。

这回，我一瞅翻译露出为难之色，知道年龄问题卷土重来。我说，没关系，请代我回答35岁。

翻译照此办理，彼此惬意。

复活节岛上并不大，几圈绕下来，我们熟了。就管他叫"35岁"吧。

35岁问，您这几天到处转了转，发现岛上没有什么动物？

我一愣，要说起这岛上没有的动物，那可多了去了。比如没有孔雀，没有斑马，没有猴子……不过，看着35岁略显狡黠的神色（一个20岁的土著青年，就是再狡黠，也仍很诚恳的模样），我说，看不出来，没发现啊。

35岁正等着这样的答复，有引君入瓮的欣喜。他说，您没发现岛上没有羊吗？

岛上有的马，自由自在四处溜达，体态优美，据说有源远流长的高贵血统。按说马能吃的草，羊也能吃，只是这几天转遍岛上的犄角旮旯，的确没看见过一只羊。

我问，复活节岛的气候对羊不适宜吗？

35岁说，复活节岛上的气候和牧草，对于养羊很相宜。

我问，那是什么原因呢？

35岁恨恨道，我憎恨这种动物。

如果说恨一种吃人猛兽还好理解，羊多么温驯！怎么得罪了复活节岛人？

35岁脸上呈现出和他年龄不相符的深沉，说，复活节岛以前养过羊，非常多的羊。自1888年我们并入智利版图，智利人就只让我们养羊，前后持续了60多年。那时的复活节岛，就是一个大羊圈，到处是羊粪，臭不可闻。岛上除了种羊吃的草，不让种其他植物，岛民吃的粮都是从外面运来的，质次价高。经过斗争，终于有一天，我们可以不再专门养羊了。虽说羊肉好吃，但我们都不吃羊，也不养一只羊。

羊是岛民们的公敌。

我猜测道，你年轻，外语又这么好，收入在岛上居民中应该算高的吧？

35岁径直答道，每个月收入有2万到3万元。（翻译已经帮我换算成了人民币。）

我本没敢打算刺探他收入的具体数字，不想复活节岛的小伙子保持原始淳朴风度，主动报出数来。

我问，岛上其他人的收入应该没有你这么高？

35岁没有直接回答我的问题，反问一句，您观察原住岛民，现在主要从事什么工作？

岛上主要是旅游观光业，应该全民围着旅游业转吧？我揣摩着说。

35岁乐了，白牙闪闪，说，您猜得不错，复活节岛所有人现在做的事，都和旅游相关。不过，也有具体分工不同。比如我是导游，但不可能所有的人都当导游，对吧？

我点头道，那是啊。要不摆摊卖小工艺品？

35岁道，那是狭义的旅游。

我追问，广义的旅游包括什么？

35岁略一沉吟，问，您说，全世界的人都想到复活节岛来，最希望看到什么？

这个问题难不倒我。答，当然是摩艾。

35岁说，是的，摩艾。除了摩艾之外，人们还想看到复活节岛的原始生活状态，因为这和外面的文明社会反差很大。可以这么说，除了复活节岛，世界上别的地方几乎没有这种生活状态。这就是复活节岛广义旅游特色。

我顿时对这个20岁的土著小伙子敬佩有加。我说，您讲得很有道理。

35岁继续道，所以，除了摩艾之外，我们还要竭力保持复活节岛的原始生活状态。比如，我们不用烧油或电动的船只，全凭人力操纵的小船出海捕鱼。比如，我们也不采用任何现代化的农业机械和农药化肥，完全用原始的方法耕作农田，种植蔬菜……

我忍不住插言，那产量不是很低吗？人们不是非常辛苦吗？

35岁答，是的。非常辛苦，产量很低。但这正是复活节岛的魅力，如果失却了原始特色，还有什么人愿意来看复活节岛的生活方式呢？这些都保持不住了，复活节岛的旅游业，岂不是会大大受到影响吗？所以，看起来产量低人辛苦，但这正是全世界的人们远道赶来这里，最想看到的景象啊。况且，只要想到祖先，世世代代过的都是这样的生活，就不觉得辛苦了。他们传授的这套古老方式，让我们过上了今天的好生活，在辛苦中会觉得很幸福！

我一时回应不出其他话，只有频频点头表示高度赞同。半晌，我终于想出一个问题。用古老方式打鱼和种田的岛民，应该没有你收入高。

35岁微微一笑，笃定答，大家的收入都差不多。

我说，用如此原始的方法，从事渔业还是农业，产量低且风险大，从业人员怎么能做到和你当导游的收入相仿呢？

35岁答，我们原住民有个组织，岛外的人传说这是酋长会议，其实现在没有酋长了，就是岛民代表开会讨论。我们做出决议，要保证所有从事农耕和打鱼的人，同我这种动动嘴跑跑腿的人，收入都差不多。不然的话，就没有人愿意种地和出海捕鱼。

我说，这个策略从理论上讲很正确。但具体如何实施呢？难道把岛上各行各业挣的钱都统一收起来，再重新公平分配给大家吗？

我甚至想问，复活节岛奉行原始共产主义吗？

35岁平静地回答，绝对的平均是没有的。但大家非常清楚这三部分的分工，收入必须最终做到大体平衡。具体方法是，假设你在岛上开饭店给游客们做饭吃，这当然是很挣钱的……

我说，对啊，岛上餐饮很贵。

35岁小伙道，开饭店的岛民，每天都要做鱼给游客们吃，向游客们收取高价餐费。那么，鱼是从哪里来的？当然是收购岛民打来的鱼。开饭店的人给渔民开出的鱼价非常高，通过这种方式，他们把自己做餐饮挣到的钱，让利给打鱼的人。用这个法子，让大家的收入基本平均。

他露出雪白牙齿莞尔一笑道，有些从智利内陆来游览的人会说，复活节岛大海边的鱼，比沙漠里的鱼还贵。

确是这样。在海岸边看到岛民在卖刚捕捞上来的金枪鱼，要价合人民币160元一千克。鱼并不大，不过5斤的样子，如果买来吃，不算作料，也要500元。要知道，几步之外，就是拍打的海浪。

我说，就算收入不错，一成不变的劳作，会不会有人厌烦？

35岁摇摇头道，基本没有。我们用的耕作方式很古老，很慢。每年6月，也就是我们的冬季，下种。到11月，也就是我们的夏季，收获。虽然我们的农产品产量很低，但每一颗都是太阳和大地的精华。我们捕鱼，也只用石头、绳子和鱼饵。我们是自愿自发这样做，并无人强迫。我们尊敬祖先遗留下来的一切。

我怀揣疑问，就没有一个复活节岛上的年轻人，想到岛外面看一看？毕竟，外面的世界很精彩。

35岁点头道，您说得很对。好奇的是，一些人出去看过，但最后他们又都回来了。就拿我个人当个例子，我去过智利首都圣地亚哥。刚一到那儿，我被大城市的繁华所吸引，非常惊奇。不过时间长了，感到外面的世界在很精彩的同时，也很险恶。像我们这些在小小海岛生活惯了的人，很不适应。而且，挣钱很难。我们没有别的技术，根本挣不到每月几万块钱的薪水。绕了一圈，我还是回到岛上来了。在浓浓的亲情包围中，过祖先赐给我们的日子。我每天呼吸着和祖先一样的新鲜空气，吃着用祖先传下来的方法抓到的鱼和种出的粮食，包括我们的烹饪方式，都是传统的。一家有食物，分享给众人。现在全世界的人，都争先

恐后地到我们这儿来。从另外一个角度说，也就是让我们原地不动，却见到了全世界。再者，保持古老的方式，也并不仅仅是让全世界的人来猎奇参观，是为了让我们的子孙后代，能把它保持下去。这不仅仅是一种生存方式，也包含着久远的文化。它不能在我们这一代人手里失传，不能愧对祖先。您说，对吧？

我点头不止。如果此刻再让我来猜复活节岛小伙的岁数，我会诚心诚意不带任何调侃地遵从他们古老的习俗，认真地说，你有45岁了。介于中国人说的"不惑"与"知天命"之间。只可惜，他已不再问我。

我说，对于复活节岛，您可还有什么遗憾？

我没想到这个随口一提的话头，让35岁复活节岛小伙难得地长久沉默，嘴唇紧抿。他脸色暗淡地想了很久，然后说，我是有遗憾的。甚至可以说，很大的遗憾。

我悄声问，可以告诉我吗？

他沉吟道，世界各地来的游客，对我们的文化仅仅是猎奇，不够尊重。特别是对摩艾，没有敬畏。在游客们眼里，摩艾就是个景点，到此一游而已。但在我们眼里，它们是祖先，非常神圣。我当导游，经常看到游客们拿摩艾开玩笑，态度随意，心中很不舒服，甚至可以说愤愤不平。

听到这里，我稍有不解。岛上现在对摩艾和阿胡的保护，相当严格。游客们参观的时候，必须沿着特定小径行走，绝不可越雷池一步。如有违反，在一旁专司监督的岛民，会毫不留情地大声呼叫驱赶。阿胡和摩艾周围用绳子围出保护圈，距离至少3～5米。其范围之大，使游人根本不可能靠近它们。不要说抚摸，就连观察细部都稍显困难。有时甚至十几米之外就禁止接近了。这种情况下，游客还会有怎样的冒犯？

我问，能举个例子吗？

复活节岛小伙道，比如游客虽不得靠近摩艾，但会利用光和影的效果，做出抚摩摩艾头顶的动作。或者用近大远小的原理，假装把摩艾托在手心，用手指捏住摩艾……他们拍下这样的照片之后很得意，好像他们能够凌驾于摩艾之上，戏弄摩艾。我若看到他们用这种方式，就会知道出现的照片效果，心中非常难过。网上还有一些攻略，专门传授这种技巧，怎样把照片拍得好像摩艾都在服从他们号令，站成一排，听他们指挥。他们好似我们伟大的摩艾的领导者一般……说实话，每当碰到游客摆出这种姿势，我就产生罪恶感。我作为导游，是我把这些人领到祖先们跟前，却让他们做出如此大不敬的举动，而我又不能指责他们。游客们表面上并没有越过规定范围，留在照相机内的素材，我也无权干涉。有时我甚至在想，我不要做这份工作了，以免亵渎了祖先的英灵……

复活节岛小伙说到这里，眼帘潮湿，看得出他在竭力隐忍。各民族文化中，男人都是有泪不轻弹吧。

我不知说什么好，只能肃穆沉默陪伴。

35岁过了一会儿稍微镇定下来，说，有一天我当导游，游客们的放肆举动比较多。晚上，回想到这一切，我放声痛哭。我妈妈听到了，她本人是资深导游，在岛上的导游界很有声望。妈妈问我，怎么啦？我的孩子。

我把自己的困惑和委屈讲给她听。我说，妈妈，这种情况，您当导游时一定也遇到过。您怎么还能坚持下来做这么多年呢？您就没想过祖先们会生我们的气吗？

妈妈说，孩子，你说得很对，这些情况，我都遇到过。你所有的困惑，我也都曾经历过、思考过。

我说，妈妈，您不要用这一行可以挣比较多的钱、比较受人尊敬这些话来说服我。这些话我都对自己说过啦，但是无法安心。我非常痛苦。

妈妈摸着我的头说，我不会用那些话来劝你，就像当初我没有用那些话来说服自己。我想对你说的是，我们能有今天这样的好日子，正是托祖先的福，祖先保佑了我们。复活节岛的海岸边和内陆，为什么要修建那么多的摩艾？就是想保佑子孙们过上好日子。现在祖先的愿望实现了，他们会高兴的。至于你说的那些人对摩艾不尊重，正是因为他们不

了解我们的文化。当大家都了解并尊崇我们的文化后,不妥的事情就会越来越少了。就算有的游人不改,也不能损伤伟大摩艾的一分一毫。摩艾是神,凡人的不敬,不会让他们生气,只会引发他们的悲悯。凡人伤害不了他们。我们做导游的职责,除了凭借这个职业可以养家糊口外,就是向全世界宣扬我们的文化,这是祖先给予我们的责任。所以,我的孩子,请坚持下去,做一个好导游。如果我们都不做这份工作了,那么,就没有人会了解复活节岛,岛民们也过不上好日子,这才是祖先们所不愿看到的结果。孩子,你说呢?

听完35岁复活节岛小伙这一番回肠荡气的述说,我万分感慨。我对他说,您真有一个好妈妈!她语重心长,讲得非常有道理。

复活节岛小伙潮湿的眼睫毛已经干燥,根根卷翘。他说,是的。听完妈妈的话,我就慢慢平静了。从那以后,看到不守规矩的游客,我就格外认真地对他们宣讲我们的文化。这是我对祖先的尊敬,摩艾一定能感觉到。

我问35岁最后一个问题,如果让你远眺一下自己的一生,你可有什么理想?

35岁低下了头,我以为他在思索,其实,错了。他是在决定到底说还是不说,这是他的秘密。过了片刻,他认真地把自己的理想告诉了一位远方来客。

我想开一家旅游公司,培训雇员。把我妈妈教给我的这番道理,也讲给我的雇员听。让大家更加深入地了解我们的文化,并通过我们的嘴巴和行动,让全世界的人也都更了解我们的文化。我们所传承和坚持的这种古老生活方式,对这个世界或许有启发。

我说,祝福你早日开办自己的旅游公司。不过,我还有一个问题,是刚刚想起来的。你不介意我再问个问题吧?

复活节岛小伙很好脾气地说,您问吧。

我说,你可认得"朗格朗格书板"上的古老文字?

复活节岛小伙大笑，您上当了！

我一惊道，上什么当了？木板？文字？书板我原本就知道是仿制品，文字我原本就不懂。上当在哪里？

复活节岛小伙说，上当在"古老"。

我说，难道它们不古老吗？

复活节岛小伙正色道，是的，它们并不古老。复活节岛上的土著居民，没有文字。后来，也就是欧洲人上岸之后，会掏出纸笔来写写画画。当他们离开之后，岛上的人们也学着写写画画。大家觉得这是很高雅的事情，就把树皮剥下来，用鲨鱼的牙齿刻写符号。这就是事实的真相。世界各国的客人们花了高价买这个"朗格朗格书板"，其实不过是个……

他没有把话说完，估计不愿毁了同道们的生财之道吧。

我能理解，多少有点扫兴。我本来以为他会就这个问题，发表一通让我脑洞大开的新观点。后来一想，他这番石破天惊的说辞，也让人振聋发聩。

告别的时候到了，他礼节性地向我们挥挥手。我知道，在复活节岛小伙每年迎来送往的无数观光客中，我们很快就会被他忘记。但我想说，我会记得他——无比健康的肤色和雪白的牙齿，还有和年龄不相称的深邃。

当然，还有他爱让人猜猜年龄的小癖好。

只有小孩子，才愿意让人猜他的实际年龄要大一些，显出练达。真正的中老年人，无论男女（女人更明显些，男人也难逃此窠臼），多半是欢喜人家把自己年龄往小里说的，以证明自己尚年轻。

今生今世还能不能再来复活节岛？（要是以前，我肯定会说绝无这个可能了。现在学着不再把话说得太死，留点余地。）概率相当低。不过我坚决相信，实际上只有20岁的"35岁"复活节岛小伙子，一定会在这世界上最孤独的岛屿上，办起自己的旅游公司。他有那么好的妈妈，有那么清晰敏锐的洞见，此地又有如此独特的风光和文化，这些条件加

在一起……对了，还有摩艾神像的保佑，成功是水到渠成的事。

要带些纪念品走。在镇上的商店和景点的摊位上，都有工艺品的小号石雕摩艾售卖，标价每个在10美元上下浮动。石质分为多种，有类似岫玉般油光水滑的材质，也有粗粝毛躁的类花岗岩制品，还有一些叫不出名的材质林林总总。

我觉着要买就要和真实的大型摩艾同品类的复制品，相似度越高越好，包括要用同类材质，就是火山岩雕刻而成。

火山岩呈块状或是层状，质地疏松。它的学名叫作凝灰岩，在地表风化后多呈黑紫色、灰绿色等。岛上摩艾大体都为灰褐色，即源于此。

我在各处摊贩点，找了又找。真是奇怪，火山岩质地的小摩艾几乎无货。按说整个复活节岛就是一块巨大的火山石，岛民们不受约束地捡起一块，敲敲打打就能雕成工艺品卖钱，为何舍近求远，用一些岛上并不存在的材料雕刻摩艾？擅自改变它的材料属性？游客们似乎也并不挑剔，趋之若鹜地购买，越是光滑细腻的摩艾，越招人待见。

后来，我终于在复活节岛商业中心，找到了和大型摩艾同等材质的袖珍版，价格不菲。摊主是位土著女人，问我要不要普卡奥？

我说，要。

她说，要另外单算钱的。

我说，那也要。

一个类似红砖磨出的约2厘米直径的普卡奥，2美元。

我为我买的小型摩艾，每尊配了一顶红色的普卡奥，这样它们即使残缺不全，也陡然神气起来。当然了，岛上的摩艾不是每个人都有普卡奥的，不过，普卡奥可以摘下来。如果你不愿意让摩艾佩戴它，拿下就是。

摊主用报纸将小摩艾和普卡奥一层层包好，递给我。

我说，我要带回中国，它们不会在路上破损吧？

摊主温和地说，我这里卖的摩艾和普卡奥，和岛上真正的摩艾与普卡奥，都是同样材质。它们已经竖立了几百年都没事，所以能平安到中国。

买到摩艾拿在手里，细致掂量，才明白了其中短长。

很轻。用火山石材质雕成的摩艾和普卡奥，都很轻。

这可能是火山凝灰岩制作小型摩艾难以讨巧的原因。石头质地松散，精雕细刻实在为难，只能取大致轮廓求个形似而已。这种石头，从一开始就不结实，硬度相当低。雕刻过程中，更容易崩裂，让本来就不精致的小石雕，变作废品。好在岛上的大石雕也多呈残垣断壁，缺乏精细度且严重残缺的小摩艾，更符合实际情况。

我把用真正凝灰岩雕刻的小摩艾制品，带回了家。它们外形模糊，质地粗糙且残缺不全，送朋友们的时候，不得不再三解释，这不是次品，而是完全模拟了复活节岛大石像的真实状况。由于一路亲身携带，我确认凝灰岩的重量相当轻。

这使我对传说中的大型摩艾的重量，发生了怀疑。各种资料相互抄袭，最耸动的说法是石像可达数百吨。严重怀疑人们是按照一般石头的质地，来推断石像重量。

海洋中的火山岛，一般都由玄武岩构成。玄武岩比较坚硬，很难加工，体积密度为2.8～3.3克／立方厘米。若按此计算，复活节岛上最大的石像高21.8米，肩宽2.5米，截面近5平方米，扣除砍掉的30～40立方米岩石，剩下来的石像重量就在50～80吨，甚至上百吨重了。人们通常是按照这个比重推算出摩艾重量。

复活节岛上用来雕刻摩艾的材料，并非玄武岩，而是凝灰岩，填隙物是更细的火山微尘。它质软且多孔隙，有的干脆就是浮石。浮石这词是它的学名，俗称蜂窝石、江沫石，咱们常用的搓脚石，即是本尊。它干燥后，比水还轻，会浮在水面上，所以才叫浮石。我把小普卡奥浸泡到水里，果然浮起来了。由此可以确认，普卡奥是浮石造的。（当然这并不能证明大普卡奥也会浮起来。未曾做试验，不敢妄说。）

凝灰岩的比重，只有少部分达到了1.7克／立方厘米，大部分比重都小于1.4克／立方厘米，浮石的比重更轻。

如果按照凝灰岩雕刻成像来计算，复活节岛最重的雕像，不过10多吨。大部分雕像的重量，不足5吨。以往水手们留有记录，说曾毫不费力地就把雕像装上小船，运到大船上。如果真达数十吨重，这不具可操作性。在对复活节岛摩艾进行修整时，用15吨的吊车，就能把最重的雕像，吊起来安放到阿胡上。

至于普卡奥的重量，也疑似被夸大。具体实操中，5个人就能搬动直径1米的普卡奥。用来制造普卡奥的岩石更容易加工，用普通带锯齿的刀，就能把它切割下来。（本想在自家买的小普卡奥上试一试，不忍心。算了吧，保持它的完整。）

拖运这种比水还轻的岩石帽子，用不着花费太大的力气。制好帽子后，把它滚向阿胡，再安放到石像头上。普卡奥在地上滚动并不会破碎，而是磨去了棱角，变成了圆形。这正是制作者所需要的效果。

也有研究者说，普卡奥不是帽子，而是一种头饰。还有一种说法是，很久很久以前，岛上居民有一种红发人，石像头上的红色石柱，代表的就是他们的红发髻。

现在多数人认可普卡奥是头饰，我也倾向这个说法。既然浮石容易雕刻，那么锦上添花，加装在巨人头上，显其高大威猛。天然的红色，也让色彩比较单调的摩艾更加壮美。崇尚出新是人类的普遍心理，不知哪个部落最先给自家的摩艾加上了红帽子，此风就蔓延开来。只是它有点生不逢时，兴起时已是建造摩艾的晚期，所以并不是个个摩艾都有顶红帽子。由于普卡奥的参与，岛上本来就日趋紧张的供给变得更加捉襟见肘。很快，复活节岛就迎来了入不敷出的惨淡局面，人们对摩艾的敬重与崇拜，在严酷的生存困境面前，渐渐消弭。红帽子也寿终正寝了。

我写以上文字时，桌面一角就安放着火山石雕刻的肢体残缺的小摩艾，头上也顶着边角缺损的红色小普卡奥。它述说着历史悲剧，我想起只有20岁却愿意被人猜成35岁的复活节岛小伙儿。

毕淑敏

21

地球是宇宙中的一枚复活节岛

　　智利首都圣地亚哥观看歌舞秀，有个节目是复活节岛舞蹈。导游打预防针说，大家都在复活节岛看过当地岛民舞蹈，这个节目按说不必看了。但它是整台演出中的压轴戏，咱不能不看这个节目提前走人。请大家少安毋躁，坚持把舞蹈看完。向大家透露一个小秘密，舞蹈的男演员当中，只有一个是真正的岛民。试试看，你能否从八个乍看一模一样的小伙子中，认出谁是复活节岛土著？

　　这招奇灵，大家专心致志地等看最后的舞蹈，回答那个单选题。秀场座位呈半包围状，需要斜视舞台。人们扭头歪脖，估计明早起床，原有颈椎病发现加重的极友不在少数。

　　我本无兴趣参与识人运动。一是老眼昏花，凑在近旁都不一定看得清楚，现在隔着几十米，音响震天灯光陆离，哪里就能在一群手舞足蹈的男生中，找到唯一岛民呢？盯着寻人，眼波流转，只怕晕眩袭头。未

等最后节目开张，我就闭了眼佯睡。片刻后，身旁人异口同声大喊，就是他！没错！是他！惊得我不由自主睁了眼。此刻台上八个复活节岛土著打扮的青年男子，龙腾虎跃上蹿下跳忙个不亦乐乎。他们身穿高亮度高饱和度的沙黄与海蓝交错的布片，间有碧绿条纹布垂直披挂，看不出具体形状的图腾随着身体上下翻滚，金色腰链叮当作响，热带花卉图案铺满胳膊大腿……鼓声激荡，让人不由得手脚哆嗦颤抖惊慌。

我本没打算参与辨人游戏，但有一个形象直接蹦入瞳孔。前排最左侧那小伙子，如同一柄火炬，兀自燃烧。从精气神和投入状态判断，直觉告知我——这就是他！别人在舞蹈，他是在搏杀。我也情不自禁像抓住贼偷一般叫起来，是他！就是他！

此刻他们又换了服装，草裙罩身，胳膊腿上文同样狰狞图案，动作整齐划一，像一排精良的机器人。我原本以为原始舞蹈，主要是强调归属感和协同性的集体活动，此刻从复活节岛舞蹈中，我才顿悟——它是军事演习。

复活节岛是非常孤立的存在，古时别说没有网络和电影电视，连照明和活动场地都很有限，原始人吃饱了，干什么呢？舞蹈赖以发展的重要原因——闲暇发生了。但人可以闲下来，却不能忘了本行职责，要保持拉出去就能即刻开打的技能，以应对野兽或是异族入侵。

战斗的时光毕竟有限。如何在不打仗的情况下，保持充沛体力和娴熟作战本领？唯有舞蹈。于是先民们的原始舞蹈具有非常明确的目的性——直接模仿生产、狩猎、战斗的动作和过程。此刻场上复活节岛舞蹈的剧烈程度，简直可用骇人听闻形容。没有丝毫为艺术而艺术的缠绵悱恻，没有藕断丝连的拖沓和柔曼的一往情深……所有动作大开大合辗转腾挪快如闪电，带起阵阵旋风，甚嚣尘上。如果没有真正的复活节岛土著对比着，另外七个男生也算骁勇异常，群舞极具威慑性。

复活节岛舞蹈中，锻炼力量和耐力的目的很明显。这两样东西，是手无寸铁（这不是形容词，是确切历史。复活节岛人从未掌握过铁器和任何金属的制造应用）的复活节岛人赖以安全生存的双翼。舞蹈极富节奏感，估计岛上惊涛拍岸，季风横扫，岛民相信，如果能和海水及阵风保持相同节奏，便能与掌握未来的神灵，发生某种共振和沟通，神灵便会降福。

我打算验证一下自己的判断，小声问身旁极友，你觉得哪个是复活节岛岛民？

极友说，那个。一眼就能认出来。

不谋而合。此时该青年下场，换上了兽皮缝制的衣物，手持武器，从侧翼转到舞台正中。他动作威猛，不停瞪眼哈气，将舌头尽可能地吐出来又缩回去，凶猛地拍打肢体，伴以声嘶力竭的呼唤……同伴配合着他，瞪眼，砸胸。满台只见他们身上悬挂的贝壳类饰物愤怒地晃荡，树皮状的草衣快被颠散。

舞蹈相当长，反复出现搏杀和胜利的桥段。我终于悟到它绝非单纯娱乐，而是在重现历史。它讲述传说，不断插入求祖祈福的祈祷仪式。在文字只是少数人的特权并长期凋敝情况下，形象的舞蹈担负起了无字史诗的重担。舞者如针，穿行在时间和空间的缝隙中，把心灵和肉体密密勾连。

岛民的孩子们是把舞蹈当成历史课、知识课来学习的吧。舞蹈中有各种劳动技能的再现，这是祖辈传授生存能力的工作坊。战斗和搏杀场面，是培养武士的演兵场。光怪陆离的服饰和文身，是在传授独属于他们的时尚美学？舞蹈的重头戏，是杀戮。

有个反复出现并不美观的舞姿——舞者把脖子伸长，奋力把舌头如探照灯般竭力外探，并耷拉下来左右晃荡。我不明就里，低声问身边的当地导游这是什么意思？导游说，模拟敌人被杀死后，头颅挑挂高处时的状态。

我一惊，心想这还算含蓄，没出现分尸而食的场面。

根据考古研究，在太平洋诸多岛屿上，都有食人风俗。使复活节岛声名大振的库克船长，五年后在情人节那一天悲惨死去。他在热情好客的美丽小岛夏威夷停留时，为他跳草裙舞的土著人，不知为什么忽然与船队反目，杀了库克船长和他的三个下属，并分餐了他们。

岛民们不单吃被杀死的敌人，也吃自己人。为何要如此残忍？在当地人的解释中，是分享死者的亡魂，从此死者和生者永在一起。

我有点想不通，你吃家人，上述说法还可基本成立，但吃掉敌人，又是何意？你希望敌人和自己融为一体吗？于是当地人又出来一种解释，说是让敌人彻底消亡，再不敢作祟。特别是要吃掉对方的勇士，那样他生前所具有的力量，就会转移到自己身上来。

这种解释很理想化，很具独特文化属性。细想起来，却不一定真实。后来，我看到一位学者的解释，较为贴切。他说对于"人吃人"的种种冠冕堂皇的说法，都是文化层面的阐释，这样吃的人才能安心，外界的人才能勉强接受。但更为真实的理由则是——人们需要优质蛋白质。

由于地理条件所限，岛屿难以饲养牲畜，人体必需的蛋白质比较缺乏。一个活人，就是一大堆优质蛋白质的集合体。与其看着它腐烂浪费，为什么不好好利用起来呢？在实际操作中又发现，重病而死的人，并不好吃，且有传染疾病之嫌。那么，什么人才是最好的蛋白质集合体呢？原谅我，学医出身，涉及人体的相关问题上，用医学的观点解释，比较血腥牙碜，但或许蕴含真理的筋脉。

而且，不仅蛋白质含量丰富且口感最好？

当然是年轻人，外加小孩。死于什么原因的人食用品质较佳？当然是战死的人。放了血，新鲜，生机勃勃。这就是古代人食人的物质基础，也是原始社会战争不绝的某种内在主因。

早年间，我在高原当兵。试着跳过当地舞蹈，那种剧烈节奏，平原上初来的人，根本支撑不下来。跳了不到10分钟，便缩在一旁呼哧带喘，狼狈至极。站在一旁看热闹的老医生抱着肘说，如果一旦打起仗，像你这样的兵,还没等被敌方打死,先死于自身心力衰竭。

我说,那我一定冲锋在前,趁心力尚未衰竭前,战死疆场。

老医生微笑道,这也不失为一种明智选择。

他看着舞蹈的人群,问,你可知当地最好的舞者,能这样连续不断跳多久?

我说,1小时吧?

老医生说,我见过他们跳了整整一夜,足足8小时。

我郑重点点头。不是同意老军医的话,而是下定决心,冲锋在前,以求速死。

想来也是,古往今来,虽然战争不断,但分发到每个年头,爆发的频次毕竟有限。如何保持昂扬体力、精湛技巧、持久耐力,包括团队间相互的配合和整齐和谐的节奏,都是原始民族万万不可丝毫中断和马虎之事。靠什么持之以恒地绷紧这根弦常备不懈?唯有不间断的残酷训练,这就是原始舞蹈的真相。人们常常一厢情愿接受的温情脉脉的涟漪,深渊的真相,其实是冰冷的本能需求。

当年复活节岛上演人吃人的惨剧,岛民们开始思索如何自救。资源是有限的,如何分配?如果不依靠战争胜负排定分享座次,各个部落,该按照怎样的尊卑顺序相处?

苦苦寻觅后,诞生了"鸟人"制度。

汉语中,"鸟人"通常有两个意思。第一个意思,正正经经地读"鸟人",指的是尝试飞翔的人。第二个意思有点不登大雅之堂,此处的"鸟",指的是人、畜的雄性生殖器,引申为骂人粗话。

"鸟人"这个词在复活节岛原住民字典中,和上述两个意思毫无相同之处,完全是褒义。

岛上食品危机绵延不断,蛋白质极度缺乏。唯一能带来川流不息营养品正常供给的,是飞临的海鸟和它们的蛋。鸟于是成了美好生活的使者,人们仰望翱翔的海鸟,希冀它们能给自己的胃带来充盈,能给复活

节岛带来一线生机。

岛上的"鸟人"制度，是岛民精心设计出来的，用以代替残酷的杀戮，寄予恢复秩序重返安宁平和的热望。为了平衡部落间的矛盾，岛民们商定用一种仪式选出鸟王，以统辖岛上诸事。

这个神圣仪式的具体操作方法就是——抓鸟蛋。

它的确万分重要，证据就是岛上著名的鸟首人身岩石壁画，雕刻在一尊石像背面。石像是什么？是享受岛民顶礼膜拜的先祖。鸟人壁画与祖先同在，说明这一制度被尊崇的高度。遗憾的是在岛上并不能看到这件珍贵壁画实物，英国人于1868年把它搬走，现藏于英国大英博物馆。

如果一定要用现代语言形容"鸟人"选拔过程，类似男性"选美"。这个"美"，指的不是相貌，而是勇气、力量和好运等英雄指数。评判标准——看谁先能拿回一枚鸟蛋。由此可见当时物资匮乏的程度了。

具体仪式如下：

每年9月，相当于北半球3月，正是百鸟繁衍季节。复活节岛近旁，有三个小岛，很多海鸟会飞到这里繁衍生息。所有参加竞选的"鸟人"预备队，从当地人称"马伟莉亚"的地方（大致相当于现在的复活节岛机场所在地），高举着火把一直走到鸟人村，进驻到盖在此处的石屋，称"鸟人屋"。

能住进"鸟人屋"的小伙子，等于竞选入围，是各部落选拔出的身强力壮栋梁之材。在这之前整整一年时间，他们都在不停地磨炼和准备中，既要学习相关选拔规则，更要锻炼身体。有点像各国选手准备四年一届的奥运会。

大名鼎鼎的鸟人屋，就是几十间用玄武岩石片垒起来的石板屋。每间约2米宽，8米长，1.5米高。墙很厚，每间鸟人屋室内面积，约10平方米。墙下方有一孔，说是出入此屋的门，非常低矮，人只能屈膝半匍匐进入，内部空间也完全不能容人站立。候选"鸟人"们在此过集体生活,每夜都要进屋躺着睡觉,不过其他时间可在室外活动。

正式比赛那一天,参赛鸟人听到出发信号后,要从最大的火山口缺口处,纵身跳下几十米高的悬崖。冲入海洋中后,挟着用芦苇制作的辅助物(类似救生圈的作用吧?周围海浪汹涌,不要竞争鸟人未得,反倒丢了性命),向大约2千米外的附属小岛游过去,称那个岛为"鸟岛"。

候选鸟人们劈波斩浪游到鸟岛,来不及喘口气,就要争分夺秒开始寻找鸟蛋。谁第一个找到了鸟蛋(最常见的是乌燕鸥的蛋),便要急速返回岸边,潜入水中,飞快游到主岛岸上,完整地将鸟蛋交到上一届"鸟王"手里。这个幸运小伙子,就成了新一届"鸟王"。除了他本人享受无限荣光、接受无数礼物外,他所在的部落,也成了部落之王,有了调节调配岛上资源的权力。他所在的部落,会得到其他部落的贡品……一荣俱荣啊。

为了增加竞争的难度,据说后期的找鸟蛋活动,要在事先划分出的各部落领地中寻找,不能到别人家地盘上搜寻。不管怎么说,这是比较和平的竞争机制。各部落达成共识,分享资源,复活节岛部分地恢复了宁静。

有参观者道,想不通当年岛民,将"鸟人屋"修得这样低矮,多不方便啊。

我几乎脱口而出,鸟人屋是在模拟独木舟上的活动空间啊。千挑万拣遴选出来的新鸟人,要担当引领复活节岛人走出困境的天职。他作为杰出首领,要能适应极端困苦的恶劣环境。复活节岛虽然暂时没有大树了,但驾驶独木舟重新出发,征战辽阔海域,是波利尼西亚后裔永远不倦的向往。年轻的首领,你必须练就在狭窄的独木舟中游刃有余。

要当选新一届鸟人,需披荆斩棘通过层层关卡。

第一是能在只有1.5米高的"鸟人屋"内安稳睡觉。过于挑剔敏感夜不能寐者,将无法完成率领部族走出困境的大任。

第二是爬下陡峭悬崖，纵身入海，再游过近2000米鲨鱼频繁出没的海域。海域波涛汹涌，坚硬石崖也非高台跳水的弹性跳板，鲨鱼更是嗜血成性。这几个环节要是掌握不到位，别说带回鸟蛋，搞不好会出人命。

　　第三要有长途泅渡的体能，身手矫健，要有足够的耐性和韧性。

　　第四是上到鸟岛后，手疾眼快，迅速在草木中四处寻觅翻检，以求第一个找到鸟蛋。

　　第五是找到鸟蛋后，把它稳妥地藏在头上裹巾中，保证鸟蛋不掉不碎，包装细致到位。

　　第六是急速返程，劈波斩浪泅渡2000米，最后将鸟蛋完整带回并安全交付到老首领手中。

整个过程充满挑战、危险和死亡。每年都有选手无法返回家中,他们或是坠崖而亡,或是葬身鲨鱼之腹,或是从此失踪。

经过这番近乎残酷的实战遴选,新晋鸟王在德智体几方面,都是均衡发展的铁汉。这种从世袭到战争,从战争到实地比武选拔人才,无疑是巨大的社会进步。倘若上苍能够给复活节岛足够的时日,或许一代代出自平民的英武鸟王,会引领复活节岛焕发出新的生机。年轻人从此有了榜样与奋斗目标,复活节岛或可迎来复苏的希望。

新晋"鸟人",成为未来一年全岛的首领。他控制和管理全岛的资源和事务。"鸟人"的仪表是有特殊规定的,必须剃掉所有的头发、眉毛,连眼睫毛都不许留。头涂成白色,在特殊的"鸟人"住所,将自己幽闭起来。除了主持宗教仪式,不得与家人接触。不许洗浴,不许理发,不许剪指甲……这是对神的奉献和牺牲。

"鸟人"死后,会获得复活节岛极高的荣誉。

只是,每年都遴选一次鸟王,频率是不是也快了点?虽然不一定像美国总统四年选一次,但两年总是要有的吧?不然鸟王手里的鸟蛋还没有焐热,就要倒手换人,不利于长治久安。人们期待着大棕榈树还会极端缓慢地生长,直到能够负载起人们的期望。然而复活节岛历史的真实是——大棕榈树再也没有长出来。尽管人们在尽可能的范围内,推举那些卓越超群的人担当首领,"鸟王"英雄辈出,但历史等不及了。

岛人先民透支了未来,终致无以永续。

如果说复活节岛头一次陷入险境是乱砍乱伐,惹得大自然发威,导致了生物灭绝。接下来,复活节岛被迫迎来的是"种族灭绝"。

1792年以后,一些帆船和捕鲸船,陆续到达复活节岛。1860年,岛上人口约3000人。1862年,来自秘鲁的奴隶贩子,在岛上大肆掳掠,把岛民们抓到秘鲁去干苦役,绝大部分客死他乡。仅存的一些岛民回乡后,带来了文明世界的瘟疫——天花,导致疫病大流行。1868年,天

主教传教士到岛上传教。全体岛民皈依天主，鸟人文化时期就此结束。1877年，岛上人口只剩下111人。

　　看完歌舞，已是深夜。热闹的城市安静下来，万籁俱寂。

　　仰起头来，上面是南半球陌生的幽蓝星空，南十字星座悬挂头顶。凝视久了，会产生错觉，好像天空有一种魔法，将太平洋上的复活节岛从地球上连根拔起，吸入永恒宇宙。

　　我们的地球，在浩瀚无垠的宇宙中，是不是也相当于一粒小小的复活节岛？

　　地球上是否也曾分成殊死征战的"长耳人"和"短耳人"阵营？

　　越来越多越来越高端的武器，是不是相当于越造越大的摩艾？众人的注意力和创造力，多服从实用性。现代军演，飞行队表演各种花样，喷射烟雾彩带增添美感。武打格斗中也有很多花拳绣腿，是不是摩艾头顶上的装饰？武器，无论看起来多么绚烂高科技，真谛还是杀人……

　　摩艾的本意是为了祭奠自己的祖先与文化，武器本是为了保佑自身的安全，给对方以威慑。不能事与愿违，反倒促使自己走向衰竭和毁灭。

　　复活节岛的大树连根消失后，厄运随之开始。人类在地球上也已经让无数动物植物灭绝，速度还在不断加快。近利和短视，与当年的复活节岛人有其相似之处。也许有一天，人类也不得不停下雕刻地球的刀斧，永远停止。那一刻，我们也会绝望地发现，地球在无比漫长的岁月里积累下的财富，犹如不可短时再生的林木，被我们以各种各样冠冕堂皇的理由，借用神的名义，消耗殆尽。

　　或许，地球就是宇宙中放大了的复活节岛，复活节岛或许可说是一个袖珍版的地球。

　　祈愿复活节岛的历史，不会成为一缕袅袅幽魂，在进化之路的前方拐角处，耐心等待着不知悔改的人类。

毕淑敏

22

风的心脏在爱之上方跳动

从南极回来后，在智利游览。别的略去，写写巴勃罗·聂鲁达故居。他是著名诗人，1971年，获得诺贝尔文学奖。理由是"用诗歌复苏了一个大陆的命运和梦想"。

我们的当地翻译加导游，幼年到智利读书，娶智利女子为妻，有房有车，西语与历史均纯熟，知识渊博。诸因素叠加，让我们探访聂鲁达故居的旅程，成了一堂独具特色的课程。我们称他为老师。

猜猜……聂鲁达，现有几处……故居开放？老师随着车的颠簸问。

大家摇头，表示不知。我想至少一个吧，现在要去的这所。

老师自答，共有三处。位于首都圣地亚哥圣母山脚下的恰斯科娜故居，最初是为了偷情而造，布局多少有些怪异。黑岛那一处，路途较远，这次就不去了。今天要参观的这座故居，位于瓦尔帕莱索，从首都出发，一个多小时可到。

老师又问，知道聂鲁达为什么叫聂鲁达吗？

大家默不作声。老师说，这个名字，并非聂鲁达父母所起。他幼年丧母，父亲是铁路工，家里没有文化传承。这是他借用了捷克作家的名字，那人叫扬·聂鲁达。

智利小伙19岁辍学，成了诗人。他怕当铁路工人的老爸不乐见儿子入行文艺。1920年给自己起了"巴勃罗·聂鲁达"的笔名，并让这名字远播四海。很多年后，智利聂鲁达访问捷克时，知恩图报，特意前往扬·聂鲁达雕像，在这个留着大胡子的诗人面前虔诚地放上一朵鲜花，以谢同名之恩。

聂鲁达的一生，可谓千姿百态。他是获得诺贝尔奖的大诗人，也是活跃的外交家。还参加了智利共产党，差一点当选总统……关于这一切，各位若要深知，不妨读读聂鲁达传记。今天呢，我只从两个比较不常见的角度谈谈聂鲁达，一个是房子，还有一个是女人。大家说好不好？

满车人齐声喝彩——好！

在汉字中出现频率颇高的"宀"，俗称宝盖头，是个象形文字，取房屋屋顶及其两侧墙壁之象，本意即为房屋。"宀"多不单用，其下加上"女"字，便合成了"安"。安全、安宁、安静、安好、早安、晚安……哪一个词看起来都令人心旷神怡，难怪大家感兴趣。

先说房子吧。聂鲁达喜爱大海。他历次买房建房，地点各不相同，入住的女主人也不同，不过有一点始终如一，就是房屋的窗户，都是面朝大海。据说连他写诗的笔，也只灌蓝色和绿色墨水，近乎海水的颜色。他仿佛觉得蘸着海水直抒胸臆。

20世纪20年代，聂鲁达第一次访问中国。那时使用的是繁体中文，老聂得知"聶"字是由三只耳朵组成，十分高兴，马上说："我有三只耳朵。第三只耳朵专门用来倾听大海的声音。"

聂鲁达三处住所，各有用途。一处用于和当时的正式妻子卡里尔居住,一处与当时的情人玛蒂尔德秘密相会,一处轮流与卡里尔和玛蒂尔德同居,狡兔三窟啊!他成功地周旋在两个女人三处住所之间,居然很长时间内未被妻子识破。

先说瓦尔帕莱索。它距首都圣地亚哥约130千米,有"太平洋珍珠"之称。气候温和,夏季最高温23℃,冬季最高温17℃,多么宜居!它也是环绕南美麦哲伦海峡和合恩角的船只中转站,商贸使这座港口城市16世纪时盛极一时,大批欧洲移民来此安营扎寨,沿山建起层层叠叠的彩色房子。到了20世纪初叶,巴拿马运河凿通,商船改道,此地重要性大大降低,港口经济随之衰退。又遭逢多次地震,它一蹶不振,破落下去。

它在西班牙语中的本意,是"天堂谷",也可以直译为"向天凹陷的城市"。老师说。

我不解道,什么叫"向天凹陷"?瓦尔帕莱索难道是个大坑吗?

老师笑道,这话非身临其境,不好理解,到地方一看,大家就明白了,恕我此时不多说。具体要在瓦尔帕莱索买什么样的房子,聂鲁达给情人下了两点指示。第一,面朝大海;第二,要有花开,脚踏实地。老师说。

我忍不住问,老聂买房子的需求,您怎么知道?

老师答,岂止我知道,全智利人都知道啊。房子若只是面朝大海,除了浪花不可能有别的花。老聂要的是鲜花。

我说,有一句话,您可知道?

老师问,什么话?

我说,面朝大海,春暖花开。

老师摇摇头道,不知。我只知——面朝大海要有花开,还要脚踏实地。这是老聂原话。

老师离国多年,真不知国内这句名诗。

我不敢擅断在中国脍炙人口的诗句和智利大诗人的购房指南,是否

存在联系。聂鲁达是很长时间内，中国诗歌界最了解的外国诗人之一。

　　老师接着说，老聂相中瓦尔帕莱索，绝非一时心血来潮，乃深思熟虑的结果。1959年，他写给朋友的信中说："我有点儿厌倦圣地亚哥了，我想在瓦尔帕莱索找间房子居住和写作。房子不能太低或太高，独立而不偏僻，复古而又舒适，远离喧嚣但要生活便利，邻居聪慧友善但不侵犯隐私。你认为我能找到这样的房子吗？"

　　老师问大家，是不是觉得老聂挺啰唆的？

　　有人感叹，老聂特清楚自己想要的是什么。从房地产的角度来说，他讲得很到位。

　　老师一乐，说，老聂的情人玛蒂尔德崇拜聂鲁达并甘愿为之赴汤蹈火，领受了买房任务，开始奔波。这个看起来难以实现的目标，最终被

玛蒂尔德完成。她买下了房，加以翻修，于1961年完工。

　　说话间，瓦尔帕莱索到了。果然明白了什么叫"向天凹陷"。城市就像岩石砌起来的半扇古罗马斗兽场，舞台就是浩渺无际的太平洋。岸边极为陡峭的山石向天空伸展，依山建起的丛丛层层房屋，组成了天然看台。

　　一般海景房，只有最前排房屋可以见海，后排若不是越建越高，无法一睹海之芳颜。瓦尔帕莱索天然形成的险峻山崖，让依山而建的房屋摩肩擦踵而立，户户见海。房屋全都漆成彩色，从高处鸟瞰，斑斓民居，紫红姜黄，银红铜绿，茄紫樱粉……如彩虹泻下。

　　聂鲁达对瓦尔帕莱索一往情深。当年他在圣地亚哥念大学，经常在不眠之夜的黎明时分，突然跳上前往瓦尔帕莱索的三等车厢，奔驰而来

256 南极：与孤独和解的纯粹

浏览山城。蜿蜒山路上，豪华马车疾驰而过，车上坐着身穿斗篷、腰佩银剑、肩上蹲纯绿鹦鹉的老绅士。时不时地撞上"神圣的疯子"——有专门收集草木树叶的隐者，有鼓吹素食的自然主义者，有露出一身竖琴般肋骨的退休海员，有藏着满屋子圣物垂垂老矣的孤独探险家……

聂鲁达晚年曾写过一篇《瓦尔帕莱索的流浪汉》记述这段日子。"一条船运来了一架三角钢琴；另一条船载过高更的秘鲁外祖母；还有一条船，韦杰号，上面坐着鲁滨孙·克鲁索活生生的原型……还有一些船运来菠萝、咖啡、苏门答腊的胡椒、瓜亚基尔的香蕉、阿萨姆邦的茉莉花茶、西班牙的茴香……"

老聂的生动文字让瓦尔帕莱索还魂，穿越回到它史上最辉煌的岁月。

这个城市近年枯木逢春，2003年被联合国教科文组织评为"世界文化遗产"，旅游让它抖擞生机。众多国际邮轮在港口停靠，世界游客纷至沓来。此地也是水果出口集散地，咱们常吃的智利车厘子，就是从这里海运至遥远的中国。

老聂故居是一套窄而薄的四层楼房，坐落在半山陡坡之上，眺海极佳。四周挤满同样的小细楼，好像菲薄的彩色积木搭建而成。老聂一生钟情大海，房屋外观略似一艘船。当日参观人多，控制流量，我们分批进入。

估计当年老聂经济上也不太宽裕，此楼非他独有，而是与建筑师友人合住。一层是友人夫妻的家，楼上三层归聂鲁达。楼梯陡而窄，以聂鲁达的壮硕身板，当年在这逼仄楼道中，攀爬不易。每层楼面，刨去楼梯等过渡部分，真正可供使用的，只有一间房。屋里摆满老聂淘自世界各地的小物件：埃塞俄比亚的教堂彩色版画，西班牙的古老船模，等等，家好似半个博物馆。见到一幅中国清代侍女插屏，依我有限的文物知识判断，似非珍品。估计老聂当年也不是收存留待升值，只是欢喜它浓郁的东方气息。

聂鲁达家的座椅和沙发，都放在窗前，面朝大海。故居里有严格规定，不得照相，怕室内旧物受闪光灯照射，色彩恐受损伤。不过有一条很人性化的注释，说可以照窗外。

得此恩准，我把相机对准窗外，无敌海景，轮船鳞次栉比。

连照几张。同行极友不解，这有什么可照的？你喜欢海，咱们待会儿到海滨吃饭，那时再照，岂不更好？

我说，老聂当年买这房子，就是为了看海。我拍下来，回家后想细瞅瞅他当年冥思苦想累了时，一眼望去，见到怎样的风景。

老师恰好这时走过来，道，您也写作，此刻参观大作家的故居，有何感想？

整个参观期间，老师都在我附近徘徊，遇我不清楚或是忽略的展品细节，耐心为我介绍。我将感谢之意，化为力求真实准确回应他的问题。

我问，您要听假话还是真话？

他没料到我会这样说，沉吟了一下道，您先说……假话。

我说，聂鲁达的故居，立体地展示了他是一个怎样的人。各种陈设，渗透了他个人经历和爱好。他深切热爱大海，钟情于南美风光，满怀诗人的激情。他是个知晓自己的追求和希望，并一生为之不懈努力的人。

老师扬了扬眉毛，笑说，这话讲得很中肯啊，真是假话吗？

我说，这的确不是假话。不过，也不是我此刻最想说的话。

老师说，那我就听听您最想说的真话。

我说，此刻我想的是，中国诗人写出"面朝大海，春暖花开"的诗句，智利的大诗人早已把愿景变成了现实。

俯窗下探，聂鲁达家庭院，鲜花盛放。凭窗远眺，浩瀚太平洋奔涌不息。

老师说，您的意思是——诗人的写作环境和他的诗篇意境密切相关？

我说，这是聂鲁达想买瓦尔帕莱索这所房子时自己说的。

瓦尔帕莱索的山体缆车，令人印象深刻。它不是为了观光，而是实实在在运行了上百年的交通工具。木质的车厢显出老当益壮的沧桑，铁质转门长满黄锈，吱吱嘎嘎地坚守着，挣扎着给人以古朴的安全感。车厢沿着陡峭山体，从旧时光中缓缓降下，沉重的转门开始吃力旋转，像一个真空吸管，把你抽入一个世纪之前的景色。

没有缆车的地方，便是无所不在的阶梯。老聂在《瓦尔帕莱索的流浪汉》一文中，对此曾有感叹：

有多少阶梯？阶梯有多少梯级？有多少只脚踩在梯级上？

带着书籍、西红柿、鱼、瓶子、面粉在阶梯上走上走下留下的脚印，有多少世纪了？把阶梯磨损成一道道凹槽，雨水能在凹槽里嬉戏着或哭泣着流淌，这需要多少个成千上万的小时？

没有任何城市像瓦尔帕莱索这样,把阶梯像花瓣一样抛撒进自己的历史,撒向自己的脸颊,吹向空中,再收集起来。

任何城市的脸上都没有这么多的皱纹,生命在其上来去匆匆,仿佛它们永远在向上伸往天国,或向下伸往新的生命。

……

如果走遍瓦尔帕莱索的所有阶梯,我们的路程大概可以绕地球一周。

再次上车前行,老师开口。现在我给大家说说第二处故居。1953年,聂鲁达在圣地亚哥郊区为秘密情人玛蒂尔德造了一处居所。位置在圣母山旁,面向喧闹酒吧区。老聂将居所命名为"拖把",用以形容玛蒂尔德乌红浓密的头发。

那时,老聂与第二任妻子没离婚,这所房子有外宅之意,比较诡秘。要先穿过地下室,再经过木楼梯,才算柳暗花明。两人常在此宴客,老聂好开玩笑,居然在餐厅中设置暗门,自己藏在其中。玛蒂尔德诱导客人们以为这是藏酒间的门,一旦打开,老聂就从中猛地跳将出来,让大家惊诧后喜出望外。

众人道,聂鲁达真是童心不泯。有人说,这玩笑是一次性的,来人只会上一次当,以后就见怪不怪了。也有人说,聂鲁达朋友相当多,总会有新人大吃一惊。

聂鲁达在屋里挂着古董级航海图,特意把地板做出咯吱作响的效果,以模仿帆船甲板。餐厅低而窄,以模仿船舱。……

老师又接着说,我再给大家介绍老聂的另外一处故居,位于黑岛。

有人插言,老聂热爱大海的心愿付诸行动了?干脆搬海岛上住了?

老师说,黑岛这个地名,是老聂起的。不过黑岛不是岛,是位于塔沃和吉斯库之间的一个海滨小村落,叫卡维塔。海滩叫科尔多瓦。站在岸上,隐约可在海浪中看到黑色嶙峋的礁石。老聂便把此地叫了黑岛。

1937年，聂鲁达从欧洲返回智利，为完成他构思中的诗歌集，到处寻找能够带给他灵感、刺激他想象的地方。

当时这块半公顷的土地连同其上建筑的石头小屋，属于西班牙人埃拉迪沃。房内两间卧室加上餐厅、厨房、卫生间，只有70多平方米。实在有点小，不过房主说，房子和人同树木一样，是会成长的。这富有诗意的话打动了老聂，就买了下来。经过不断整修、扩建，成了他最喜爱的住所。

黑岛相当偏僻，前不着村后不着店的，十分荒凉。老聂的审美观与众不同。他说："我想更加尽心尽力地专注于文学创作。为此，我需要一个写作的地方。我在一个无人知晓的地方——黑岛，找到一幢面对太平洋的石屋。房主是个年迈的西班牙社会主义者、海军上校。这幢石屋本是他为自己一家建造的，不过他现在愿意卖给我。我怎么买呢？我把写作《漫歌》这本诗集的计划提交当时出版我著作的出版社，但是遭到拒绝。1939年，别的出版商向我伸出援手，直接付款给房主，使我终于得以买下我在黑岛的房屋，供写作之用。"

老师说得很详尽，不愧是个老聂通。我边听边瞎琢磨，得出几个小结论。

第一，聂鲁达买下黑岛的目的是写作。

第二，他当时手头不宽裕，没法一下拿出全款。

第三，他想用《漫歌》的出版计划，提前支取稿费买下良宅。虽说是老合作伙伴，但出版社拒绝了。

第四，还是有人识货并相信老聂，给他预支了稿费。这笔钱都没经老聂的手，直接打给了黑岛房屋的卖主。出版社有眼光且富有人情味。

第五，老聂终于如愿以偿，成了黑岛石屋的主人。

我不知在中国国内，可有出版机构愿意为一个诗人还未写成的诗集预付稿费？就算有，那钱够买一套海滨宅院吗？

聂鲁达35岁时买下黑岛房产，62岁时在这里和他的第三任太太玛蒂

尔德成婚，新建了几部分房屋，别墅终于落成。老聂的许多重要作品在此完成，生命中最后的时光也是在此度过。他逝世后，也埋在黑岛，与玛蒂尔德合葬于此。

大家问，黑岛地方大，别墅是不是很豪华？

老师说，黑岛聂宅，有几百平方米。有人说黑岛的房屋像一条停泊的船，真是美言了。它像条长蛇，弯曲，不规则，好似几家人拼凑起来的一组房子。就说地板吧，材料也不统一，有大理石的，有红陶的，有镶贝壳的，也有木桩切片拼的……也许这和诗人的诗句断续分行类似。有个房间像正在营业的酒吧，还有的房间像老旧的火车车厢。

大家啧啧说，反正地方大，够摆放。

老师道，到处挤得满满当当。老聂走的地方多，又好交朋友，喜欢大自然和动物标本，收藏的物件也多。中国的琵琶，法国的天文望远镜，蒙古的马头琴，巨大的蚌壳，估计是砗磲。非洲的甲壳虫、美洲的麋鹿头、亚马孙的蝴蝶和蜂鸟、巴西的沙子……一匹马的巨型雕像，马头都快顶到房梁了……处处可见航海元素：壁炉旁的茶几是舵轮做的，帆船时代流行的船艏人形，与真人一比一大，老聂收藏了十来个，都固定在酒吧墙壁上，如依然屹立船头。

估计一般人不知道"船艏"是什么东东，老师耐心讲授。在舰船领域，对船的位置的叫法有专用词。艏、艉、舯，指的是船的首、尾、中三部分。

船艏像就是立在船首的雕塑，祈愿上苍保佑。对于远航的水手来说，它是船上最美丽的东西。它的来历很早，早在公元前，人们就把图腾和神祇雕像固定在船头了。

老师说，想想看，这么多尊人形船艏像俯瞰着你，就算参观时就你一个人，也会觉得空间挤挤攘攘。还有星象仪、地球仪、船模等。

虽说黑岛的房子外形并不像船，但如果你坐在房内面朝大海看去，由于高差关系，真有一条船往前开的感觉。聂鲁达爱海，大海也回报以礼物。一天早上，老聂推醒妻子说，看，我的桌子来了。他在岸上等了一天，潮水到了傍晚时分，才把海中沉浮的一块木板推到岸边。老聂拖回家，找人做了张足有半尺厚的桌面。这木板原来的职责是船舱盖或是门，上面还有一个铁把手。

老聂家书房墙上挂着作家、诗人的照片：济慈，雨果，大仲马，爱伦·坡，惠特曼……显著位置摆着波德莱尔的照片。装修工人曾问老聂，这是您父亲吗？老聂说，嗯，在诗歌上，可以这么说。

别看老聂这么喜欢海，但真实聂鲁达连游泳都不会，也未曾驾驶过任何一条船。

在聂鲁达的房间内，到处都可以看到字母P与M连在一起的爱情标志，这是聂鲁达和玛蒂尔德的姓名首字母缩写。

老师说，告诉大家一个小秘密。我前几天到黑岛，看到有个房屋对外开放，原来这是聂鲁达与他第二任夫人的卧室。这么多年，我去过黑岛无数次，从未进过这个房间。

大家奇怪，为什么不进去呢？

老师苦笑道，聂鲁达的第三位夫人把这个房间封闭起来，禁止参观。现在，第二夫人死去将近半个世纪，老聂去世了40多年，第三夫人也故去多年。黑岛故居管理会，终于最近决定开放二夫人和老聂的卧室。

老聂的第一位夫人，来自他的外交官生涯。

智利政界有个传统，会把各方面表现出色的年轻人，吸收入外交界。诗歌上崭露头角的聂鲁达，23岁当上了驻外使馆领事，27岁进入外交部。先后出任智利驻科伦坡（1928）、雅加达（1930）、新加坡（1931）、布宜诺斯艾利斯（1933）、巴塞罗那（1934）、马德里（1935—1936）的领事或总领事。

1930年，老聂（那时候还是小聂啊）担任智利驻巴达维亚（今印度尼西亚首都雅加达）领事时，遇到了比他大4岁的荷兰裔爪哇女子哈格纳尔，结下秦晋之好。聂鲁达给父亲的信中写道："她样样完美，我们

事事快乐。从今天起你不必担心你儿子在异乡会孤单，因我已找到一位将与我白头偕老的伴侣。"

这信中的感情和期待多么真挚！沉浸在爱河中的年轻人，多么幸福！时间过了四年，外交官聂鲁达，结识了比他大20岁的西班牙女画家卡里尔，一见钟情。与爪哇女子的海誓山盟作废，聂鲁达从此拜卡里尔为导师、母亲兼恋人。卡里尔英勇出击，主动搬进聂鲁达家，逼走了原配。1936年，聂鲁达与妻子离婚。

1943年，聂鲁达与卡里尔在墨西哥举行婚礼，时年老聂39岁，卡里尔59岁。受左派妻子影响，聂鲁达从此经常写作政治性作品，加入了共产党。

婚后第三年，也就是1946年，聂鲁达初遇红头发的智利女歌手玛蒂尔德。1949年，两人开始秘密恋情。为了和老聂一见，玛蒂尔德采取"尾随"战术。每当聂鲁达夫妇外出旅行，玛蒂尔德便隐身随行。夫妻这厢刚住下，她便也在附近安营扎寨，随时听从聂鲁达召唤，欢聚一堂。相思之苦的煎熬，让聂鲁达创造力火山爆发。春心荡漾加微妙刺激，令他写下一首首浓烈的爱情诗，结成"船长的诗"的集子。为了不被妻子卡里尔发现，1952年，聂鲁达将诗集在意大利匿名出版。十几年后，到了1963年，聂鲁达才承认自己是该诗集的真正作者。

聂鲁达并不打算离婚，卡里尔已近古稀之年。垂垂老妇失却爱情后别无所依，这让老聂良心不安。聂鲁达于是和玛蒂尔德达成共识，这辈子只做情人。

1957年的某一天，老聂的女管家向卡里尔透露了实情。卡里尔老媪很有风度，没有歇斯底里地发作，直言相问老聂，你是否已不爱我？聂鲁达直率回答，我已另有所爱。卡里尔接着请老聂立刻在两人之间做出取舍，聂鲁达表示选情人玛蒂尔德。卡里尔立即收拾好自己的物品，搬出了黑岛，接着办理离婚手续，从此潜心作画。70多岁时，她举办了画展，赢得好评，82岁离世。

玛蒂尔德爱聂鲁达，完全不计较名分，她觉得能在暗中享受聂鲁达给予的秘密"桂冠"，就足够了。聂鲁达写道："我把我所写的和我所拥有的一切，全部奉献给她。东西不多，她却很满意。"

头两次都找了比自己年龄大的女子做妻，不知这和老聂幼年丧母失爱，可有关系？

1966年卡里尔去世后，聂鲁达和玛蒂尔德正式结为合法夫妻。聂鲁达生命最后20多年里，许多作品都是为玛蒂尔德所写。聂鲁达说："我们是幸福的，尽管这与别的任何人无关。我们把我们共有的时间，长久地消磨在智利荒凉的海边。"

聂鲁达乃情诗圣手，一生以情诗结集的主要有三部。《二十首情诗和一首绝望的歌》《船长的诗》《一百首爱的十四行诗》。人们面对着如此数量众多字字泣血激情燃烧的情诗，一边感动一边生出疑问："每首情诗都是真的吗？"

聂鲁达本人面对"情诗写给谁"这个问题，回答既诚恳又巧妙："我曾答应你们为我的每一首情诗做出说明，但多年岁月已流逝。并非我遗忘了任何人，而是你们能从我给的名字中获得什么？让我们坦诚相待，我从未说过一句不诚恳的情话，也无法写出一句不真实的诗句。"

我理解老聂的意思是——情诗写给谁的，这并不重要。重要的是爱情甘醇，千真万确。

在瓦尔帕莱索故居，有玛蒂尔德和聂鲁达的影像资料。此女红发飘逸，与老聂非常亲密。玛蒂尔德的自传，也独出心裁。不按时间顺序，第一部分"劈头盖脑"就是"政变"。讲述的是1973年9月智利政变以及两周后聂鲁达突然病逝的经过。第二部分依然倒叙，名曰"流亡"，说的是1951年至1952年聂鲁达流亡岁月和他俩逃到意大利后的秘密生活，其中涉及他们的秘密婚礼和不幸流产等经历。第三部分"幸存者"，写的是聂鲁达逝世后她的孤独与悲哀。写她如何在智利政变后，为保护聂鲁达的诗稿和自传手稿尽心尽力，偷偷带到国外编辑和出版。不过，世

人最感慨的关于玛蒂尔德的一段经历，她在自传中却一字未提。

老聂在和玛蒂尔德共同生活的日子里，仍拈花惹草。老聂曾和借宿在黑岛家中的玛蒂尔德外甥女艾丽西亚通奸，被玛蒂尔德抓了个现行。玛蒂尔德缄口不提，只能源自她对老聂的深爱。

老师说，各位从智利回国后，有一件事儿，可适当关注。聂鲁达为何而死？

大家说，老聂不是患前列腺癌吗？

老师说，聂鲁达当时的司机说，聂鲁达是被谋杀致死的。老聂是阿连德政府的支持者，政变开始后，他从家中住进了圣地亚哥圣马丽亚诊所。在病床上，特工给他注射了致命毒针。皮诺切特政变后12天，下令杀死聂鲁达，使他不能前往墨西哥，在那里发表不利于政变者的言论。

2013年4月8日，聂鲁达的遗体被掘出，以检验他的真正死因。11月，负责开棺验尸事宜的智利法医鉴定中心主任指出，没有发现任何可能导致聂鲁达死亡的相关化学药剂成分。但这个结论不能服众。所以，智利可能要对聂鲁达第二次开棺验尸，以查明他的真正死因。

大家听闻，纷纷说以后会在遥远的中国，关注聂鲁达之死的最终检测结果。

说起来，聂鲁达和中国的缘分很深，曾三次到过中国。第一次是在1928年前后。聂鲁达作为智利外交官，赴缅甸上任途中，经上海短暂停留。年轻而富于冒险精神的他，半夜三更在夜总会周围闲逛，被上海街头的混混袭击，被剥去衣服，抢光了钱，扔在大街上。第二次是1951年，负责把斯大林和平奖授予宋庆龄。

聂鲁达说，他觉得中国人是世界上最爱笑的人。

聂鲁达说，中国人那时都爱穿蓝色衣服，这个颜色挤满了所有的空间。

1956年，聂鲁达再访中国，用很郑重的笔墨大谈吃喝。

老师最后说，每当我站在聂鲁达夫妻二人合葬墓前，会不由自主地诵起老聂的一句诗。

我问，墓地啥样？哪句诗？

老师说，墓很简朴，就是鹅卵石砌出的一小块青草地。没有坟堆，没有墓碑，也没有花。草地前方被铁链围起，做成船头的形状，船头对着太平洋。那句诗，是聂鲁达写给玛蒂尔德的。"无数风的心脏，在我们爱的沉默上方跳动。"

毕淑敏

23

75亿双水手握

南极行，喜欢上一个词——"水手握"。

它使用最多的时刻，是上下冲锋艇面临险境之时。

风极大，寒冷刺骨，虽全副武装，仍觉无法阻挡寒意侵入体内最深处。我们从登陆地乘冲锋艇驶回"欧神诺娃号"。驾驶员一手控制机器，另一只手紧拉船边绳。他不时收放油门，尤其是当排浪连绵不断疯狂扑来时，不能加大油门对冲，有可能翻艇。舟前部要始终对准浪来的方向，绝不避让。如果让大浪从侧面击打，就很危险。

当靠近我们在南极的家"欧神诺娃号"时，冲锋艇会拐出一道优美弧线，我刚开始还以为这是驾驶员的显摆动作，后来才明白是为了防止因为急转弯，让乘船人因离心力被抛出船外。那样的话，即使和同伴们近在咫尺，也有可能溺死冰海。

船长对我说，你知道如果看到有人落水，最重要的是什么吗？

我说，大声呼救。

船长道，这当然很重要，但最重要的是在呼救同时，你要眼睛一眨不眨地盯着那个落水的人，看他向哪个方向漂浮或是沉没。如果你的眼光一时离开，茫茫冰海中，你就可能再也找不到他了。

从"欧神诺娃号"上下冲锋艇，都有风险。脚下海水激荡，风浪叠加，高差显著。一不留神，就有可能坠入海中。此时，会有一只有力臂膀伸过来，协助你上下冲锋艇。

双方都戴手套，沾满黏腻海水，夹带细小冰晶，滑腻如鱼脊。如果摘下手套，等待你的不仅是更滑，还有冰锥般的痛和麻木。所以，练就戴着手套抓紧对方的臂膀，这个技术，名叫"水手握"。

它的核心，恰在于握住的并不是对方手掌，而是手腕之上的前臂。我们通常信任手指，以为十指相扣是最稳妥的连接。其实不然。在极端严酷条件下，手指孱弱并充满机会主义、逃跑主义。它的感觉太敏锐，对痛楚与寒冷的耐受性较低，它们精细有余力度不足。突发危险情况

下，它们擅长自作主张，采取表面看起来正确、实质对整体有危害的下意识反应。也许我说得不清楚，举个例子。比如遇到丛生荆棘，手的第一反应是松开躲避……但这时正在悬崖边上，理智上必须采取两害相权取其轻的策略，丢卒保车。宁肯让这只手受到严重创伤，也要利用最后的力量，抓住拯救整个机体的最后机会。手指本能地选择逃跑，但中枢神经系统命令它不惜一切代价死守，抓住荆棘……

手指有将帅在外，君命有所不受的传统……前不久看到一个悲惨例子，父亲在高处看顾两个孩子，其中一个坠楼，父亲立刻伸出两手，希望接住这个掉下去的孩子，却没想到手里还抱着另外一个孩子。结果是两个孩子都掉下楼，一道夭折。

痛惜啊！

水手握的操作很简单，就是两个人同时抓住对方手腕上1寸处的尺桡骨远心端，用尽全力死死箍缠住对方，勠力同心，组成臂膀与臂膀的钢铁联盟。无论遇到怎样的危险，不到安全地带，两臂绝不松开。

平常的握手力量是2千克，冰海之上，由于恐惧，人们会不由自主地加大掌指力量，至多5倍吧。但水手握，可以把一个人扼到窒息。它绵里藏针，细密稳妥，有一种坚定果敢和同仇敌忾的生死与共蕴含其内。

有一次，我差点落海，横浪打过，艇体剧烈摇晃。我正在登艇过程，腿悬半空。只见海水荡漾白沫翻滚，我一时昏眩，脚下踏空。外籍一位长满络腮胡子的探险队员，是与我"水手握"的搭档。刹那间他将一股强大凶猛的力量，灌注到我臂膀，及时纠正了我向海面趔趄的危险方向，如抽紧一个破败网兜的绳索，将我一把死死扳回，顺势拐送，终将我平安引至艇上。除了我猛地打个趔趄，冲锋艇应声歪斜了一下，旁的人都没有注意到这险情。我甚至来不及说声谢谢，大胡子探险队员又去和下一个等待登艇的人"水手握"去了。

这一瞬，我对"水手握"感激涕零。这个经过千锤百炼的协同姿态，加上大胡子探险队员不顾个人安危的施救，让我转危为安。不然的话，我轻则在南极海中来不得已的冰泳，重则就此永驻南极也说不定。

从此，我和大胡子南极探险队员，有了某种生死契阔的交情。他中等个头，看起来并不是很强壮，长相平凡。只有我知道，那一刻，他通过"水手握"传达过来的力道，多么势不可当。

他虽蓄一把大胡子，但似为了美观，并不代表老迈。他渊博却不很健谈，这在渊博的人当中属少见。之后瞅到他有空闲，我就抓紧时间和他聊天，以期获取他对极地之海的更多了解。

他是英国人。英国人似有浓厚并难以割舍的南极情怀，当年斯科特英雄地死在南极的方式，浸润了无数英国人的冒险精神。我很想多知道一点关于他本人的来龙去脉，但他不愿深谈。我只知道他曾爬过南极高峰，就称他胡子峰吧。

我说，您登上南极高峰，有什么感觉？

胡子峰道，没什么特殊感觉，就是爬上了而已，跟爬别的山没什么

区别。到了山顶四周看看，都是冰雪，也没什么区别。

他岔开话题，问我，您似乎经常晕船？

我说，是啊，真是很遗憾的事。如果不晕船，我想我能看到的南极风景更清晰。

胡子峰说，在南极，如果你不曾晕船，那就无法真正了解南极。南极是风极，风大浪高，一般人一定会晕船。晕了船，你才会对南极有更深体会。

我喜欢这解释。晕船越凶，说明你越有可能更多了解南极哦。

又一日离船登岛，又是和胡子峰"水手握"。他说，嗨！今天有希望看到"乳白天空"。

我问，什么叫"乳白天空"？

胡子峰说，它是一种属于南极的独特天气现象。今天不典型，但有一点近似。如果你有充分的想象力。或许大体可明白它的神秘。

这让我很是好奇。登到岛上，先是看到了数不尽的企鹅大军，个个翘首以盼，不知在希冀什么。然后是成片慵懒的威德尔海豹，大眼睛胖乎乎，呆萌地僵卧在冰面上，似完全不知寒冷。风很大，能把偶尔露在帽子外面的头发梢劈裂，大风把苍白日光加上狂舞的雪花，搅拌成混浊的粉雾状，天空地面似卷成一条有裂口的白帆布。

再然后……果然有一种奇怪的天气现象出现。白茫茫一片，雪花在飞，日光跳跃。好像陷入光线与雪花合谋旋转的万花筒中，分不清哪里是上，哪里是下。极地专家说，因为是极昼，即使在厚厚云层，仍有阳光泄漏，射在冰层上。这跌下的清光虽说微渺，但也可以让冰层反光。反射的光线又如依恋父母的出嫁女儿，一趟趟返回娘家……不屈不挠地折返映射，如恰有风雪，垂降翻卷的小雪粒，每一片都化作不规则的微观小镜子，肆无忌惮地将光线弥射，投向四面八方……光线发射来反射去，就成一锅光芒四射的烂粥！

胡子峰后来告诉我，那天所见只是稍微有一点点类似的意思。典型状况是反复折射产生乳白色光线,天空变得如同浓稠牛奶,完全无法分辨上下左右,人很容易产生错觉,不能辨析近景和远景,严重时人会晕眩,甚至失去知觉而丧命……乳白色会混浊到你连自己的存在和将你吞噬的恐惧都看不到。

我吓了一跳,说,真不知道,那天登岛,还面临这等生命危险。

胡子峰笑道,你们在岛上行走,基本上没危险。如果那时在天上飞,就很容易发生意外。1958年,一名直升机驾驶员就是遇到这种可怕天气,顿时失去控制坠机身亡。1971年,一名大力神飞机的驾驶员,也是遇到"乳白天空",突然与基地失去联系,一直下落不明。

胡子峰把自己封锁得很周全,但对别人有好奇。他问,这么多天了,您观察南极,最深刻的感觉是什么?

我说,以前我只知道南极有臭氧空洞,还以为是肉眼能看到的一个洞……

胡子峰说,谈到这个大名鼎鼎的空洞,我有个好消息可以报告。

我说,在南极,所见之处冰盖皆融化,有什么好消息?

胡子峰说,好消息我会告诉您。既然说到南极冰盖融化,那么,您可知道,南极冰盖融化,世界将会怎样?

我摇摇头,想到一句从前的广告词——"人类失去联想,世界将会怎样?"

思绪远了,扯回来。我补充道,估计很可怕。

当时我们正坐在"欧神诺娃号"的酒吧。胡子峰顺手指指酒吧窗外的冰川,说,首先,南极冰舌崩塌,导致冰流速度明显增加,这又反过来加快了冰盖融化……恶性循环一旦启动,情况越来越严重。中间的漫长过程我不详说了,到了南极冰盖完全融化的那一天,要知道它占了地球上冰存量的近90%,地球淡水量的70%。真正的世界末日就来到了。全球海平面将上升60米。人类可以选择的是——直接被海葬,还是躺着进冰棺。

我咂舌，这太可怕了。很想冲淡一点恐怖氛围，我道，就是说咱们现在聊天的这个座位，凭空向上浮升到20层大楼那么高？！

胡子峰说，不像您想的只是海平面升高这样简单。南极大陆冰盖一旦消失，地壳也会跟着发生变化。冰盖很重，它把南极大陆很多地方压到海平面之下。一旦这些冰融化了，地幔因失压而随之上升，地震海啸火山爆发频频，接二连三地出现。

我吃惊，那时地球会变成什么样子？

胡子峰说，因为人不能离开水，故人类早期文明都发源并围绕在大河流域，形成了现今世界上绝大多数的大城市和人类主要聚集区，都在海、河之畔。南极冰融化，海平面上涨，对地球生态的影响巨大。海平面升高60米，美国西海岸的加州将不复存在。加勒比海岸低处、巴西亚马孙地区、英国南部、西欧西岸、北非北部，也将沉没于大海。至于你们中国，东南沿海，就是中国最富庶的地方，比如江苏、上海等，包括东北大部，都将沉于海下。至于平常日子就常常被洪水淹没的东南亚诸国，就更惨了。印度尼西亚、泰国，还有孟加拉三角洲、印度西海岸，等等，极大部分——没了。

我的天！

胡子峰接着说，俄罗斯也好不到哪里去，它在欧洲的疆域差不多丧失殆尽。澳大利亚呢，变成了几个大的岛屿。至于美国，哦！整个东部，全没了。

我说不出话来，甚至连想象也停滞了。眼前唯一能出现的景象是我当年驻守的青藏高原，尚能保持原样吧？不过还有地球失衡，引发无穷的地震海啸火山灾变……青藏高原恐也难全须全尾。

见我惊骇，胡子峰说，英国研究人员在新一期美国《当代生物学》杂志上报告说，他们对南极5处地点的苔藓样本进行分析后发现，自1950年以来，南极苔藓生长速度增加4～5倍。在此期间，南极气温平均每10年上升0.5℃，成为全球升温速度最快的地方之一。人类不得不为此破坏付出越来越高昂甚至是无可挽回的代价。

我肯定面色不祥。胡子峰说,好吧,谈点轻松的吧。南极之谜,您知道多少?

我说,南极还有谜?这里连人都没有。

胡子峰说,没人的地方,谜才多。

我说,不知道。愿闻其详。

胡子峰道,以下所说,不能算有根有据的科学研究,权当聊天。

外国探险队员这一点有所不同。咱们的探险队员们,基本一言九鼎,言必有据,踏实可靠。外方探险队员则爱说八卦,开玩笑,在工作中更多注入玩乐因素。

从风格上说,我更喜欢中国探险队员的翔实认真。不过,偶尔听听类似胡子峰这样的信口开河,也很有趣。

胡子峰说,有人发现南极洲上空有一些不断旋转的灰白色烟雾,原以为是普通沙暴。

我吃惊,南极还有沙尘暴啊?不到处都是冰雪吗?

胡子峰说,南极有一些山岩裸露地表,起风时,尘土飞扬,风大时,会形成沙尘。不过,如是自然界飞尘,会随着时间推移变换位置。这种灰白色烟雾却一直原地不动,研究人员向其中发射了气象气球,装备了测定风速、温度和大气湿度的仪器。气球急速上升,很快消失了。

我说,气球飞走了?一去不复返?

胡子峰说,气球上拴有绳子,科研人员最后将气球收回了。

我说,哦,有惊无险。

胡子峰说,气球倒是没有丢,可气球上的计时器显示的时间是1965年1月27日。

我说,这事发生的时间是哪一年?

胡子峰说,1995年。

我说,也许是计时器故障。

胡子峰说，是啊，当时研究人员也这么想。不过后来又进行过几次同样试验，计时器上的时间都倒退了。

我说，奇怪。难道说那股旋风能让时间倒流？

胡子峰说，没有人能够解释得通。后来，科学家们就将这种"烟雾"称为"时空之门"。

我说，什么叫"时空之门"？有点科幻味道。

胡子峰撇嘴道，"时空之门"可能是一个通往其他时代的通道。

我想，若是返回的年头太早，早于人们的出生年代，大家就化作尘灰了，还是离这个门远点吧。

胡子峰说，还有一派科学家认为——人类文明可能源于远古南极，据说爱因斯坦就持这个观点。1840年，伊斯坦布尔国家博物馆馆长哈利勒·艾德海，在土耳其托普卡比宫找到一张奇特的古代地图，绘制于1513年，那时距南极洲被发现，还有200年的时光。最奇特的是那上面的南极洲，并没有冰。1949年，英国和瑞典联合南极考察团，对南极进行了一次十分彻底的考察。发现南极大陆与该地图十分吻合，重要地标误差仅在0.5经度之内。

这说明了什么？

面对胡子峰的提问，我尝试回答，说明南极洲早就被发现过。

胡子峰说，是的。也许有一个高度发达的文明时代，曾经建设过南极洲。

我说，这个时代后来到哪里去了？

胡子峰道，这也是南极之谜啊。科学家们猜测：是否地壳突然发生了变动，导致一场巨大灾难，洪水淹没了整个世界，也淹没了曾经享有高度文明的南极洲国家和文化？

我说，这个……可能吗？

胡子峰说，有些科学家甚至乐观地相信，南极史前文明其实并没有真正消失，只是被掩盖在南极厚厚的冰盖之下。我们脚下，正确地讲是

在冰下，也许有一个伟大的古文明存在着。

胡子峰又说，南极还生活着不可思议的南极人，身高30米以上，皮肤光滑，能双腿站立行走，有手臂，每只手有5个手指，全身雪白。根据发现的化石推断，3000万年前南极大陆气候温和、草木丰茂，那时候就有某个物种流传下来，也不是完全没可能。

30米高的浑身雪白的南极人？想象了一下，觉得像《西游记》中的某个篇章。

我问胡子峰，你信吗？

胡子峰无所谓地说，这个，我说不准。我虽来过南极多次，但对南极来说，那只是非常微小的一部分。谁知道这里还有多少秘密隐藏着？人们要学着从在地视野，变成宇宙视野，这些就不奇怪了。

那天聊着聊着，众多朋友赶来一同参与，胡子峰终于没能告诉我那个好消息是什么。

分手那一刻终于来到。人一生当中，有一些时刻和情境，注定永驻

记忆。奔放的人们拥抱告别，我等古旧老朽，还是坚持握手。轮到和胡子峰告别，他很认真地说，我一直记得还没告诉您那个好消息。科学家们发现，从2000年到2015年9月间，南极臭氧层破洞的面积减少了400万平方千米。

真是惊喜。没想到臭氧层这么快得到修复。

不过，伤害臭氧层的氟氯碳化物，是个老寿星，生命周期为50—100年。虽说全世界从2000年起禁止使用，但大气内仍然残留很多氯，臭氧层要到2050年至2060年左右才会完全修复。胡子峰接着说。

人类还是可以有希望的。

船长船员们和外籍探险队的全体人员，聚在甲板上欢送我们。以往，我常常会在离散之时伤感。随着越走越多的脚印踏出去，我终将分离焦虑轻轻放下了。我明白并铭记，从根本上讲，我们都在地球上，都在宇宙中，不会真正分离。

笑别。我们曾在南极相识相知，彼此活跃有如少年。人们结成后天亲人，因为曾经的同舟共济。大家都知道，此一分离，即是永诀。从此一别两宽，希冀各自安宁。需要刻骨铭心的分别仪式啊！我们决定了——"水手握"！冰海孤舟，最值得信任最温暖可靠的地方，不是晴空暖阳，不是深夜热泉，而是瞬间交集的"水手握"，将彼此体温融合一处，同生共死。

根据联合国的最新统计，2017年全世界的人口总数为75亿。这其中有垂垂老矣的老人和嗷嗷啼哭的幼儿。姑且不论他们是否有气力和能力完成这个动作，从精神上，深长而坚定的"水手握"，把75亿双臂膀紧紧联结起来，让未来趋向美好。

人类是一个命运共同体，同生死共患难，一荣俱荣，一损俱损。奔涌无度的激素、日益膨胀的虚荣和没有止境的贪欲，在现世中如天火竞烧。但悲悯与慈爱，永不言放弃的善念与殚精竭虑的无畏努力，凭借我们双手的力量，亦可生生不息。

后记

诚邀您打开这本书，和我一起瞄一眼地球最南端的风光，去复活节岛，去南极……谈谈万千感慨。

在本书中，你会听到企鹅的聒噪、海豹的吠吼、信天翁的振翅声和鲸的歌唱……以及地球肚脐上的摩艾石像，一言不发的寂寞。

这些年，走过了一些地方，偶尔算算，大约有80个国家吧，消耗劳动换来的钱和少许勇气即可。作为一个普通中国人，凭借双手干活所得，让双脚迈向世界，满足自己的好奇心，完成对自己的恩典。

我年轻时，参军到号称世界第三极的青藏高原戍边。在难以忍受的寂寞和艰难中，曾突发奇想——这辈子能否到地球的那两极看看呢？本是最充满幻想的年华，但当时的我，清醒地认定这毫无可能。

人的生命，年轻时我们以为无涯，待觉察它有限并且短暂，余剩之时已渐稀少。到了老年，我发现我再不出发，有些梦想就一定会破灭，于是，我决定到南北极去看看。感谢"极之美"，他们的见识和勇气，经验和周详，帮一批批中国人和我，圆了这个梦。

那天，我看到一个资料，说是根据大数据统计，飞去北极专线的购买者，有60%是在30岁左右。南极专线购买者有46.5%是80后。真好！不过,它可不是什么说走就走的旅行,而是经过漫长而一波三折的准备。

最重要的准备,是一个人好不容易积攒起来的好奇心,不要被俗世间的种种羁绊消磨殆尽。好奇之心,吸引万物。鼓励自己充满好奇,不回避生命当中会引起惊奇的那些有益尝试,是一种能力。尽量在人世间烦琐的缠裹中,葆有争取令人愉快的生存模式的能力,较长时间维持心境平和,是我对自己的基本要求。这样,虽年岁渐长,身体的各个部件渐次老化,但心在饱经沧桑之后,好奇的翅膀仍存稀疏翎羽。

写这本取材于寒冷南极的书,让自己能够重温清凛时刻,是一种福气。倾心爱一样东西,会想到分享,希望能和你一道,驾乘文字回到南极。愿你读书中文字的时刻,周围慢慢缓静下来,有清澈如水的感觉弥散而上,将你环绕。

生命中最快乐的时刻,有人说是一场旅行刚刚开始,朝着未知之地起程。打开一本喜欢的书时,也有类似的微感觉吧。

旅行于我,是生命的一种方式。写作于我,是穿过纷杂人间,与你相逢的缘分。这两件事都不大容易成瘾,写作琐碎且辛苦,坚持下来已属不易,算不上甘之如饴。我虽惊叹文字神奇,但亦不强求。旅行受经费和身体的限制,也时时知难而退。不过,这一次径直向南向南的行程终于完成,让我们共赴莹白极地之约。在无垠冰雪中,凝固着远比我们渺小生命要漫长得多的时间,值得品味。我在冰凌漫布的极地之海橡皮舟里,你在本书纷披的书页中。

毕淑敏

2018年1月1日

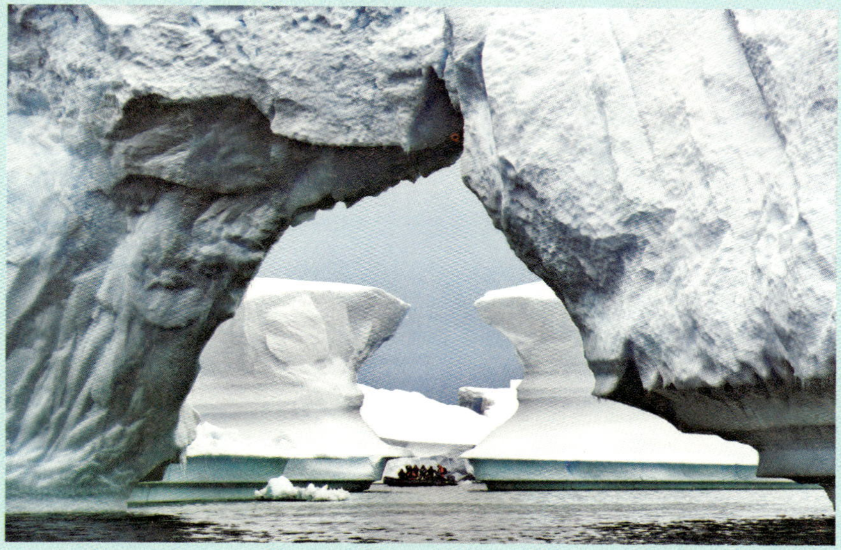

毕淑敏

远行系列
YUAN XING

BISHUMIN

图书在版编目（CIP）数据

南极：与孤独和解的纯粹 / 毕淑敏著. —— 武汉：
长江文艺出版社，2024.4
　（毕淑敏远行系列）
　ISBN 978-7-5702-3391-5

Ⅰ.①南… Ⅱ.①毕… Ⅲ.①散文集－中国－当代
Ⅳ.①I267

中国国家版本馆CIP数据核字(2023)第218637号

南极：与孤独和解的纯粹
NANJI : YU GUDU HEJIE DE CHUNCUI

责任编辑：孙　琳　李　艳　梁碧莹　　责任校对：毛季慧
整体设计：壹诺设计　　　　　　　　　　责任印制：邱　莉　杨　帆

出版：长江出版传媒　　长江文艺出版社
地址：武汉市雄楚大街268号　　邮编：430070
发行：长江文艺出版社
http://www.cjlap.com
印刷：湖北恒泰印务有限公司

开本：680 毫米×970 毫米　　1/16　　印张：18.25
版次：2024 年 4 月第 1 版　　　　2024 年 4 月第 1 次印刷
字数：245 千字

定价：59.80 元

版权所有，盗版必究（举报电话：027—87679308　87679310）
（图书出现印装问题，本社负责调换）

南极：与孤独和解的纯粹